萧红

马伯乐

Xiao Hong

Ma Bole

译林出版社

* 本书校订除对明显讹误处进行订正，其余文字尽量不做修改，保持萧红创作原貌。

目　录

Contents

马伯乐

第一部

马伯乐在抗战之前就很胆小的。

他的身体不十分好，可是也没有什么病。看外表，他很瘦。但是终年不吃什么药，偶尔伤了风，也不过多吸几支烟就完了。纸烟并不能医伤风，可是他左右一想，也到底上算，吃了药，不也是白吃吗？伤风是死不了人的。

他自己一伤风，就这么办。

若是他的孩子伤了风，或是感冒了，他就买饼干给他们吃，他说：

“吃吧，不吃白不吃，就当药钱把它吃了。”

孩子有了热度，手脚都发烧的，他就拿了一块浸了冷水的毛巾不断地给围在孩子的头上。他很小心地坐在孩子的旁边，若看了孩子一睁开眼睛，他就连忙把饼干盒打开：

“要吃一点吗？爸爸拿给你。”

那孩子立刻把眼睛闭上了，胸脯不住地喘着。

过了一会，孩子睁开眼睛要水喝，他赶快又把饼干盒子拿过去。孩子大口地喝水，饼干，连睬也没有睬。

他拿了一个杯子来。他想了半天才想出这个方法来，把饼干泡到杯中，孩子喝水时不就一道喝下去了吗？

从热水瓶倒了一些开水，用一只小匙子呱嘟嘟地搅了一阵，搅得不冷不热，拿到他自己嘴上尝尝。吃得了，他端着杯在旁边等候着，好像要把杯子放下，要用的时候就来不及了。等了半天，孩子没有醒，他等得不耐烦就把孩子招呼醒。问他：

“要喝水吗？”

“不，我要尿尿。”

“快喝点水再尿，快喝点……”

他用匙子搅了一下泡在杯中稀溜溜的东西，向着孩子的嘴倒去，倒得满鼻子都是浆糊。孩子往鼻子上乱抓，抓了满手，一边哭着，一边把尿也尿在床上了。

“这算完。”

马伯乐骂了一声，他去招呼孩子的妈妈去了。

临去的时候，他拿起那浆糊杯子，自己吞下去了。那东西在喉管里，像要把气给堵断了似的，他连忙把脖子往长伸着，并用手在脖子上按摩了一会，才算完全咽下去了。

孩子不生病的时候，他很少买给孩子什么东西吃，就是买了也把它放到很高的地方，他都是把它放在挂衣箱上。馋得孩子们搬着板凳，登着桌子，想尽了方法爬到挂衣箱上去。

因此马伯乐屋里的茶杯多半是掉了把柄的，那都是孩子们抢着爬挂衣箱弄掉地下而打去了的。

马伯乐最小的那个女孩——雅格，长得真可爱，眼睛是深黑深黑的，小胳膊胖得不得了，有一天妈妈不在家里，她也跟着哥哥们爬上挂衣箱去。原来那顶上放着三个大白梨。

正都爬到顶上，马伯乐从走廊上来了。隔着玻璃窗子，他就喊了一声：

“好东西，你们这群小狼崽子！”

由于他的声音过于大了一点，雅格吓得一抖从高处滚下来，跌到痰盂上了。

从那时起，漂亮的雅格右眼上落了一个很大的伤疤。

马伯乐很胆小，但他却机警异常，他聪明得很，他一看事情不好了，他收拾起箱子来就跑。他说：

“万事总要留个退步。”

他之所谓“退步”就是“逃跑”。是凡一件事，他若一觉得悲观，他就先逃。逃到哪里去呢？他自己也常常不知道，但是他是勇敢的，他不顾一切，好像洪水猛兽在后边追着他，使他逃得比什么都快。

有一年他去上海就是逃着去的。他跟他父亲说，说要到上海××大学去念书。他看他父亲不回答，第二天，他又问了一次，父亲竟因为这样重复地问而发怒了，把眼镜摘下来狠狠地瞪了他一眼。

他一看，不好了，这一定是太太在里边做的怪。而他那时候恰巧和一位女子谈着恋爱，这事情太太也和他吵了几次。大概是太太跑到父亲面前告了状吧？说我追着那女子要去上海。这若再住在家里不走，可要惹下乱子的。

他趁着这两天太太回娘家，他又向父亲问了一次关于他要到上海读书的问题，看看父亲到底答应不答应。父亲果然把话说绝了:“不能去，不能去。”

当天晚上，他就收拾了提包，他想是非逃不可了。

提包里什么都带着，牙刷牙粉。只就说牙刷吧，他打开太太的猪皮箱，一看有十几只，他想：都带着呀，不带白不带，将来要想带也没这个机会了。又看见了毛巾，肥皂，是“力士牌”的，这肥皂很好。到哪儿还不是洗脸呢！洗脸就少不了肥皂的。又看到了太太的花手帕，一共有一打多，各种样的，纱的、麻的、绸子的，其中还有更高贵的几张，太太自己俭省着还没舍得用，现在让他拿去了。他得意得很。

他心里说：

“这守财奴呵，你不用你给谁省着？”

马伯乐甜蜜蜜地自己笑起来，他越看那小手帕越好看。

“这若送给……她，该多好呵！”（“她”即其爱人。）

马伯乐得意极了，关好了这个箱子又去开第二个。总之到临走的时候，他已经搜刮满了三只大箱子和两只小箱子。

领带连新的带旧的一共带了二十多条，总之，所有的领带，他都带上了。新袜子、旧袜子一共二十几双，有的破得简直不能用了，有的穿脏了还没有洗，因为他没多余工夫检查一番，也都一齐塞在箱子里了。

余下他所要不了的，他就倒满一地，屋子弄得一塌糊涂。太太的爽身粉，拍了一床。破鞋、破袜子，连孩子们的一些东西，扔得满地都是。反正他也不打算回来了。这个家庭，他是厌恶至极，平庸，沉寂，无生气……

青年人久住在这样的家里是要弄坏了的，是要腐烂了的，会要满身生起青苔来的，会和梅雨天似的使一个活泼的现代青年满身生起绒毛来，就和那些海底的植物一般。洗海水浴的时候，脚踏在那些海草上边，那种滑滑的黏腻感觉，是多么使人不舒服！慢慢地青年在这个家庭里，会变成那个样子，会和海底的植物一样。总之，这个家庭是待不得的，是要昏庸老朽了的。你就看看父亲吧，每天早晨起来，向上帝祷告，要祷告半个多钟头。父亲是跪着的，把眼镜脱掉，那喃喃的语声好像一个大蜂子绕着人的耳朵，嗡嗡的，分不清他在嘟嘟些个什么。有时把两只手扣在脸上，好像石刻的人一样，他一动不动，祷告完了戴起眼镜来，坐在客厅里用铁梨木制的中国古式的长桌边上，读那本剑英牧师送给他的涂了金粉的《圣经》。那本《圣经》装潢得很高贵，所以只有父亲一个人翻读，连母亲都不准许动手，其余家里别的人那就更不敢动手了，比马家的家谱还更尊严了一些。自从父亲信奉了耶稣教之后，把家谱竟收藏起来了，只有在过年的时候，取出来摆了一摆。并不像这本《圣经》那样，是终年到尾不准碰一碰的摆着。

马伯乐的父亲，本是纯粹的中国老头，穿着中国古铜色的大团花长袍，礼眼呢千层底鞋，手上养着半寸长的指甲。但是他也学着说外国话，当地教会的那些外国朋友来他家里，那老头就把用人叫成“Boy”，喊着让他们拿啤酒来：

“Beer，beer（啤酒）！”

等啤酒倒到杯子里，冒着白沫，他就向外国朋友说：

“Please（请）！”

是凡外国的什么都好，外国的小孩子是胖的，外国女人是能干的，外国的玻璃杯很结实，外国的毛织品有多好。

因为对于外国人的过于佩服，父亲是常常向儿子们宣传的，让儿子学外国话，提倡儿子穿西装。

这点，差不多连小孙子也做到了，小孙子们都穿起和西洋孩子穿的那样的短裤来，肩上背着背带。早晨起来时都一律说：

“Good morning.”

太阳一升高了，就说：

“Good today!”

见了外国人就说：

“Hello, how do you do?”

祖父也不只净教孙儿们这套，还教孙儿们读《圣经》。有时把孙儿们都叫了来，恭恭敬敬地站在桌前，教他们读一段《圣经》。

所读的在孩子们听来不过是，“我主耶稣说”，“上帝叫我们不如此做”，“大卫撕裂了衣裳”，“牧羊人伯利恒”，“说谎的法利赛人”，……

听着听着，孩子们有的就要睡着了，把平时在教堂里所记住的《圣经》上的零零碎碎的话也都混在一道了。站在那里挖着鼻子，咬着指甲，终天痴呆呆的连眼珠都不转了，打起盹来。

这时候祖父一声令下，就让他们散了去。散到过道的外边，半天工夫那些孩子们都不会吵闹。因为他们揉着眼睛的揉着眼睛，打着哈欠的打着哈欠。

还有守安息日的日子，从早晨到晚上，不准买东西，买菜买水果都不准的。夏天的时候，卖大西瓜的一担一担地过去而不准买。要吃必得前一天买进来放着，第二天吃。若是前一天忘记了，或是买了西瓜而没买甜瓜，或杏子正下来的时候，李子也下来了，买了这样难免就忘了那样。何况一个街市可买的东西太多了，总是买不全的。因此孩子们在这一天哭闹得太甚时，做妈妈的就只得偷着买了给他们吃。这若让老太爷知道了，虽然在这守安息日的这天，什么话也不讲；到了第二天，若是谁做了错事，让他知道了，他就把他叫过去，又是在那长桌上，把涂着金粉的《圣经》打开，给他们念一段《圣经》。

马家的传统就是《圣经》和外国话。

有一次正是做礼拜回来，马伯乐的父亲拉着八岁的雅格的哥哥。一出礼拜堂的门，那孩子看一个满身穿着外国装的，他以为是个外国人，就回过头去向人家说：

“How do you do? ”

那个人在孩子的头顶上拍了一下说：“你这个小孩，外国话说得好哪！”

那孩子一听是个中国人，很不高兴，于是拉着祖父就大笑起来：

“爷爷，那个中国人，他不会说外国话呀！”

这一天马伯乐也是同去做礼拜的，看了这景况，心里起了无限的憎恶：

“这还可以吗？这样的小孩子长大了还有什么用啦！中华民族一天一天走进深坑里去呀！中国若是每家都这样，从小就教他们的子弟见了外国人就眼睛发亮；就像见了大洋钱那个样子。外国人不是给你送大洋钱的呀！他妈的，民脂民膏都让他们吸尽了，还他妈的加以尊敬。”

马伯乐一边收拾着箱子，一边对于家庭厌恶至极的情感都来了。

这样的家庭是一刻工夫也不能停的了，为什么早不想走呢？真是糊涂，早就应该离开！真他妈的，若是一个人的话，还能在这家庭待上一分钟？

还有像这样的太太是一点意思也没有的了。自从她生了孩子，连书也不看了，连日记也不写了。每天拿着本《圣经》似读非读地摆起架子来。她说她也不信什么耶稣，不过是为了将来的家产，你能够不信吗？她说父亲说过，谁对主耶稣忠诚，将来的遗嘱上就是谁的财产最多。

这个家庭，实在要不得了，都是看着大洋钱在那里活着，都是些没有道德的，没有信仰的。

虽然马伯乐对于家庭是完全厌恶的了，但是当他要逃开这个家庭的前一会儿工夫，他却又起了无限的留恋：

“这是最后的一次吧！”

“将来还能回来吗？是逃走的呀，父亲因此还不生恨吗？”

他在脑子里问着自己。

“不能回来的了。”

他自己回答着。

于是他想该带的东西，就得一齐都带着，不带着，将来用的时候可就没有了。

而且永远也不会有的了。

背着父亲“逃”，这是多么大的一件事情，逃到上海第一封信该怎样写呢？

他觉得实在难以措辞。但是他又一想，这算什么，该走就走。

“现代有为的青年，做事若不果断，还行吗？”

该带的东西就带，于是他在写字桌的抽屉里抓出不少乱东西来，有用的，无用的，就都塞在箱子里。

钟打了半夜两点的时候，他已经装好了三只大箱子和两只小箱子。

天快亮的时候，他一听不好了，父亲就要起来了，同时像有开大门的声音。

大概用人们起来了！

马伯乐出了一头顶汗，但是想不出个好法子来。

“若带东西，大概人就走不了；人若走得了，东西就带不了。”

他只稍微想一想：

“还是一生的命运要紧，还是那些东西要紧？”

“若是太太回来了，还走得了？”

正这时候，父亲的房里有咳嗽的声音。不好了，赶快逃吧。

马伯乐很勇敢的，只抓起一顶帽子来，连领带也没有结，下楼就逃了。

马伯乐连一夜没有睡觉赶着收拾好了的箱子也都没有带。他实在很胆小的，但是他却机警。

未发生的事情，他能预料到它要发生。坏的他能够越想越坏。悲观的事情让他一想，能够想到不可收拾。是凡有一点缺点的东西，让他一看上去，他就一眼看出来，那是已经要不得的了，非扔开不可了。

他走路的时候，永久转着眼珠东看西看，好像有人随时要逮捕他。

到饭馆去吃饭，一拉过椅子来，先用手指摸一摸，是否椅子是干净的。若是干净的他就坐下；若是脏的，也还是坐下。不过他总得站着踌躇一会，略有点不大痛快的表示。筷子摆上桌来时，他得先施以检查的工夫。他检查的方法是很奇怪的，并不像一般人一样，不是用和筷子一道拿来的方纸块去擦，而是把筷子举到眼眉上细细地看。看过了之后，他才取出他自己的手帕来，很讲卫生地用他自己的手帕来擦，好像只有他的手帕才是干净的。其实不对的，他的手帕一礼拜之内他洗澡的时候，才把手帕放在澡盆子里，用那洗澡的水一道洗它一次。

他到西餐馆去，他就完全信任的了，椅子，他连看也不看，是拉过来就坐的（有时他用手仔细地摸着那桌布，不过他是看那桌布绣的那么精致的花，并非看它脏不脏）。刀叉拿过来时，并且给他一张白色的饭巾。他连刀叉看也不看，无容怀疑地，拿过来就叉在肉饼上。

他到中国商店去买东西，顶愿意争个便宜价钱，明明人家是标着定价的，他看看那定价的标码，他还要争。男人用的人造丝袜子，每双四角，他偏给三角半，结果不成。不成他也买了。他也绝不到第二家去再看看，因为他心中有一个算盘：

“这袜子不贵呀！四角钱便宜，若到大公司里去买，非五角不可。”

既然他知道便宜，为什么还争价？

他就是想，若能够更便宜，那不就是更好吗？不是越便宜越好吗？若白送给他，不就更好吗？

到外国商店去买东西，他不争。让他争，他也不争。哪怕是没有标着价码的，只要外国人一说，两元就是两元，三元就是三元。他一点也没有显出对于钱他是很看重的样子，毫不思索地从腰包里取出来，他立刻付出去的。

因为他一进了外国店铺，他就觉得那里边很庄严，那种庄严的空气很使他受压迫，他愿意买了东西赶快就走，赶快逃出来就算了。

他说外国人没有好东西，他跟他父亲正是相反，他反对他父亲说外国这个好，那个好的。

他虽然不宣传外国人怎样好，可是他却常骂中国人：

“真他妈的中国人！”

比方上汽车，大家乱挤，马伯乐也在其中挤着的，等人家挤掉了他的帽子，他就大叫着：

“真他妈的中国人！挤什么！”

在街上走路，后边的人把他撞了一下，那人连一声“对不起”也不说。他看看那坦然而走去的人，他要骂一声：

“真他妈的中国人！”

马伯乐家的仆人，失手打了一只杯子，他狠狠地瞪了他一眼：

“真他妈的中国人！”

好像外国人就不打破杯子似的，不知道他是什么意思。

有一次他拆一封信，忙了一点伤着里边的信纸了，他把信张开一看，是丢了许多字的，他就说：

“真他妈的中国人！”

马伯乐的全身都是机警的，灵敏的，且也像愉快的样子。唯独他的两只眼睛常常闪视着悲哀。

他的眼睛是黑沉沉的，常常带着不信任的光辉。他和别人对面谈话，他两个眼睛无时不注视在别人的身上，且是从头到脚，从脚到头，来回地巡视，而后把视线安安定定地落在别人的脸上，向人这么看了一两分钟。

这种看法，他好像很悲哀的样子，从他的眼里放射出来不少的怜悯。

好像他与之谈话的人，是个同谋者，或者是个同党，有共同的幸与不幸联系着他，似乎很亲切但又不好表现的样子。

马伯乐是悲哀的，他喜欢点文学，常常读一点小说，而且一边读着一边感叹着。

“写得这样好呵！真他妈的中国人。”

他读的大半是翻译小说，中国小说他也读，不过他读了常常感到写得不够劲。

比方写狱中记一类事情的，他感觉他们写得太松散，一点也不紧张，写得吞吞吐吐，若是让他来写，他一定把狱中的黑暗暴露无遗，给它一点也不剩，一点也不留，要说的都说出来，要骂的都骂出来。唯独这才能够得上是一个作家。

尤其是在中国，中国的作家在现阶段是要积极促成抗日的，因此他常常叹息着：

“我若是个作家呀，我非领导抗日不可。中国不抗日，没有翻身的一天。”

后来他开始从街上买了一打一打的稿纸回来。他决心开始写了。

他读高尔基的《我的童年》的时候，那里边有很多地方提醒了他。他也有一些和高尔基同样的生活经验，有的地方比高尔基的生活还丰富，高尔基他进过煤坑吗？而马伯乐是进去过的。他父亲开小煤矿嘛，他跟工人一路常常进去玩的。

他决心写了。有五六天他都是坐在桌子旁边，静静地坐着，摆着沉思的架子。

到了第七天，他还一个字没有写，他气得把稿纸撕掉了许多张。

但他还是要写的，他还是常常往家里买稿纸。开初买的是金边的，后来买的是普通的，到最后他就买些白报纸回来。他说：

“若想当个作家，稿纸是天天用，哪能尽用好的，好的太浪费了。”他和朋友们谈话，朋友们都谈到抗日问题上去，于是他想写的稿子，就越得写了。

“若是写了抗日的，这不正是时候吗？这不正是负起领导的作用吗？这是多么伟大的工作！这才是真正推动了历史的轮子。”

他越想越伟大，似乎自己已经成了个将军了。

于是他很庄严地用起功来。

新买了许多书，不但书房，把太太的卧房也给摆起书架子。太太到厨房去煎鱼，孩子打开玻璃书架，把他的书给抛了满地，有的竟撕了几页，踏在脚下。

“这书是借来的呀，你都给撕坏了，到那时候可怎么办？”

马伯乐这一天可真气坏了，他从来也不打孩子，他也不敢打。他若打孩子，他的太太就在后边打他。可是这一天他实在气红了眼睛，把孩子按到床上打得哇哇地乱叫。

开初那孩子还以为和往常一样，是爸爸和他闹着玩的，所以被按到床上还咯咯地一边笑一边踢荡着小腿。马伯乐说：

“好东西，你等着吧！”

把孩子打了之后，玻璃书橱也锁起来了。一天一天地仍是不断地从民众图书馆里往家搬书。他认识图书馆的办事员，所以他很自由地，愿意拿什么书就拿什么书，不用登记，不用挂号。

民众图书馆的书，马伯乐知道也是不能看，不过家里既然预备了书架，书多一点总是好看。

从此他还戴起眼镜来，和一个真正的学者差不多了。

他大概一天也不到太太屋里来。太太说他瘦多了，要到街上去给他买一瓶鱼肝油来吃。

不久，马伯乐就生了一点小病。大家是知道的，他生病是不吃什么药的。也不过多吸几支烟也就好了。

可是在病中，出乎他自己意料的他却写了点文章。

他买了几本世界文学名著，有的他看过，有的还来不及看。但是他在其中选了一本，那一本他昼夜抱着，尤其当他在纸上写字的时候，他几乎离不开那本书，他是写一写看一看的。

那书是外国小说，并没有涉及中国的事情。但他以为也没有多大关系，外国人的名字什么什么彼得罗夫，他用到他的小说上，他给改上一个李什么、王什么。总之他把外国人都给改成中国人之后，又加上自己最中心之主题“打日本”。现在这年头，你不写“打日本”，能有销路吗？再说你若想当一个作家，你不在前边领导着，那能被人承认吗？

马伯乐没有什么职业，终年地闲着，从中学毕业后就这样。那年他虽然去到了上海，也想上××大学念书，但是他没有考上，是在那里旁听。父亲也就因此不给他费用。虽然他假造了些凭据，写信用××大学的信封，让父亲回信到××大学，但也都没有生效。

于是他又回到家中做少爷，少爷多半都是很幸福地随便花钱。但他不成，他的父亲说过：

“非等我咽了气，你们就不用想，一分一文都得拿在我的手里。”

同时又常常说：

“你们哪一个若嫌弃你爹老朽昏庸，哪一个就带着孩子、老婆另起炉灶去好啦。”

马伯乐住在家里常常听这难听没有意思的话。虽然家里的床是软的，家的饭食是应时的，但总像每天被虐待了一样，也好像家中的奴仆之一似的，溜溜的，看见父亲的脸色一不对，就得赶快躲开。

每逢向父亲要一点零用的钱，比挖金子还难，钱拿到了手必得说：

“感谢主，感谢在天的父。”

他每逢和父亲要了钱来，都气得面红耳热，带钱回到自己房里，往桌上一摔，接着就是：

“真他妈的中国人！”

而后他骂父亲是守财奴、看钱兽、保险箱、石头柜等名词。

可是过不了几天，钱又花完了，还是省着省着花的。要买一套新的睡衣，旧的都穿不得了，让太太给缝了好几回了。

一开口就要八块钱，八块钱倒不算贵，但是手里只有十块了，去了八块零用的又没有了。

有时候同朋友去看看电影，人家请咱们，咱们也得请请人家！

有时他手里完全空了时，他就去向太太借，太太把自己的体己钱扔给他，太太做出一种不大好看的脸色来：

“男子汉！不能到外边去想钱，拿女人的钱。”

有一次马伯乐向父亲去要钱，父亲没有给，他跑到太太那里去，他向太太说：

“这老头子，越老越糊涂，真他妈的中国人！”

太太说：

“也难怪父亲啦，什么小啦，也是二三十岁的人啦。开口就是父亲，伸手就是钱。若不是父亲把得紧一点，就像你这样的呀，将来非得卖老婆当孩子不可。一天两只手，除了要钱，就是吃饭，自己看看还有别的能耐没有？我看父亲还算好的呢！若摊着穷父亲岂不讨饭吃去！”

马伯乐的脸色惨白惨白的：

“我讨饭去不要紧哪，你不会看哪个有钱有势的你就跟他去……”

马伯乐还想往下说。

可是太太伏在床上就大哭起来了：

“你这没良心的，这不都是你吗？我的金戒指一只一只的都没有啦。那年你也不知发的什么疯，上的什么上海！我的金手镯呢？你还我呀，在上海你交的什么女朋友，你拿谁的钱摆的阔？到今天我还没和你要，你倒有嘴骂起我来。东家西家，姊姊妹妹的，人家出门都是满手金虎虎的戴着。咱们哪怕没有人家多，也总得有点呵。我嫁你马伯乐没有吃过香的，没有喝过辣的。动不动你就跑了，跑北京，跑上海……跑到那儿就会要钱，要钱的时候，写快信不够快，打来了电报。向我要钱的时候，越快越好。用不着我的时候就要给点气受。你还没得好呢，就歪起我来了，你若得好，还能要我？早抛到八千里之外去了……”

马伯乐早就逃开了，知道事情不好，太太这顿乱说，若让父亲听到，“到那时候可怎么办哪？”

他下了楼，跑到二门口去，在影壁那里站着。

影壁后面摆着一对大圆的玻璃养鱼缸。他一震动那缸沿，里面的鱼就更快地跑一阵。他看着，觉得很有趣。

“人若是变个金鱼多好！金鱼只喝水，不吃饭，也不花钱的呀！”

他正想着想着，楼上那连哭带吵的声音，隐约还可以听到。他想把耳朵塞住，他觉得真可怕，若是让父亲听见，“到那时候，可怎么办？”

正想迈开步逃，逃到街上去，在街上可以完全听不见这种哭声。他刚一转身，他听楼上喊着：

“你给我金手镯呀！你给我金手镯！”

这声音特别大，好像太太已经出来了，在走廊上喊着似的，听得非常清楚。

可是他也没敢往走廊上看，他跑到大街上去了。

太太在楼上自己还是哭着，把一张亲手做的白花蓝底的小手帕都哭湿了，头发乱蓬蓬地盖了满脸。把床单也哭湿了。

她的无限的伤心，好像倾了杯子的水，是收不住的了。

“你马伯乐，好没良心的。你看看，我的手上还有一颗金星没有，你看看，你来看……”

太太站起来一看，马伯乐早就不在屋里了。

于是伏在床上，哭得更为悲哀，但只哭了几声就站起来了。

很刚强地把眼泪止住，拿了毛巾在脸盆里浸了水，而后揩着脸，脸上火辣辣的热，用冷水一洗，觉得很凉爽。只是头有点昏，而且眼睛很红。不能出去，出去让人看了难为情。

只得坐在沙发上，顺手拿起当天的日报看看，觉得很无聊。

等她看到某商店的广告，说是新从上海来了一批时装，仕女们请早光临，报纸上还刊登了一件小绒衣的照像。那衣裳是透花的，很好看，新样子，她从来没有见过。她想若也买一件，到海边去散步穿穿，是很好的。在灯光下边，透花的就更好看。

她一抬头，看见了穿衣镜里边，那红眼睛的女人就是她自己。她又想起来了：

“还买这个买那个呢，有了钱还不够他一个人连挖带骗的……唉……”

她叹了一口气，仍勉强地看报纸。她很不耐烦。

“那样没出息的人，跟他一辈子也是白忙。”

太太是很要强的一个女人。

“光要强有什么用，你要强，他不要强……”

她想来想去，觉得人活着没有什么意思，又加上往镜子里一看，觉得自己也老许多了，脸色也苍白了许多。

可是比从前还胖了一点，所以下巴是很宽的。人一胖，眼睛也就小。

她觉得自己从前的风韵全无了。

于是拿起身边的小镜子来，把额前的散发撩一撩，细看一看自己的头盖是否已经有了许多皱纹。皱纹仍是不很显然。不过眉毛可有多少日子没有修理了。让孩子闹的，两个眉毛长成一片了。

她去开了梳妆台的抽屉，去找夹眉毛的夹子。左找右找也找不着，忽然她想起来那夹子不是让孩子们拿着来玩的吗？似乎记得在什么地方看见过，但又忘得死死的，想也想不起来。这些孩子真讨厌，什么东西没有不拿着玩的，一天让他们闹昏了。

说说她又觉得头有点昏，她又重新没有力气地坐到沙发上去了。

一直坐在那里，听到走廊上有人喊她，她才站起来。

“大少奶奶！”

喊声是很温柔的，一听就知道是她的婆母。她连忙答应了一声：

“请娘等一会，我拢一拢头就来。”

她回答的时候，她尽可能发出柔弱娇媚的声音，使她自己听了，也感到人生还是有趣的。

于是她赶快梳了头，脸上扑了一点粉，虽没有擦胭脂，她觉得自己也并没有老了多少。正待走出去，才看见旗袍在哭时已经压了满身的褶子。

她打开挂衣箱，挂衣箱里挂满了花花绿绿的袍子。她也没有仔细挑选，拉出一件就穿上了，是一件紫色的，上边也没有花，已经是半新不旧的了。但是她穿起来也很好看，很有大家闺秀的姿态。

她的头发，一齐往后梳着，烫着很小的波浪，只因刚用梳子梳过，还有些蓬蓬之感。她穿的是米色的袜子，蓝缎绣着黄花的家常便鞋。

她走起路来，一点声音也没有。她关门的时候在大镜子里看一看自己，的确不像刚刚哭过。

于是她很放心地沿着走廊过去了。走廊前的玻璃窗子一闪一闪地闪着个人影。

到了婆婆屋里，婆婆叫她没有别的事，而是马神父的女儿从上海来，带了一件黑纱的衣料送给婆母。婆母说上了年纪的人穿了让人笑话，打算送给她。她接过来说：

“感谢我主耶稣。”

她用双手托着那纸盒，她做出很恭敬的姿态。她托着纸盒要离开的时候，婆母还贴近她的耳朵说：

“你偷偷摸摸做了穿，你可别说……说了二少奶奶要不高兴的。”

马伯乐的太太回到自己房里，把黑纱展开围在身上，在镜前看了一看。她的自信心又生起来了。

婆婆把衣料送给她，而不送给二少奶奶，这可证明婆婆是喜欢她的。婆婆喜欢她，就因为她每早很勤奋地读《圣经》。老太爷说得好：

“谁对主耶稣最真诚，将来谁得的遗产就多。”

她感到她读《圣经》的声音还算小，老太太是听见了的，老太爷的耳朵不大好，怕他未必听见，明天要再大声地读。

她把衣料放好，她就下厨房去，照料用人去烧菜了。

什么金手镯、金戒指，将来还怕没有的？只要对耶稣真诚一些。

所以她和马伯乐吵嘴的事情，差不多已不记在她心上了。

马伯乐的父亲是中国北部的一个不很大的城市的绅士，有钱，但不十分阔气。父亲是贫穷出身，他怕还要回到贫穷那边去，所以他很加小心，他处处兢兢业业。有几万块的存款，或者不到十万，大概就是这个数目。因此他对儿子管理的方法，都是很严的（其实只有一个方法，“要钱没有”）。

而且自己也是以身作则，早起晚睡。对于耶稣几年来就有深厚的信仰。

这一些，马伯乐也都不管。独有向父亲要钱的时候，父亲那种严加考问的态度，使他大为不满，使他大为受不了。

马伯乐在家里本是一位少爷，但因为他得不到实在的，他就甘心和奴仆们站在一方面。他的举动在家里是不怎样大方的，是一点气派也没有的，走路溜溜的。

因此他恨那些有钱的人，他讨厌富商，他讨厌买办，他看不起银行家。他喜欢嘲笑当地的士绅。他不喜欢他的父亲。

因此，像父亲那一流人，他都不喜欢。

他出门不愿坐洋车。他说："人拉着人，太没道理。"

"前边一个挣命的，后边一个养病的。"这不知是什么人发明的两句比喻，他觉得这真来得恰当。拉车的拼命地跑，真像挣命的样子。坐车的朝后边歪着，真像个养病的。

对于前边跑着那个挣命的，虽然说马伯乐也觉得很恰当，但他就总觉得最恰当的还是后边坐着那个养病的。

因为他真是看不惯，父亲一出一入总是坐在他自用的洋车里。

马伯乐是根本不愿意坐洋车，就是愿意坐，他父亲的车子，他也根本不能坐。

记得有一次马伯乐偷着跳上了父亲的车子，喊那车夫，让那车夫拉他。

车夫甩着那张扎煞的毛巾，向马伯乐说：

"我是侍候老爷的。我侍候你，我侍候不着。"

他只得悄悄地从车子上下来了。

但是车前那两个擦得闪眼湛亮的白铜灯，也好像和马伯乐示威的样子。

他心里真愤恨极了，他想上去一脚把它踏碎。

他临走出大门的时候，他还回头回脑地用眼睛去瞪那两个白铜灯。

马伯乐不喜交有钱的朋友。他说：

“有钱的人，没有好人。”

“有钱的人就认得钱。”

“有钱的人，老婆孩子都不认得。”

“有钱的人，一家上下没有不刻薄的，从仆人到孩子。”

“有钱的人，不提钱，大家欢欢喜喜；若一提钱，就把脸一变。祖孙父子尚且如此，若是朋友，有钱的，还能看得起没钱的吗？”

他算打定了主意，不交有钱的朋友。

交有钱的朋友，哪怕你没有钱，你回家去当你老婆的首饰，你也得花钱。他请你看电影，你也得请他。他请你吃饭，你也得请他。他请你上跳舞厅，你也得照样买好了舞票，放在他的口袋里。他给你放一打，你得给他放一打半。他给你放一打半，你得给他放两打。若是他给你放一打，你也给他放一打，那未免太小气了，他就要看不起你了。

可是交几个穷朋友，那就用不着这一套。那真好对付，有钱的时候，随便请他们吃一点烫面蒸饺，吃一点枣泥汤圆之类，就把他们对付得心满意足了。

所以马伯乐在中学里交的多半是穷朋友，就是现在他的朋友也不算多，差不多还是那几个。他们的资财都照马伯乐差得很远。

交了穷朋友，还有一种好处，你若一向他们说：

“我的父亲有七八万的财产。”

不用说第二句话，他们的眼睛就都亮了。可是你若向有钱的人说，他们简直不听你这套，因为他父亲的钱比你的父亲的钱更多。你若向他们说了，他们岂不笑死？

所以马伯乐很坚定的，认为有钱的人不好。

但是穷朋友也有一个毛病，就是他们常常要向他借钱。钱若一让他们看见了，就多少得给他们一点。

所以马伯乐与穷朋友相处时，特别要紧的是他的钱包要放在一个妥当的地方。

再回头来说，马伯乐要想写文章，不是没道理的，他觉得他的钱太少了，他要写文章去卖钱。他的文章没有写出来，白费了工夫。

后来，他看看，要想有钱，还是得经商，所以他又到上海去了一次，去经营了一个小书店。

这次是父亲应允了的，不是逃的。

并且父亲觉得他打算做生意了，大概是看得钱中用了。于是帮助他一笔款子。

太太对他这经商的企图，且也暗中存着很多的期望，对他表示着十分的尊敬。

在马伯乐临走的前一天的晚饭，太太下了厨房，亲自做了一条鱼，就像给外国神父所做的一样。外国神父到他家来吃饭时都是依着外国法子，把鱼涂好了面包粉，而后放在锅子里炸的。

太太走在前边，仆人端着盘子，跟在后边。一进了饭厅太太就说：

“伯乐今天可得多吃一点。鱼，是富贵有余的象征，象征着你将来的买卖必有盈余。说不定伯乐这回去上海会发个小财回来。”

马伯乐的母亲听了也很高兴，不过略微地更正了一点：

“大少爷是去开书店，可不是做买卖。”

父亲讲了很多的一堆话。父亲的眼镜不是挂在耳朵上的而是像蚂蚱腿一样，往两鬓的后边一夹，那两块透明的石头是又大又圆的，据说是乾隆年间的。

是很不错，戴着它，眼睛凉瓦瓦的，是个花镜。父亲一天也离不了它。

但是有时候也很讨厌，父亲就觉得它不是外国货。有好几次教会里的外国朋友，从上海、从香港带回来外国的小长长眼镜来送给他。他也总打算戴一戴试试，哪管不能多戴，只是到礼拜堂里去时戴一戴。

可是无论如何不成，无论如何戴不上。因为外国眼镜是夹在鼻子上的，中国人的鼻子太小，夹不住。

到后来，没有办法，还是照旧戴着这大得和小碟似的前清的眼镜。

父亲抬一抬眼睛说：

“你今年可不算小了，人不怕做了错事，主耶稣说过，知道错了就改了，那是不算罪恶的。好比你……过去……”

父亲说到这里叹了一口气：

“唉！那都不用说了，你南方跑一次上海，北方跑一次北京……唉！那都不用说了，哪个人年青还不荒唐两年，可是人近了三十，就应该立定脚跟好好干一点事，不为自己，还得为自己的儿孙后代……主耶稣为什么爱他的民呢？为什么上了十字架的？还不是为了他的民。人也非得为着他的后代着想不可，我若是不为着你们，我有钱我还不会到处逛逛，我何必把得这样的紧，和个老守财奴似的。你看你父亲，从早到晚，一会礼拜堂，一会马神父公馆。我知道，你们看了，觉得这都是多余的，好像你父亲对外国人太着眼，其实你父亲也不愿那样做，也愿意躺在家里装一装老太爷。可是这不可能。外国人是比咱们强，人家吃的穿的，人家干起事来那气派。咱们中国人，没有外国人能行吗？虽然也有过八国联军破北京，打过咱们，那打是为了咱们好，若不打，中国的教堂能够设立这么多吗？人家为啥呢，设立教堂！人家是为着咱们老百姓呵，咱们中国的老百姓，各种道德都及不上外国人，咱们中国人不讲卫生，十个八个人地住在一个房间里。就好比咱们这样的人家，这院子里也嘈杂得很，一天像穿箭似的，大门口一会丫头出去啦，一会拉车的车夫啦。一会卖香瓜的来，又都出去买香瓜。你看那外国人，你看那外国人住的街，真是雅静得很，一天到晚好像房子是空着。人家外国人，不但夫妇不住一屋，就连孩子也不能跟着他妈睡觉，人家有儿童室，儿童室就是专门给小孩子预备的。咱们中国人可倒好，你往咱们这条街上看看，哪一个院子里不是蚂蚁翻锅似的。一个院子恨不能住着八家，一家有上三个孩子。外国人就不然，外国人是咱们中国人的模范。好比咱们喝酒这玻璃杯子吧，若不是人家外国人坐着大洋船给咱们送到中国来，咱们用一个杯子还得到外国去买，那该多不便当。人家为着啥？人家不是为了咱们中国方便吗?!”

马伯乐听了心里可笑，但是他也没有说什么。因为马伯乐的脾气一向如此，当着面是什么也不说的，还应和着父亲，他也点着头。

父亲这一大堆话，到后来是很感伤地把话题落在马伯乐身上。好像是说，做父亲的年纪这样大了，还能够看你们几年，你们自己是该好好干的时候了。

母亲在桌子上没敢说什么。可是一吃完了饭，就跪到圣母玛利亚的像前，去祷告了半点多钟，乞求主耶稣给他儿子以无限的勇气，使他儿子将来的生意发财。

“主耶稣，可怜他，他从来就是个老实的好孩子。就是胆小，我主必多多赐给他胆量。他没有做过逆我主约言的事情。我主，在天的父，你给他这个去上海的机会，你也必给他无限的为商的经验。使他经起商来，一年还本，二年生利，三年五年，金玉满堂，我主在天的父。”

马伯乐有生以来第一次接受这样庄严的感情，自己受着全家的尊敬，于是他迈着大步在屋子里来回地踱着，他手背在背后，他的嘴唇扣得很紧，看起来好像嘴里边在咬着什么。他的眼光看去也是很坚定的。他觉得自己差一点也是一位主人。他自己觉着在这个世界上活着也是有权利的。

他从来不信什么耶稣，这一天也不知道他倒是真的信了怎么的，只是他母亲从玛利亚那儿起来时，他就跪下去了。

这是他从来所未有的。母亲看了十分感动，连忙把门帘挑起，要使在客厅里的父亲看一看。

平常父亲说马伯乐对主是不真诚的：

“晚祷他也不做呀！”

母亲那时就竭力辩护着，她说：

“慢慢他必要真诚的。”

现在也不是晚祷的时候，他竟自动地跪下了。

母亲挑起门帘来还向父亲那边做了一个感动的眼神。

父亲一看，立刻就在客厅里耶稣的圣像面前跪下了。他祷告的是他的儿子被耶稣的心灵的诱导，也显了真诚的心了。他是万分地赞颂耶稣给他的恩德。

父亲也祷告了半点多钟。

母亲一看，父亲也跪下了，就连忙去到媳妇的屋里。而媳妇不在。

老太太急急忙忙地往回头走，因为走得太急，她的很宽的腮边不住地颤抖着。

在走廊上碰到媳妇抱着孩子大说大叫地来了。她和婆母走了个对面，她就说：

"娘呵！这孩子也非打不可了，看见卖什么的，就要买什么。这守安息日的日子，买不得……"

婆婆向她一摆手，脸上没有什么表情，好像有什么事发生了似的。婆婆说：

"你别喊，你看保罗跪在圣母那儿啦！"婆婆说了一句话，还往喉咙里边咽了一口气，"你还不快也为他祈祷，祈求慈爱的在天的父不要离开他。从今天起，保罗就要对主真诚了。"

说着她就推着媳妇：

"你没看你爹也跪下了，你快去……"

（马伯乐本来叫马保罗，是父亲给他起的外国名字。他看外国名字不大好，所以自己改了的。他的母亲和父亲仍叫他保罗。）

不一会的工夫差不多全家都跪下了。

马家虽然不是礼拜堂，可是每一间屋里都有一张圣像。就连走廊、过道也有。仆人们的屋子里也有。

不过仆人的屋子比较不大讲究一点，没有镶着框子，用图钉随便钉在那里。仆人屋里的圣像一年要给他们换上一张，好像中国过年贴的年画一样。一年到头挂得又黑又破，有的竟在耶稣的脚上撕掉了一块。

经老太太这一上下地奔跑，每张圣像前边都跪着人，不但主人，仆人也都跪下了。

梗妈跪在灶房里。

梗妈是山东乡下人，来到城里不久，就随了耶稣教了。在乡下她是供着佛的，进了城不久把佛也都扔了。传教的人向她说：

“世间就是一个神，就是耶稣，其余没有别的神了。你从前信佛，那就是魔鬼遣进你的心了。现在你得救了。耶稣是永远开着慈爱的门的，脱离了魔鬼的人们，一跪到耶稣的脚前，耶稣没有不保护他的。”

梗妈于是每个礼拜日都到礼拜堂去，她对上帝最真诚，她一祷告起来就止不住眼泪，所以她每一次祷告就必得大哭。

梗妈的身世很悲惨的，在她祷告的时候，她向上帝从头到尾地说了一遍：

“上帝，你可怜我，我十岁没有娘，十五岁做了媳妇，做了媳妇三年我生了三个孩子……第三个孩子还没有出生，孩子的爹就走了，他说他跑关东去，第二年回来。从此一去无消息，……上帝，你可怜我……我的三个孩子，今天都长大了，上帝，可怜我，可别让他们再去跑关东。上帝，你使魔鬼离开他们，哪怕穷死，也是在乡里吧。”

马老太太跟她一同去做礼拜，听了她这番祷告，她也感动得流了眼泪。

梗妈做起事情来笨极了，拿东忘西的，只是她的心是善良的，马老太太因此就将就着她，没有把她辞退。

她哄着孩子玩的时候，孩子要在她的脸上画个什么，就画个什么。给她画两撇胡子，脑盖上画一个“王”字，就说梗妈是大老虎。于是梗妈也就伏在地上四个腿爬着，并且嗷嗷地学着虎叫。

有的时候，孩子给梗妈用墨笔画上了两个大圆眼镜，给她拿了手杖，让她装着绅士的样子。有一天老太太撞见了，把老太太还吓了一跳。可是老太太也没有生气。

因为梗妈的脾气太好了，让孩子捉弄着。

“若是别人，就那么捉弄，人家受得了？”

二少奶奶要辞退梗妈的时候，老太太就如此维护着她的。

所以今天老太太命令她为大少爷祈祷，以她祷告得最为悲哀，她缠缠绵绵地哭着，絮絮叨叨地念诵着。

小丫环正端着一盆洗脸水，刚一上楼梯，就被老太太招呼住。

小丫环也是个没有娘的孩子。并不是娘死了，或者是爹死了，而是因为穷，养活不了她，做娘的就亲手抱着她，好像抱着小羊上市去卖的一样，在大街上就把她卖了。那时她才两岁，就卖给马老太太邻居家的女仆了。后来她长到七岁，马老太太又从那女仆手里买过来的。马老太太花去了三十块钱，一直到今天，马老太太还没有忘记。她一骂起小丫环来，或者是她自己心里有什么不高兴的事情，她就说：

“我花三十块钱买你，还不如买几条好看的金鱼看看，金鱼是中看不中吃，你是又不中看又不中吃。”

小丫环做事很伶俐，没有什么不好，只是好偷点东西吃，姑奶奶或是少奶奶们的屋子，她是随时进出的，若屋子里没有人在，她总是要找一点什么糖果吃吃的。

老太太也打了她几次，一打她就嘴软了，她说再也不敢吃了，她说她要打赌。老太太看她很可怜，也就不打她了，说：

“主是不喜欢盟誓的……”

老太太每打她一次，还自己难过一阵：

“唉！ 也不是多大的孩子呵！ 今年才九岁，走一家又一家的，向这个叫妈那个叫娘的。若不是花钱买来的，若是自己肉生肉长的，还不知多娇多爱呢！最苦苦不过没娘的孩。”

老太太也常在圣像面前为她祈祷，但她这个好偷嘴吃的毛病，总不大肯改。

小丫环现在被老太太这一招呼，放下了端着的脸盆，就跪在走廊上了。

她以为又是自己犯了什么还不知道的错处，所以规规矩矩地跪着，用污黑的小手盖在脸上。

老太太下楼一看，拉车的车夫还蹲在那儿擦车灯，她赶快招呼住他：

“快为大少爷祈祷……快到主前为大少爷祈祷。”

车夫一听，以为大少爷发生了什么不幸，他便问：

“大少爷不是在家没出去吗？”

“就是在家没出去才让你祈祷。”

车夫被喝呼着，也就隔着一道门槛向着他屋里的圣像跪下了。

车夫本来是个当地的瓷器小贩子，担些个土瓷、瓦盆之类，过门唤卖。本来日子过得还好，一妻一女。不料生了一场大病（伤寒病），他又没有准备金，又没有进医院，只吃些中国的草药，一病，病了一年多。他还没有全好，他的妻女被他传染就都死在他的前面。

于是病上加忧，等他好了，他差不多是个痴人了。每当黄昏，半夜，他一想到他的此后的生活的没有乐趣，便大喊一声：

“思想起往事来，好不伤感人也！”

若是夜里，他就破门而出，走到天亮再回来睡觉。

他，人是苍白的，一看就知道他是生过大病。他吃完了饭，坐在台阶上用筷子敲饭碗，半天半天地敲。若有几个人围着看他，或劝他说：

“你不要打破了它。”

他就真的用一点劲把它打破了。他租一辆洋车，在街上拉着，一天到晚拉不到几个钱，他多半是休息着，不拉，他说他拉不动。有人跳上他的车让他拉的时候，他说：

“拉不动。”

这真是奇怪的事情，拉车的而拉不动。人家看了看他，又从他的车子下来了。

不知怎样，马伯乐的父亲碰上他了。对他说：

“你既是身体不好，你怎么不到上帝那里，去哀求上帝给你治好呢？”

他看他有一点意思，便说：

“你快去到主前，哀求主给你治吧！主治好过害麻风病的人，治好过瞎眼的人……你到礼拜堂去做过礼拜没有？我看你这个样子，是没有去过的，你快快去到主前祈祷吧。只有上帝会救了你。”

下礼拜，那个苍白的人，去到了礼拜堂，在礼拜堂里学会了祷告。

马伯乐的父亲一看，他这人很忠实，就让他到家里来当一个打杂的，扫扫院子之类。一天白给他三顿饭吃，早晨吃稀饭，中午和晚饭是棒子面大饼子。

本来他家里有一个拉车子的，那个拉车的跑得快，也没有别的毛病，只是他每个月的工钱就要十块。若让这打杂的兼拉车，每月可少开销十块。

不久就把那拉车的辞退走了，换上这个满脸苍白的人。他拉车子走得很慢，若遇到上坡路，他一边拉着，嘴里和一匹害病的马似的一边冒着白沫。他喘得厉害，他真是要倒下来似的，一点力量也没有了。

马伯乐的父亲坐在车上，虽然心里着一点急，但还觉得是上算的：

“若是跑得快，他能够不要钱吗？主耶稣说过，一个人不能太贪便宜。”

况且马伯乐的父亲是讲主耶稣慈悲之道的，他坐在这样慢的车上是很安然的，他觉得对一个又穷又病的人是不应该加以责罚的。

马伯乐的父亲到了地方一下了车子，一看那车夫又咳嗽又喘的样子，他心里想：“你这可怜的人哪！”于是打开了腰包，拿出来五个铜板给他，让他去喝一碗热茶或者会好一点。

有一天老太爷看他喘得太甚，和一个毛毛虫似的缩作一团，于是就拿了一毛钱的票子扔给他。车夫感动极了，拾起来看看，这票子是又新又硬的。他没去用，等老太爷出来，他又交还他。老太爷摆手不要。

车夫一想，马家上下，没有对我不好的，老太太一看我不好，常常给我胡椒酒喝。就是大少爷差一点，大少爷不怎样慈悲，但是对我也不算坏。

于是车夫把这一毛钱买了一张圣母玛利亚的图像呈到老太太的面前了。

老太太当时就为车夫祷告，并且把小丫环和梗妈也都叫来，叫她们看看这是车夫对耶稣的诚心。

有一天车夫拉着老太爷回来，一放下车子人就不行了。

马伯乐主张把他抬到附近的里仁医院去。父亲说：

“那是外国人的医院，得多少钱！”

马伯乐说：

“不是去给他医治，是那医院里有停尸室。”

父亲问：

“他要死了吗？”

马伯乐说：

“他要死了，咱们家这样多的孩子，能让他死在这院子吗？”

过了半天工夫，街上聚了很多人了，车夫躺在大门外边，嘴里边可怕地冒着白沫。

马伯乐的父亲出来了，为车夫来祷告：

“我主在天的父，你多多拯救穷人，你若救活了这个将死的人，那些不信主的人，闻风就都来信服你……我主，在天的父……”

老太太站在大门里，揩着眼睛，她很可怜这样无靠的人。

街上那些看热闹的人静静地看着，一句话也不说。只有梗妈向老太爷说了好几次：

“把他抬到屋里去吧，他死不了。”

老太爷摇摇头说：

“我主耶稣不喜欢狭窄的地方。”

梗妈又对老太太去说：

“把他抬进来吧！”

老太太擦擦眼泪说：“多嘴！”

于是那车夫就在大门外边，让太阳晒着，让上百的人围着。

车夫果然没有死。

今天被老太太喝呼着，他就跪在大门洞子里了。

但是他不晓得为大少爷祈祷什么，同时街上过往来回的人，还一个劲地看他，他只得抬起手来把脸蒙住。可是他的手正在擦车灯，满手是擦灯油的气味。

他看一看老太太也上楼了，他也就站起来了。

这一天祷告的声音很大，不同于平常的晚祷。声音是嗡嗡的，还好像有人哭着。车夫想：

“哭是在礼拜堂里边，怎么在家也哭？”

车夫一听不好了，大半是发生了不幸。他赶快跑到屋里去，把门关上，向着圣像很虔诚地把头低下去，于是也大声地叨叨起来：

“主，耶稣，你千灵万灵的主，可不要降灾于我们的大少爷……可不要降灾于我们的大少爷……从前我以为他是个狠心的人，从昨天起我才知道他是个心肠很好的人。上帝，昨天他还给我两块钱来的……昨天。”

马伯乐因为要离开家，所以赏给两块钱，因此车夫为他大嚷大叫着。

送信的信差来了，敲打着门房的窗子，没有人应，就把信丢进窗子里去。他往窗子里一望，地上跪着一个人，他招呼一声：

“信！”

里边也没有回答，他觉得奇怪，又听这院子里楼上楼下都嗡嗡的。

在这个城里，耶稣教很盛行，信差也有许多信教的，他知道他们在做祷告，他看一看手上的表，知道晚祷的时候还未到。

若不在晚祷的时候，全体的祷告是不多见的，大概是发生了什么事情。生了初生的婴儿是如此，因为婴儿是从耶稣那里得到生命的。有人离开了世界，大家希望他能够回到主那里，所以大家也为他祈祷。

那信差从大门口往里望一下，没有看见一个人。两三个花鸭子绕着影壁蹒蹒地走来。信差又往院子里走一走，看见小丫环在走廊上也是跪着，他就一步跳出来了，心中纳闷。

他到隔壁那家去送信，他就把这情形告诉了那看门的。

看门的跑到马公馆的大门口站了一会，回去就告诉了女仆，女仆又告诉了大小姐。

不一会，马公馆的大门外聚了一大堆的人。因为这一群人又都是不相干的，不敢进去问一问，都站在那儿往里边探头探脑。

有的想，老马先生死了，有的想孙少爷前天发烧，也许是病重。

还有一些，是些过路人，看人家停在那儿了，他也就停在那儿了，他根本什么也不知道，就跟人家在那里白白地站着。

马公馆的老厨子，扎着个蓝围裙，提着个泥烧的扁扁酒瓶子，笑呵呵地从街上回来。走到大门口，那些人把他拦住，问他：

“你们公馆怎么着了？有什么事？”

他说：“没什么，没什么！”

人们向他拥着。他说：

“别挤别挤，我要喝酒去了。”

他一进了院子，听听楼上楼下，都在祷告。他一开厨房的门，他看梗妈跪在那里，并且梗妈哭得和个泪人似的。他也就赶快放下了酒壶，跪下去了。

马伯乐有生以来只受过两次这样庄严的祷告。一次是在他初生的时候，那时他还太小，他全然不知道。那么只有这一次了，所以使他感到很庄严，他觉得坐立不安。

不久他带着父亲赞助他的那笔款子，在上海开起书店来了。

现在再说他父亲赞助他这笔款子究竟是三千块钱，还是几百块钱，外人不能详细地知道。他见了有钱的人，他说三千。他见了穷朋友，他说：

“哪有那么多，也不过几百块钱。父亲好比保险箱，多一个铜板也不用想他那里跳出来。”

“说是这样说。”马伯乐招呼着他的穷朋友，“咱们该吃还是得吃呵，下楼去，走！”

他是没有戴帽子的习惯的，只紧了紧裤带就下楼去了。

他走在前面，很大方的样子。走到弄堂口，他就指给朋友们两条大路，一条是向左，一条是向右。问他们要吃汤圆，还是要吃水饺。

马伯乐所开的这爿店是在法租界一条僻静的街上，三层楼的房子。

马伯乐这书店开得很阔气，营业部设在楼下，二楼是办公厅，是他私人的，三楼是职员的卧室（他的职员就是前次他来上海所交的几个穷朋友）。

房子共有六七间，写字台五六张，每张写字台上都摆着大玻璃片。墨水壶，剪刀，浆糊，图钉，这一些零碎就买了五十多块钱的。

厨房里面，请上娘姨，生起火来，开了炉灶。若遇到了有钱的朋友来，厨房就蒸着鸡啦，鸭啦，鱼啦，肉啦，各种香味，大宴起客来。

比方会写一点诗的，或将来要写而现在还未写的，或是打算不久就要开始写的诗人，或是正在收集材料的小说家……就是这一些人等等，马伯乐最欢迎。他这些新朋友，没有几天工夫都交成了。简直是至交，不分彼此，有吃就吃，有喝就喝，一切都谈得来，一切不成问题。

马伯乐一看，这生意将来是不成问题的了，将来让他们供给文章是不成问题的了。因为并非商人之交，商人是以利合，他们却是以道合。他们彼此都很谈得来。

马伯乐把从前写小说的计划也都讲了一番。但是关于他为着想卖点稿费才来写小说这一层，是一字未提的，只说了他最中心的主题，想要用文章来挽救中华民族。

“真是我们的民族非得用我们的笔去唤醒不可了，这是谁的责任……这是我们人人的责任。”

马伯乐大凡在高兴的时候，对着他的宾客没有不说这话的。

于是人人都承认马伯乐是将来最有希望的一人。

彼此高谈阔论，把窗子推开，把椅子乱拉着。横着的，斜着的，还有的把体重沉在椅子的两只后腿上，椅子的前腿抬起来，看着很危险。可是坐在椅子上的人把脚高高地举在写字台上，一点也不在乎，悠然自得。他把皮鞋的后跟还在桌心那块玻璃砖上慢慢地擦着。

那玻璃砖的下层压着一张高尔基的像片，压着一张斯大林的像片。

那个张歪着椅子的前腿的人，一看到这两张像片，赶忙把脚从桌上拿下来，抬起玻璃砖把像片拿出来细看一番，连像片的背面都看了，好像说不定这张像片就是他的。

看了半天，没能看出什么来。

经他这一看，别人也都围上来了，并且好几个人问着：

“这是在哪儿买的？伯乐！”

“呵，什么。”马伯乐表示着很不经意的样子，他晓得在交际场中，你大惊小怪的，未免太小家子气。

“从青岛带来的。”

马伯乐是说了个谎，其实这照片不是他的，是他的职员的。

因为还是远道而来，众人对这照片更表示一番特别重视。

所以接着不断地议论起来。有的说霞飞路上有一家外国书店卖的多半是俄国书，比如果戈理的、托尔斯泰的，还有些新俄的作家。可惜他们都不大认识俄文，只凭了封面上的作者的画像才知道是某人某人的作品。就是这一家就有斯大林的照片。

马伯乐说：

“我还从那里买过一张法捷耶夫的照片……穿的是哥萨

克的衣裳。”

马伯乐的确在朋友的地方见过这张照片，可是他并没有买过。他看大家都对这个有兴趣，所以他又说了个谎。

“是的呀。俄国的作家，都愿意穿哥萨克的衣裳。那也实在好看。可惜上海没有卖的，听说哈尔滨有，我那儿有认识人，我想托他给我买一件寄来。俄国东西实在好。”

马伯乐说：

“很好，很好。”

再说那卖俄国画片的书店，众人都不落后，各人说着各人对那书店发现的经过。有的说：

“刚开门不久。”

有的说：

“不对，是从南京路搬来的。”

有一个人说，他在两年前就注意到它了。正说到这里，另一个人站起来，把一支吸完了的烟尾从窗子抛到花园里去。那个人是带着太太的，太太就说：

“你看你，怎么把烟头丢进花园里，花是见不得烟的。”

马伯乐过来说不要紧。

“这花算什么，没有一点好花。”

可是大家的话题仍没有打断。那丢烟尾的人发表了更丰富更正确的关于那家书店的来历，他说他有一个侄子，从前到过海参崴，学了很好的俄国话回来。他是那书店老板的翻译。

“老板的名字叫什么来的，叫作什……多宁克……有一次，我到那书店里去，侄子还给我介绍过，现在想不起了，总之，是个纯粹的俄国人。从他那哈哈大笑的笑声里，就可以分辨出来，俄国人是和别的国的人不同的，俄国人是有着他了不起的魄力的……”

他知道他自己的话越说越远，于是把话拉回来：

“那书店不是什么美国人开的，也不是从南京路来的，而是从莫斯科来的，是最近，就是今年春天。”

关于这样一个大家认为前进的书店，马伯乐若不站起来说上几句，觉得自己实在太落后了。但是他要说什么呢！其实他刚来上海不久，连这书店还是第一次听说，连看也未曾看过，实在无从说起，又加上已经被人确定是俄国书店了，大家也就没有什么好说的了，大家也就不感到趣味了。马伯乐看一看这情景，也就闭口无言算了。

大家都静了几分钟。

马伯乐要设法把空气缓和下来，正好门口来个卖西瓜的，就叫了用人来抱西瓜，他站在门口招呼着：

“选大的，选大的。”

他表示很慷慨的样子，让用人拿了四五个进来。

一会工夫，满地都是西瓜皮了。

马伯乐说：

“随便扔，随便扔。”

他觉得若能做到主客不分，这才能算作好交情。办公桌上的墨盒盖没有关，有人不经意地把西瓜子吐在墨盒里了。

马伯乐说：

“不要紧，不要紧，真他妈的这些东西真碍事。”

他走过去，把办公桌上零零碎碎的什么印色盒，什么橡皮图章、墨水壶之类，都一齐往一边扒拉着，这些东西实在是很碍事。

过了没有多少日子。马伯乐这书店有些泄气了。他让会计把账一算，他说开销太大了。他手里拿着账单，他说。

“是这个数目吗？”

他说：

“有这么多吗？”

他拿起铅笔来，坐在办公桌那儿算了一个上午。这是他开书店以来第一次办公，觉得很疲乏，头脑有点不够用。躺在床上去休息了一下，才又起来接着算。无论怎么算法，数目还是那么多，和会计算的一样。于是他说着：

“这真奇怪，这真奇怪，可是一两千块钱都是做什么花的？并没有买什么用不着的东西呀！并没有浪费呀！钱可到底是哪儿去了?”

偏拿在他手里的账单是很清晰的，不但记明了买的什么东西，还记明了日子。马伯乐依次看下去，没有一笔款子不是经他手而花出去的。件件他都想得起来，桌子、椅子、衣柜、痰盂……甚至于买了多少听子烟招待客人他还记得的，的的确确没有算错账，一点也没有错，马伯乐承认账单是完全对的。虽然对了，他还奇怪:

“这么多，真这么多!”

他完全承认了之后，还是表示着怀疑的样子。

到了第二天，他想了一个很好的紧缩的办法，把楼下房子租出去，在门口贴了一张红纸租贴，上边写着:

余屋分租，抽水马桶，卫生设备俱全。

租金不贵，只取四十元。

因为“租金不贵”这四个字，马伯乐差一点没跟会计打起来，会计说:

“写上‘租金不贵’干什么呢? 他要租就租，不租就是不租。写上‘租金不贵’这多难看，朋友来了，看了也不好，好像咱们书店开不起了似的。”

马伯乐打定了主意必要写上。

写好了，在贴的时候，差一点又没有打一仗。马伯乐主张贴得高一点，会计主张贴得低一点，贴得低人家好容易看见。

马伯乐说：

“贴得低，讨厌的小孩子给撕了去，到时候可怎么办哪！”

马伯乐到底亲自刷了胶水，出去就给它贴上了。他是翘着脚尖贴上的。

因为那招贴刷了过多的胶水，一直到招来的房客都搬来了。那招贴几次三番地往下撕都撕不下来，后来下了几场雨，才算慢慢地掉了。

朋友来了的时候，仍是拉开楼下客堂间的门就进去，并且喊着：

“伯乐，不在家吗？”

常常把那家房客闹得莫名其妙。

马伯乐很表示对不住的样子，从二楼下来把客人让上去：

“房子太多，住不了……都搬到楼上来了。”

他想要说，把营业部都一齐搬到楼上来了。但他自己一想也没营什么业，所以没有说出来。

从此朋友也就少了一点，就是来了也不大热闹。因为马伯乐不像从前常常留他们吃，只是陪着客人坐了一会，白白地坐着，大家也没有什么趣味。显得很冷落，谈的话也比较少，也比较有次序，不能够谈得很混乱，所以一点不热闹。

二楼摆着三张办公桌子，外加一个立柜，两个书架，七八张椅子，还有马伯乐的床，可说连地板都没有多大空处了。乱七八糟的，实在一点规模也没有了。

所以马伯乐也随便起来，连领带也不打了，袜子也不穿，光着脚穿着拖鞋。

到后来连西装也不穿了，一天到晚穿着睡衣，睡衣要脱下去洗时，就只穿了一个背心和一个短衬裤。马伯乐是一个近乎瘦的人，别人看了觉得他的腿很长，且也很细，脖子也很长很细。也许是因为不穿衣裳露在外面的缘故。

他早晨起来，不但不洗脸，连牙也不刷了。一会靠在椅子上，一会靠在床上，似睡非睡，似醒非醒，连精神也没有了。

“到那时候，可怎么办！”

他之所谓到那时候，是有所指的，但是别人不大知道，也许指的是到书店关门的时候。

经过这样一个时间，他把三楼也租出去了。把亭子间也租出去了。

全书店都在二楼上，会计课，庶务课，所有的部门，都在一房子里。

马伯乐和两三个朋友吃住在一道了。朋友就是书店的职员。

马伯乐觉得这不大雅观。

“怎么书店的经理能够和普通的职员住在一起呢！”

本来他想住在一起也没有什么，省钱就好。但是外边人看了不好看。于是又破费了好几块钱，买了个屏风来，用这屏风把他自己和另外的两个人隔开。

经这样一紧缩，生活倒也好过了，楼下出租四十元，三楼出租二十元，又加上两个亭子间共租十四元。

全幢的房子从大房东那里租来是七十五元。

马伯乐这一爿店，房租每月一元。他算一算，真开心极了。

“这不是白捡的吗？他妈的，吃呵！”

经过了这一番紧缩，他又来了精神。

每到下半天，他必叫娘姨到街上去买小包子来吃，一买就买好几十个，吃得马伯乐满嘴都冒着油，因为他吃得很快，一口一口地吞着，他说：

“这真便宜！”

他是勉强说出来的，他的嘴里挤满了包子。

这样下去，朋友们也不大来了。马伯乐天天没有事好做，吃完了就睡，睡完了就吃，生活也倒安适。

但住在三楼的那个穷小子，可不知道是干什么的，南洋华侨不是南洋华侨，广东人不是广东人，一天穿着木头板鞋上上下下，清早就不让人睡觉。

“真他妈的中国人！”马伯乐骂着。

会计说：

“那小子是个穷光蛋，屋里什么也没有，摆着个光杆床，算个干什么的！”

马伯乐一听，说：

“是真的吗？只有一张床。那他下个月可不要拖欠咱们的房租呵！”

当天马伯乐就上楼去打算偷看一番，不料那穷小子的屋里来了一个外国女人。马伯乐跑下楼来就告诉他同屋的，就是那会计。

“那外国姑娘真漂亮。”

会计说：

“你老马真是崇拜外国人，一看就说外国人漂亮。”

“你说谁崇拜外国人？哪个王八蛋才崇拜外国人呢！”

正说着楼上的外国姑娘下来了。马伯乐开门到洗脸室去，跟她走了个对面，差一点要撞上了。马伯乐赶忙点着头说：

“Sorry.”

并不像撞到中国人那样。撞到中国人，他瞪一瞪眼睛：

“真他妈的中国人！”

可是过了不久，到底是不行。开书店的人一天比一天多，听说哪条街哪条街也挂了牌子。而最使马伯乐觉得不开心的，是和他对门的弄堂房子也挂了书店牌子。这不简直是在抢买卖吗？这是干什么！

马伯乐说：“咱们下楼去仔细看看。”

没有人和他同去，只得一个人去了。他站在那儿，他歪着脖，他把那牌子用手敲得啊啊地响。他回来，上了楼，没有说别的，只骂了一句：

“店铺还不知哪天关门，他妈的牌子可做得不错。”

没有几天，马伯乐的书店就先关了门了。总计开店三个月，房钱饭钱，家具钱……开销了两千块。大概马伯乐的腰里还有几百，确实的数目，外人不得而知。

他的书店是一本书也没有出，就关了门了。

马伯乐说：

“不好了，又得回家了。”

于是好像逃难似的在几天之内，把东西就都变卖完了。

这变卖东西的钱，刚刚够得上一张回家的船票。马伯乐又回家去了。

马伯乐在家里的地位降得更低了。

他说："怎么办呢，只得忍受着吧。"

当地的朋友问他在上海开书店的情形，他伤心的一字不提，只说：

"没有好人，没有好人。"

再问他："此后你将怎样呢？"

他说："上帝知道，也许给我个机会逃吧！"

马伯乐刚一回到家里，太太是很惊疑的。等她晓得他是关了店才回来的，她什么也没有表示。并没有和他争吵，且也什么不问，就像没看见他一样。她的脸和熨斗熨过似的那么平板，整天不跟他说一句话。她用了斜视的目光躲避着他，有时也把眼睛一上一下地对着他，好像站在她面前的是一个生人一般。吃饭了，老妈子来喊的时候，太太抱起小女孩雅格来就走了，并不向他说一声"吃饭啦"，或"吃饭去"。

只有雅格伏在太太的肩上向他拍着手，一面叫着爸爸。马伯乐看了这情景，眼泪立即满了两眼。

他觉得还是孩子好，孩子是不知道爸爸是失败了回来的。

他坐在桌上吃饭，桌上没有人开口和他讲话。别人所讲的话，好像他也搭不上言。

母亲说："黄花鱼下来了，这几天便宜，你们有工夫去多买些来，腌上。"

大少奶奶和二少奶奶都答应着说去买。

父亲这几天来，一句话不说，银筷子碰着碗边嘤嘤地响。父亲吃完了一碗饭，梗妈要接过碗去装饭，老爷一摇头，把饭碗放下，站起来走了。

大黑猫从窗台上跳下来，跳到父亲离开的软椅上蹲着，咕噜咕噜的。那猫是又黑又胖。马伯乐看看它，它看看马伯乐。

马伯乐也只得不饱不饿地吃上一碗饭就退出饭厅来了。

后来父亲就不和马伯乐一张桌吃饭，父亲自己在客厅里边吃。吃完了饭，那漱口的声音非常大，马伯乐觉得很受威胁。

母亲因为父亲的不开心也就冷落多了。老妈子站在旁边是一声不敢响。

雅格叫着要吃蛋汤时，马伯乐用汤匙调了一匙倒在雅格的饭碗里，孩子刚要动手吃，妈妈伸手把饭碗给抢过去了，骂着那孩子：

“这两天肚子不好，馋嘴，还要吃汤泡饭。”

雅格哭起来了。马伯乐说：

“怕什么的，喝点汤怕什么？”

太太抱起孩子就走了，连睬也没有睬他。

全家对待马伯乐，就像《圣经》上说的对待魔鬼的那个样子，连小雅格也不让爸爸到她的身边了。雅格玩着的一个小狗熊，马伯乐拿着看看，那孩子立刻抢过去，突着嘴说：

“你给我，是我的。”

苹果上市的时候，马伯乐给雅格买来了，那孩子正想伸手去拿，妈妈在旁瞪了她一眼，于是她说：

“我不要……妈说妈买给我。”

马伯乐感到全家都变了。

马伯乐下了最后的决心，从太太房间搬到自己的书房去了，搬得干干净净，连一点什么也没有留，连箱子带衣裳带鞋袜，都搬过去了。他那跟着他去过两次上海的化学料的肥皂盒，也搬过去了。好像是他与太太分了家。

太太一声也没有响，一眼也没有看他，不用声音同时也不用眼睛表示挽留他，但也没一点反对他的意思，好像说，他愿意怎么着，就怎么着吧，与她是一点也不相干的。

马伯乐最后一次去拿他的肥皂盒时，他故意表示着恶劣的态度，他很强横的样子，一脚就把门踢开了。

眼睛是横着看人的，肥皂盒就在镜台上，他假装看不见，他假装东找西找，在屋里走来走去，开遍了抽屉，他一边开着，他一边用眼梢偷看着太太。太太是躺在床上和孩子玩着。马伯乐想：

“你怎么就不和我说一句话呢？就这么狠心吗？”

到后来他简直乱闹起来。在他生起气来的时候，他的力气是很大的，弄得东西乒乓地乱响，可是太太什么反应也没有，简直没有看见他。于是他就把肥皂盒举起来摔在地上了。

“真他妈的中国人……”

他等了一会，他想太太这回大概受不住了！

可是太太一声没有响，仍是躺在床上和孩子玩着。

马伯乐看看，是一点办法没有了，于是拾起肥皂盒子来，跑到他自己安排好的屋中去。从此他就单独地存在着。

马伯乐很悲哀地过着生活。夜里打开窗子一看，月亮出来了，他说：“月亮出来了，太阳就看不见了。”

外边下雨了，他一出大门他就说：

“下雨了，路就是湿的。”

秋天树叶子飘了一院子，一游廊。夜里来了风，就往玻璃窗子上直打，这时马伯乐在床上左翻右转，思来想去。古人说得好，人生是苦多乐少，有了钱，妻、子、父、兄；没有钱，还不如丧家的狗，人活着就是这么一回子事，哪有什么正义真理，还不都是骗人的话。

马伯乐东西乱想，把头想痛了。他起来喝了一杯茶才好一点。他往窗子外边一看，外边是黑沉沉的，他说：

“没有月亮，夜是黑的。”

他听落叶打在窗上，他又说：

“秋天了，叶子是要落的。”

他跟着这个原则，他接着想了许多。

“有钱的人是要看不起穷人的。”

“做官的是要看不起小民的。”

“太太是要看不起我的了。”

“风停了，树叶就不落了。”

“我有了钱，太太就看得起我。”

“我有钱，父亲也是父亲了，孩子也是孩子了。”

“人活着就是这么的。”

“活着就是活着。”

“死了就活不了。”

“自杀就非死不可。”

“若想逃就非逃不可。”

马伯乐一想到“逃”这个字，他想这回可别逃了。

于是马伯乐在家里住了很长时间，七八个月之内。他没有逃。

第一章

卢沟桥事件一发生，马伯乐就坐着一艘大洋船从青岛的家里，往上海逃来了。

全船没有什么逃难的现象，到了上海，上海也没有什么逃难的现象，没有人从别的地方逃到上海来，也没有人从上海逃到别处去。一切都是安安详详的，法租界、英租界、外滩码头，都是和平常一样，一点也没有混乱，外滩的高壮的大楼，还是好好地很威严地在那儿站着，电车和高楼汽车交交叉叉地仍旧是很安详地来往着。电车的铃子还叮叮地响着。行人道上女人们有的撑着洋伞，有的拿着闪光的皮夹子，悠悠然地走着，也都穿着很讲究的衣裳和很漂亮的鞋子，鞋子多半是通着孔的，而女人们又不喜欢穿袜子，所以一个一个地看上去都很凉爽的样子。尤其是高楼汽车上，所坐着的那些太太小姐们，都穿着透纱的衣裳，水黄的，淡青，米色的，都穿得那么薄，都是轻飘飘的，看去风凉极了，就是在七月里，怕是她们也要冷的样子。临街的店铺的饰窗，繁华得不得了。小的店铺，门前还唱着话匣子。还有那些售卖航空奖券的小铺子，铺前站着满满的人，也唱着话匣子，那是唱着些刺激人、乱吼乱叫的调子，像哭不是哭，像笑不是笑。那些人徘徊在店铺前边想要买一张又怕得不到彩，白白地扔了一块钱。想要不买，又觉得说不定会得到头彩、二彩、三彩……不仅仅这些，还有许多副彩，或是末尾的两个号码相符，也可得到三十五十、三元二元。最低限度还有一个一元的。一元的机会最多，买了还是买了吧，得不到头彩，得到一个一元的也还够本。假若是得到个二彩、三彩，那还了得，富翁立刻就做上了，买上汽车，家里用上七八个仆人，留声机，无线电……头彩虽然不容易得，但是回回头彩是必定出的，这头彩出在谁人头上，谁是把它定下了的？没有人定呀，谁买了彩票，谁就有机会，一块钱就存心当它是丢了，要买就决心买吧。所以娘姨们，拉车的车夫，小商人，白相人，游散杂人……不分等级地都站在彩票店的门前，在心里算来算去，往那挂得粉红红的一排一排的彩票上看来看去，看看哪一张能够得头彩。好像他们看得出来，哪一张要得头彩的样子。看准了他们就开口了，说："我要这张。"指着那挂得成排的彩票，他们把手伸出去，卖彩票的人，拿过一联来，一联就是十张二十张，或者是三张两张联在一起的，好像邮局里的邮票一样，是一排一排的，一大张一大张的。可是没有人看见过到邮局里去买邮票的人他指定要这张，或者是要那张，交过去五分钱，邮局的人就给一张五分的票子，交过一分就给一张一分的票子，假若有人要加以挑选，邮局的人岂不要把他大骂一顿。但是买航空奖券则不同，随便你挑来挑去，卖票子的人也不嫌麻烦。买票子的人，在那一大张上看了半天，都不合意。于是说："不要这排，要那排。"卖票子的人就去换了一大排来，这一大排和那一大排也差不多，也完全一样，于是那买的人就眼花了，看看这个看看那个，没有了主意，真是千钧一发的时候，非下最后的决心不可。于是就下了最后的决心，随便在那看花眼了的一大排上，指定了一张，别人看了以为他是真正看出点道理来才选了这张的。其实不然，他自己也不知道是好是坏，将来是悲是喜。不过眼睛看花了，头脑也想乱了，没有办法才随便撕下来这张的。还有的，撕下来他又不要了，他看看好像另外的一张比这张更好，另外的一张大概会得头彩，而他这张也不过得个三彩的样子。他自己觉得是这样，于是他赶快又另换了一张，卖票子的人也不嫌麻烦，就给他另换了一张，还有的几次三番地换，卖票的也都随他们的便。有的在那里挤挤擦擦地研究了一会，拿到面前用手摸了半天。摸完了，看完他又不买。他又退到旁边看着别人买。有的时候是很奇怪的，一个人上来很勇敢地买了一张去，另外的人也上来各人买了一张去，那站在旁边在看着别人买的人也上来买了一张去。好像买彩票的人，是趁着风气而买。大概是他们看出第一个很爽快地买这一联彩票的人，是个会发财的样子，跟着发财的人的后边，说不定自己也就会发财的，但是这些爽快买了就去的人是不常有的。多半的要研究，还有的研究完了，却并不买，也不站在一旁看着别人买，而是回家去了，回家去好好想想明天再来。他们买一张航空奖券，好像出钱来买匹小驴或小马那样，要研究这小驴是瘦的是胖的，又是多大的牙口，该算一算，过几年，它该生几个小驴子。又好像男的在那选择未婚妻，女的在那里选择丈夫。选择丈夫也没有如此困难地左看右看，百般地看，而看不出好坏来。这一大堆航空奖券哪个是头彩，越看越看不明白，一点现象也没有，通通是一样，一大张一大排的都是一样，都是浅红色的，上边都印着完全一模一样的字。一千张，一万张，哪怕是十万张，也都是一样。哪管是发现了几张或是比其余的稍微深了一点或是浅了一点，让人选择起来也有个目标，将来得不得彩的不管，总算在选择上比较省点力气。但是印航空奖券的印刷所也许是没有想到他们选择困难这一层，颜色却调得一模一样，似乎不是人工造的，而是天生就生成了这么一模一样。这是一般人，或者穷人买航空奖券的样子。有钱的人也买，但多半是不十分选择的，也不十分看重的样子。一买就是十块钱二十块钱，或是百八十块钱地买，好像买香烟或别的日常用品一样，回到家对这彩票仍旧是不加重视的扔在一边，或是把号码记在日记册上，或是更记在什么秘密的地方，日夜地等着开彩都不管，就只说买的时候到底是直爽的。街上不但卖航空奖券的铺子是热闹的，就是一切店铺也都很热闹。虽然热闹但是并不混乱，并不慌忙，而是安安详详的，平平稳稳的，绝对没有逃难的形色。

坐着马伯乐的大船，进了口了，靠了岸了。马伯乐是高高地站在桅杆的下边。岸上挤满了接船的人。他明明知道没人来接他，因为他上船的时候并没打电报给上海的朋友。但是他想：

“万一要有呢？”

所以他往岸上不住地巡视，直等到下船的人都下完了，接船的人也都走了，他才回到三等舱里，拿起他那张唯一带来的毯子，下船来了。

走在街上，他觉得有点不对，一切都是平常的态度，对于他，这从青岛逃来的人，似乎没有人知晓。他走过了外滩，走过了南京路，他穿的是很厚的衣裳，衬衫也黑了，皮鞋也没有上油，脸上的胡子也几天没有刮了，所以脸色是黑黝黝的。

高楼汽车经过他旁边的时候，他往上看了一眼，看到那些太太小姐们，穿得都那么凉爽。

“怎么，她们还不知道吗？卢沟桥都打起来啦！”

他想，这样的民族怎么可以！他们都不知道青岛也快危险了。

他坐了电车经过先施公司、冠生园、大新公司的前边，那里边外边都是热热闹闹的，一点也没有逃难的样子，一点也没有惊慌的样子，太太平平的，人们是稳稳当当的。

当马伯乐看到了卖航空奖券的铺子，里边是红纸装饰得红堂堂的，里边外边都挂了红招牌，上边写着上次开奖，头奖就是他这个店铺卖出去的，请要发财的人快来买吧。马伯乐一看，他就说：

“真他妈的中国人！”

“日本人都快打上来了，你们还不去做个准备。还在这里一心想要发财。”

“到那时候，可怎么办呢？”

他之所谓到那时候，大概是到了很悲观的时候，于是很悲悯地想着：

“你们这些人，你们不是没有聪明，你们不是不想要过好的生活，过安定的生活，看你们都聚在一起，很忠实地买航空奖券的样子，可见你们对于发财的心是多么切。可是小日本就快上来了，小日本上来的时候，你们将要不知不觉地，破马张飞地乱逃，到那时候，你们将要哭叫连天，将要失妻散子。到那时候，天昏地暗了，手忙脚乱了，你们还不快快去做一个准备，到那时候可怎么办呢！”

马伯乐就带着这种心情到了上海。不久就在上海租房子住下了。

这回他租的房子，可与开书店那次所租的房子相差太远了。不能比了。一开门进去，满屋子都是大蒜的气味。马伯乐说：

“这是逃难呀，这不是过日子，也不是做生意。”

所以满屋子摆着油罐、盐罐、酱油瓶子、醋瓶子，他一点也不觉得讨厌，而觉得是应该的，应该如此的。

他的屋子是暗无天日的，是在楼下梯口的一旁。这座房子组织得很奇怪。不但是马伯乐的房子没有窗子，所有楼下的房子也都没有窗子。

马伯乐租房子的时候，第一眼就看到了这个缺点，正因这有这个缺点，他才租了它。他懂得没光线眼睛是要坏的，关起门来没有空气，人可怎么能够受得了，但是正因为有了这个大缺点，房租才会便宜的。

“这是什么时候？这是逃难的时候。”

马伯乐想，逃难的时候，就得做逃难的打算，省钱第一，别的谈不到。

所以对这黑洞洞的房子，他一点也不觉讨厌，而觉得是应该的，应该如此。

一天到晚是非开电灯不可的，那屋子可说是暗无天日的了，一天到晚，天暗地黑，刮风下雨也都不能够晓得，哪怕外边打了雷，坐在屋子里的马伯乐也受不到轰震。街上的汽车和一切杂音，坐在这屋子里什么也听不见，好像世界是不会发声音的了，世界是个哑巴了。有时候，弄堂里淘气的孩子，拿了皮球向着墙上丢打着。这时候马伯乐在屋里听到墙壁啪啪地响，那声音好像从几百里之外传来的，好像儿童时代丢了一块石子到井里去，而后把耳朵贴在井口上所听到的那样，实在是深远得不得了。有时弄堂里的孩子们拿了一根棍子从马伯乐的墙边划过去，那时他听到的不是啪啪的而是唰唰的，咯拉咯拉的……这是从哪来的声音？这是什么声音？马伯乐用力辨别也辨别不出来，只感到这声音是发在无限之远。总之马伯乐这屋子静得似乎全世界都哑了，又好像住在深渊里边一样，又黑又静，一天到晚都开着电灯。就是夜里睡觉，马伯乐也把灯开着，一则开灯是不花钱的，他想开着也就算了；二则关起灯来，也不大好，黑得有点怕人。

有一天夜里，是马伯乐失眠之夜，他看着墙上有一点小东西发亮，不但发亮，而且还会浮浮游游地动，好像有风吹着似的，他忙去开灯看看，一开灯什么也没有。他又关了灯再睡，那小亮东西，又看见了。和先前一样，是浮浮游游的。他开了灯，到墙上去找了半天，没能找到什么，过后一想他知道那是萤火虫了，是没有什么关系的。但从那时起就永远开着灯睡觉。若关了灯，也不是不能睡，不过，觉得有点空洞，有点深远，而且夜里开灯房东又不加钱的，所以就开着睡。

所以马伯乐过的生活，一天二十四小时都是黑夜，但他自己不那么以为着，他以为一天二十四小时都是白昼，亮通通的，电灯好像小太阳似的照着他。

他以为这是应该的，应该如此的。

“逃难的时候，你若不俭省还行吗？”他没有一天忘记了这个念头。

他为了俭省，他不到外边去吃，饭馆的饭无论怎样便宜，也没有自己动手在家里做更便宜。

他买了炭炉、小铁锅、锅铲之类，就开了伙了，开初是在厨房里做，过几天，他发现油也有人偷着用；酱油摆在那里，头一天还是半瓶，第二天就剩小半瓶了；炭也似乎有人拿着用，不然用不了这么快。因为上海的厨房是公用的，公用的厨房人家多，自然靠不住。恰巧有一回他真正看见了，房东的娘姨倒了他的油，炒鸡蛋。

于是他就把炉子搬到自己屋里来了，就在床头上开了伙，油、盐、醋、酱油……桌子底下、床底下，都摆满了瓶子、瓶子，罐子、罐子。四五天之前炒的辣椒酱放茶杯中忘记了，马伯乐拿在手里一看，都生了绿茸茸的毛了。拿到鼻子上一嗅，发着一种怪味。他想这实在可惜的，可吃又吃不得，他看了半天，很可惜的，用筷子把它挖出来，挖在一张破报纸上丢掉了。那个被挖出辣椒酱来的杯子，没有去洗，就装上辣椒油了。在灯光之下，也看不见这杯子是不大干净的，因为是用布揩过了的。揩过了的，也就算了，将来逃起难来，还不如现在呢！

所以马伯乐烧饭的小白锅，永久不用洗，午饭吃完了，把锅盖一盖，到晚上做饭的时候，把锅子拿过来，用锅铲嚓喳咔喳地刮了一阵，刮完了就倒上新米，又做饭去了。第二天晌午做饭时也是照样地刮。锅子外边，就更省事了，他连刮也不刮，一任其自然。所以每次烧饭的白沫，越积越厚，致使锅子慢慢地大起来了。

马伯乐的筷子越用越细，他切菜的那块板越用越薄，因为他都不去洗，而一律刮之的缘故。小铁锅也是越刮越薄，不过里边薄，外边厚，看不出来就是了。而真正无增无减的要算吃饭的饭碗。虽然也每天同样地刮，可到底没能看出什么或大或小的现象来，仍和买来的时候没有什么差别，还在保持原状。

其余的，不但吃饭的用具，就连枕头、被子、鞋袜，也都变了样。因为不管什么他都不用水洗，一律用刮的办法。久了，不管什么东西都要脏的，脏了他就拿过来刮，锅、碗、筷子是用刀刮，衣裳、帽子是用指甲刮，袜子也是用指甲刮。鞋是用木片刮。天下了雨，进屋时他就拿小木片刮，就把鞋边上的泥刮干净了。天一晴，看着鞋子又不十分干净，于是用木片再刮一回。自然久不刷油，只是刮，黑皮鞋就有点像挂着白霜似的，一块块地在鞋上起了云彩。这个马伯乐并不以为然，没放在心上。他走在街上仍是堂堂正正的，大大方方的，并没有因此而生起一些些羞怯的感觉。却往往看了那些皮鞋湛亮的，头发闪着油光的而油然地生出一种蔑视之心。往往心里向他们说：

“都算些个干什么的呢？中国人若都像你们这样，国家没有好……中国非……非他妈的……”

马伯乐心里恨极了，他恨自己不是当前的官员，若是的话，他立刻下令是凡穿亮皮鞋的，都得抓到巡捕房。这是什么时候，小日本就要上来了，你们还他妈的，还一点也不觉得。

“我看你们麻木不仁了。”

马伯乐不大愿意上街，一上街看了他就生气。

有一天，他在街上走着走着，他的帽子忽然被人抓着跑了。他回头一看，不是别人，是开书店时的那个会计，也就是他在上海××大学旁听时的同学。

这个人，一个眼睛大，一个眼睛小，满脸青灰，好像一个吸鸦片的人。其实是由于胃病所致，那人是又瘦又干。

马伯乐既然看出来的是他，就想说：

“你拿去我的帽子干什么呢！”

他的脸都气红了，在大街上开玩笑也不好这样开的，让人看了什么样子。

等他和那人握了手之后，话就没有如此说而是：

“现在你住在哪里？我还没有去看你。你这一年干什么？胃病还没有好哇！”

那人也就和他说了一大套，临走才把帽子交给了马伯乐。

马伯乐一细看：

“唔！”

帽子上有一个洞洞。

“这是谁干的事？这是怎么来的！”

马伯乐正在研究着，他的朋友说一声：

“老马，你的帽子可以换一个了。你是不戴帽子的，一年不见，却戴起帽子来了。我看走路的样子是你，我就给你摘下帽子来瞧瞧。”

说完了，他就走了。

马伯乐想，这小子，这不是和我开玩笑吗？他妈的！一路上他研究着帽子到底是怎么出的洞，没有研究出来，等到家里，才明白了。他生起火炉烧饭时，用扇子扇着火，火花往四边飞，飞到他自己的手上，把手给烧了一个小黑点。因为手是活的，烧得热辣辣地痛，他把手上的火星立刻打掉了，所以没有烧了多大一片，而只是米粒那么大一点。马伯乐立刻明白了，帽子的洞是火烧的。他赶快去看看，枕头和被子烧着没有，因为在电灯底下，虽然说是很亮了，但到底看得不怎样清楚。似乎是并没有烧着，但是他很疑心，他想想那说不定。所以他把炉口转了一个方向，仍是用扇子扇着，使那火花撞到墙上去，再从墙上折回来落到别处去。这个马伯乐就看不见了，他很放心地用力扇着火。火星从墙上折回来，竟或落在他的头发上，落在他的脸上，但这个不要紧，这是从墙上折回来的了，不是直接的了。

马伯乐一天到晚都是很闲，唯有吃饭的时候最忙，他几乎脱了全身的衣裳，他非常卖力气，满身流着汗，从脚到头，从头到脚。他只穿着小短裤和背心，脚下拖着木头板鞋。

但他一天只忙这么两阵，其余的时间都是闲的。

闲下来他就修理着自己的袜子、鞋或是西服。袜底穿硬了，他就用指甲刮着，用手揉着，一直揉到发软的程度为止。西服裤子沾上了饭粒时，他也是用指甲去刮。只有鞋子不用指甲，而是用木片刮，其余多半都是用指甲的。吃饭的时候，牙缝里边塞了点什么，他也非用指甲刮出来不可。眼睛迷了眼毛进去，他也非用指甲刮出来不可。鼻子不通气，伸指甲去刮了一阵就通气了。头皮发痒时，马伯乐就用十个指甲，伸到发根里抱着乱搔刮一阵。若是耳朵发痒了，大概可没办法了，指甲伸又伸不进去，在外边刮又没有用处，他一着急，也到底在耳朵外边刮了一阵。

马伯乐很久没有洗澡了，到洗澡堂子去洗澡不十分卫生。在家里洗，这房子又没有这设备。反正省钱第一，用毛巾擦一擦也就算了。何况马伯乐又最容易出汗。一天烧饭两次，出大汗两次。汗不就是水吗？用毛巾把汗一擦不就等于洗了澡吗？

“洗澡不也是用水吗？汗不就是水变的吗？”

马伯乐擦完了觉得很凉爽，很舒适，无异于每天洗两次澡的人。

他就是闲着在床上躺着，他也不收拾屋子，满地蒜皮，一开门，大蒜的气味扑面而来。他很喜欢吃葱或是蒜，而且是生吃，吃完了也不放放空气。关起门来就上街了。那锁在屋子里的混沌沌的气味，是昼夜地伴着他的。

他多半是闻不到的，就是闻到了，也不足为奇。省钱第一，其余的都次之。他对他的环境都十分满意，就是偶尔不满意一点，一想也就满意了：

“这是逃难呀，这不是……”

他每次从街上回来，第一脚踏进屋去，必须踢倒了油瓶子或是盐罐子，因为他的瓶子、罐子、盆碗是满地扔着，又加上从外回来立刻进了这混沌沌的屋子，眼睛是什么也看不清楚的。但是马伯乐对于他自己踢倒了瓶子这件事，他并不烦躁。虽然不止一次，差不多常常踢倒的。踢倒了他就弯下腰去把它扶起来。扶起来他也不把它规整一下，仍是满地扔着。第二天，他又照样地踢倒，照样地扶。

一切他都说：

“逃难了，逃难了。”

他每天早晨提着筐子，像女人似的到小菜场去买菜，在那里讲价还价。买完了三个铜板的黄豆芽，他又向那卖黄豆芽的筐子里抓上了一把。这一抓没有抓得很多的，只抓上十几棵。他想多一棵就比少一棵强。

“这是什么时候了？这是逃难呀！”

买鱼的时候，过完了秤，讲好了价，他又非要换一条大的不可。其实大不了好多，他为着这条差不多大的鱼，打了一大通官话，争讲了好半天。买菠菜，买葱子也要自己伸出手多抢几棵。只有买豆腐，是又不能抢，又不能说再换一块大的。因为豆腐是一律一般大，差不多和邮票一样，一排一排的都是一般大。马伯乐安然地等在那里，凭着卖豆腐的给哪一块就是哪一块。

他到油盐店去买油，他记得住上一次半斤油是装到瓶子的哪一段。因为那汽水瓶子上贴着一块商标，半斤油恰恰是齐到商标那里，若是多了，那就是白捡了，若是少了，那就证明不够分量。

“不够分量就应该去跟他争呀。”

本来马伯乐提着油瓶子回来了，他一边走着一边想着，越想越不对：

“真他妈的中国人，少了分量为什么不去找他？这是什么时候呵！这是逃难的时候。”

回到那店铺，吵嚷了半天没有什么结果。

马伯乐的眼睛是很聪明的，他一看若想加油那是办不到的，于是也就提着瓶子回来了。气得他两眼发青，两肩向前扣着，背驼着。开了锁，一进门就撞倒了几个瓶子。

他生起气来，脾气也是很大的，在某种场合让他牺牲了性命也是可以的。小的时候他和人家打架，因为他的左手上戴着一块手表，怕把手表打碎了，就单用右手打，而把左手高高地举起。结果鼻子被人家打流了血，哪怕是再比这更打到致命的地方，他都不在乎。

“流点血，不要紧。手表打碎了，父亲能再给买吗？”

从小他就养成了这种习惯，他知道钱是中用的，从父亲那里拿到钱是多么困难，他是永久也不会忘记的。

马伯乐虽然在气头上，一看瓶子、罐子倒了，他过去心平气和地把它们扶起来，并且看看酱油或醋之类洒了没有。这是钱买来的呀！这不是闹笑话。看看没有洒，他放了心，又接着生他的气。

“这是什么时候，这是逃难呵！逃难不节省行吗？不节省，到那时候可怎么办！”

气了半天不对了，他哈哈大笑起来，他想起买的就不是半斤油，买的是五分钱的油。他骂一声：

“真他妈的中国人！”

马伯乐随时准备着再逃，处处准备着再逃，一事一物，他没有不为着“逃”而打算的，省钱第一，快逃第二。他的脑子里天天戒备着，好像消防队里边的人，夜里穿着衣裳睡觉，警笛一发，跳上了水车就跑。马伯乐虽然不能做到如此，但若一旦事变，大概总可逃在万人之先。也或者事未变，而他就先逃了也说不定。他从青岛来到上海，就是事未变而他先逃的。

马伯乐感到曲高和寡，他这个日本人必要打来的学说，没有人相信。他从家出来时要求他太太一同出来，太太没有同意，而且说他：

“笑话。”

近年来马伯乐更感到孤单了，简直没有和他同调的。

“日本人还会打到上海的吗？真是笑话。”

马伯乐到处听到这样的反应。他不提到逃难便罢，一提到，必要遭到反感，竟或人家不反感他，也就冷落着他。对于马伯乐所说的“就要逃难了”这句话，是毫不足奇的，好像并非听见；就是听见了，也像听一句普通的话那样，像过耳风那样，随便应付了几句，也就算了。绝对没有人打听，逃到哪里去，小日本什么时候打来。竟也没有一个人真正地问马伯乐一次，问他是怎么晓得的日本人必打到上海。

马伯乐虽然天天说逃，但他也不知道将来要逃到什么地方去。小日本从什么地方打来，什么时候打来，他也不十分知道。不过他感觉着是快的。

他的家是在青岛。有一年夏天，青岛的海上来了八十多只日本军舰。马伯乐看了，那时候就害怕极了。在前海沿一直排列过来，八十多只军舰，有好几路的样子。全青岛的人没有不哄着这件事的。人们都知道，那次军舰来而不是来打中国，是日本的军舰出来玩的，或是出来演习的。可是把中国人都吓了一跳，尤其是对于那些没有知识的人，不认识字，不会看报，他们听着传说，把“演习”两个字读成“练习”。

所以传说着，日本海军不得了，到中国地方来练习来了。所以街街巷巷，这几天都谈论着青岛海上的八十多只军舰。

拉洋车的，卖豆腐的，开茶馆的……都指指画画地指着海上那大鲸鱼似的东西，他们说，日本人练习，为什么不在日本练习，为什么到中国地方来练习?

“这不是对着我们中国人，是对着谁?”

“看那大炮口，那不都笔直地对着我们的中山路吗?”

而且全青岛因为上来了很多海军而变了样。妓女们欢欢乐乐地看见那长得很小的海军，就加以招呼。安南妓女，法国妓女，高丽……说着各种语言的都有，而且她们穿了不同国度的衣裳，徘徊在海边上，欢笑的声音，使海水都翻了花了。海涨潮时，那探进海去的两里路长的栈桥，被浪水刮刮地冲洗上来了。栈桥上的游人，都跑下来了。海水打在妓女的脚上来了，妓女们高声地大笑着。她们说着各种言语，觉得十分好玩。那些长得很小的水兵，若是看一看她们，或是撞一撞她们，她们就更笑起来，笑得有点奇怪，好像谁的声音最大，谁就是最幸福的人似的。一直到她们之中有的被水兵带走了，她们才停下来。可是那被水兵带上了岸的，仍旧是要欢笑下去，将要使满街都充满了她们的笑声。

同时有些住宅的墙上，挂出牌子或是贴出了纸贴，上边写着欢迎他们的皇军到他家里去做客。是凡住在青岛的日本人家都贴了招贴，像是他家里有什么东西要拍卖的那样，这真是世界上顶伟大、顶特殊、顶新鲜的事情。

大概有许多人没有见过这样的事，马伯乐是见过了的，而且是亲眼所见。

数日之内，是凡日本人家里，都有帽子后边飘着两个黑带的水上英雄到他们家去做客。三个一串，两人一伙，也有四五个水兵一齐到一个家庭里去的。说也奇怪，本来客人与主人，在这之前是一次也未见过，可是他们相见之下却很融洽，和老友又重新会到了似的。主妇陪着吃酒。不管怎样，年轻的主妇也要坐在一起陪着吃酒。其实是越年轻越好，因为水兵就是喜欢年轻的妇人的，像对于海边上那些说着各种言语的女子一样喜欢。越是年轻就越打闹得热闹。水兵盘着腿坐在日本式的小平桌前，主妇跪在旁边，毕恭毕敬地，像是她在奉陪着长辈的亲属似的。水兵们也像客人的样子，吃着菜，喝着酒，也许彼此谈上些家常，也许彼此询问着生活好否。

马伯乐的隔邻就是个日本家庭。因为马伯乐是站在远处看着，看着看着，里边那水兵就闹起来了，喝醉了似的，把陪着吃酒的主妇拉过去，横在他的怀里，而后用手撕着她的衣裳。

马伯乐一看，这太不成个样子了。

“真他妈的中国人！”他刚一骂出口来，他一想不对，他骂的不是中国人，于是他就改为：

“真他妈的，中国人没有这样的。”

他跑去把太太喊来，让太太看看，果然太太看了很生气，立刻就把窗帘放下了。

这真是出奇的事情，不但一天，第二天仍是照旧地办。

马伯乐在报纸上看过了的，日本招待他们的皇军是奉着国家的命令而招待的，并不是每个水兵自己选定要到某个家庭去，而是由上边派下来的。做主人的也同样没有自由，在客人到来之前一分钟，他也不晓得他的客人叫什么名字，是个什么样子。主人和客人，两边都是被天皇派的。

第二天，马伯乐又从窗子望着五六丈之外的日本人家。果然不一会水兵就来了。那位日本太太换了和昨天不同颜色的衣裳。本来平常马伯乐就常往那日本人家里看。那男主人也许是刚结了婚不久的，和太太打闹得非常热闹。马伯乐常常看到这景象的，而且又是隔着很远看的，有些模糊朦胧的感觉，好像看戏差不多，看戏若买了后排的票子，也是把台上的人看得很小的。马伯乐虽然愿意看，也不愿意看得太真切，看了太真切，往往觉得不好意思，所以五六丈之远是正好，再远也就看不见了。

这一天，当那水兵一进来的时候，马伯乐就心里说：

“等一会看吧，我看做丈夫的可怎么能够看得了。”

他这话是指着水兵和那女人打闹的时候而说的。说完了他就站在那儿，好像要看一台戏似的在那儿等着。看了好半天，都没有什么好看的，不外进菜进酒，没有什么特殊的，都是些极普通的姿势。好容易才看到开始有趣，马伯乐眼看那太太被水兵拉过去了。他觉得这回有希望了，可是水兵站起把窗帘也就撂下来了。

马伯乐没有看到尽头。

可是那八十多只军舰一走，马伯乐当时明白了，他说：

“日本能够不打中国吗？日本这八十多只军舰是干什么用的？不是给中国预备的是给谁预备的？”

马伯乐从那一回起。就坚信日本人必来打中国的。

可是在什么地方打，什么时候打，他是不知道的，总之，他坚信，日本人必来打中国。因为他不但看到日本军舰跑，而且看到了日本人的军民合作。

日本家庭招待海军，他称之为军民合作。

“军民合作干什么？”

“打中国。”

他自己回答着。

现在，马伯乐来到上海。在上海准备着再逃。可是卢沟桥的事情，还是在北方闹，不但不能打到上海来，就连青岛也没打到呀！

他每逢到朋友地方去宣传，朋友就说：

“老马，你太神经质了，你快收拾收拾行李回青岛算了吧，你看你在这住那么黑的屋子，你不是活受罪吗？你说青岛危险，难道全青岛的人，人家的命都不算命了吗？只就你一个人怕，人家都不怕吗？你还是买个船票回去吧！”

马伯乐的眼睛直直地望过去，他的心里恨极了，不是恨那人跟他不同的调，而是恨那人连一点民族国家的思想都没有。

“这算完，中国人都像你这个样，中国非非……非他妈的……”

他虽然是没有说出来，他心里想中国是没有好了。

“中国净这样的人还行吗？”

他想中国人是一点国家民族的思想也没有的呀！一点也不知道做个准备呀！

马伯乐不常到朋友地方去，去了就要生气。有一次朋友太太从街上给孩子买了一个毛猴子来让他遇见了。他拿在手里边，他说：

“还买这玩意儿做什么呢？逃起难来这是一点用处也没有的……没有用，没有用。”因为他心里十分憎恨，手下就没有留心，一下子把猴子的耳朵给拉掉一个。

那朋友的孩子，拿在手里一看，猴子剩了一个耳朵，就大哭起来。

马伯乐觉得不好了，非逃不可了，下楼就跑了，跑到街上心还是跳的，胸里边好像打着小鼓似的怦怦的。

所以他不大愿意到朋友的地方去，一去了就要生气。

马伯乐很孤独，很单调。屋子里又黑又热，又什么也看不见，又什么也听不见。到街上去走，街上那又繁华又太平的景象，对于日本人就要来的准备一点没有，他又实在看不惯，一到了街上，于是繁华的，太平的，一点什么事没有发生，像是永远也不会发生什么事的样子。这很使马伯乐生气。

大世界、永安公司、先施公司、大新公司……一到夜晚，那彩虹的灯，直到半天空去，辉煌地把天空都弄亮了。南京路、爱多亚路、四马路、霞飞路，都亮得和白昼似的。电影院门口的人拥来拥去，非常之多，街上跑着小汽车、公共汽车、电车、人力车、脚踏车……各种车响着各种喇叭和铃子，走在街上使人昏头昏脑，若想过一条横道，就像射箭那样，得赶快地跑过去，若稍一慢了一点，就有被车子轧着的危险。尤其是南京路，人们就在电车和汽车的夹缝中穿来穿去，好像住在上海的人都练过马戏团似的，都非常灵敏，看了使人害怕，先施公司旁边那路口上的指挥巡捕，竟在马路的中央修起了台子。印度巡捕又黑又大，满脸都是胡子，他站在台子顶上往下指挥着，有一种居高临下的样子。无数的车，无数的人都听他的号令。那印度巡捕吹着口笛，开关着红绿灯，摆着手，他让那一方面的车子通过，绿灯一开即可通过。他让谁停下，他就把红灯一开，就必得停下的，千人百人在他的脚下经过，那印度人威武得和大将军似的。

南京路上的夜晚，人多到一个挤着一个，马伯乐吃过了晚饭偶尔到南京路去走一趟。他没有目的，他不打算买什么，也没有别的事情，也不过去闲逛了一趟，因为一个人整天待着，也太寂寞了。

虽然马伯乐是抱着逃难的宗旨，也并不以为寂寞，但寂寞是很客观地在袭击着他。若只是为着逃难，马伯乐再比这吃了更大的苦，他也抱了决心去忍耐，他不会说一句叫苦的话的。

现在马伯乐所苦的只有他的思想不能够流传，只有他的主义没有人相信。这实在是最大的痛苦，人类的愚昧何时能止，每每马伯乐向人宣传日本人就要打来，没有人接受的时候，他就像救世主似的，自动地激发出一种悲悯的情怀。他的悲悯里边带着怒骂：

"真他妈的中国人，你们太太平平地过活吧！ 小日本就要打来了，我看你们到那时候可怎么办！ 你们将要手足无措，你们将要破马张飞地乱逃，你们这些糊涂人……"

马伯乐在南京路上一边走着一边骂着，他看什么都不顺眼，因为任何东西都还保持着常态，都还一点也没有要变的现象。

马伯乐气愤极了，本来觉得先施公司的衬衫很便宜，竟有八九角钱一件的，虽然不好，若买一件将来逃难穿，也还要得；但是一生气就没有买，他想：

"买这个做什么，逃起难来……还穿衣裳吗！"

马伯乐的眼前飞了一阵金花，一半是气的，一半是电灯晃的。正这之间，旁边来了一个卖荸荠的，削了皮白生生的，用竹签穿着。马伯乐觉得喉里很干，三个铜元一串，他想买一串拿在手吃着，可是他一想，他是在逃难，逃难的时候，省钱第一，于是他没有买。卖荸荠的孩子仍在他的旁边站着不走，他竟用眼睛狠狠瞪了他一眼，并且说：

"真他妈的中国人！"

他想，既然是不买，你还站在这儿干什么？ 他看他是一个孩子，比他小得多，他就伸出脚来往一边踢着他。

这之间，走来一个外国人，马伯乐的鞋后跟让他踩了一下。他刚想开口骂：

“真他妈的中国人！”

回头一看，是个外国人，虽然是他的鞋子被人家踏掉了，而不是踏掉了人家的鞋子，因为那是外国人，于是连忙就说：

“Sorry，sorry!”

那外国人直着脖子走过去了，连理也没有理他，马伯乐一看那外国人又比他高，又比他大，是没有什么办法的，于是让他去了。

马伯乐并不是看得起外国人，而是他没有办法。

最后马伯乐看到了一家卖航空奖券的店铺。

那店铺红堂堂的，简直像过年了。贴着红纸的招牌，挂着红纸的幌子。呵呀，好热闹呵！

马伯乐一看：“真他妈的中国人！”

马伯乐这次骂中国人时，骂得尤其愤怒。他的眼睛几乎冒了火，他的手几乎是发了抖，原因是不但全个的上海一点将要逃难的现象没有，人们反而都在准备着发财。

“国家、民族都没有了，我看你们发财吧！”马伯乐一句话也没有再多说，就从南京路上回来了。

一进门，照旧是踢倒了几个瓶子、罐子，照旧地呼吸着满屋大蒜的气味睡了一夜。

第二天早晨六七点钟一醒来，觉得实在有点不妙了，遭殃了，坏事了。

日本人怎么还不打到青岛？不打到青岛，太太是不会出来的，太太不来，不是没有人带钱来吗。马伯乐从口袋里只能拿出十块钱来了，再多一块也没有了，把所有的零钱和铜板凑到一起，也不到一块。

马伯乐忧愁起来。

“日本人打中国是要打的，愣想不到打得这样慢……”他很绝望地在地上走来走去，他想：

“假若日本人若再……若再……不用多，若再二十天再打不到青岛，可就完了。现在还有十块钱，到那时候可就完了。”

马伯乐从家里带来的钱，省吃俭用，也都用光了。

原来他的计划是卢沟桥事变后的一个礼拜之内，日本人打到青岛，三四个礼拜打到上海。前边说过，马伯乐是不能够知道日本人来打中国，在什么时候打，在什么地方打。自卢沟桥事变，他才微微有了点自信。也不能够说是自信，不过他偷偷地猜度着罢了。

到了现在，差不多快一个月了，青岛一点动静也没有，上海一点动静也没有。他相信他是猜错了。日本人或者是要从卢沟桥往北打下去，往西打下去，往中国的中原打下来，而偏偏不打青岛，也不打上海。这也是说不定的。

马伯乐在地上走着走着，又踢倒了几个瓶子、罐子。照例地把它们又扶了起来。

日本人若不打到青岛，太太是不能来上海的。太太不来上海，钱花完了可怎么办？马伯乐离开青岛时，在他看来，青岛也就是旦夕的事情，所以他预料着太太很快就来到上海的，太太一来，必是带着钱的。他就有办法了。

“到那时候可怎么办？又得回家了。”

他一想到回家，他的头脑里边像有小箭刺着似的那么疼痛。再回到家里将沦到更屈辱的地位。

父亲、太太、小雅格，都将对他什么样子，将要不可想象了。从此一生也就要完了，再不能翻身了。

马伯乐悲哀起来了。

从此马伯乐哀伤地常常想起过去他所读过的那些诗来，零零杂杂地在脑里翻腾着。

人生百年三万六千日，不如僧家半日闲……

白云深处老僧多……

少小离家老大回，乡音无改鬓毛衰。

儿童相见不相识，笑问客从何处来。

姑苏城外寒山寺，夜半钟声到客船……

南去北来休便休，白苹吹尽楚江秋。

道人不是悲秋客，也与晚风相对愁。

钓罢归来不系船……

一念忽回腔子里，依然瘦骨依匡床……

举杯消愁愁更愁，抽刀断水水更流……

春花秋月何时了……

桃花依旧笑春风……

浮生若大梦……

万方多难此登临……

醉里乾坤大……

人生到处不称意，明朝散发弄扁舟。

马伯乐悲哀过甚时，竟躺在床上，饭也懒得烧了，对什么都没有兴趣了。

他的袜子穿破了，他的头发长长了，他的衣裳穿脏了。要买的不能买，要洗的不能洗。洗了就没有穿的了，因为他只从家中穿出一件衬衣。所以马伯乐弄成个流落无家人的样子，好像个失业者，好像个大病初愈者。

他的脸是苍黄色的，他的头发养得很长，他的西装裤子在煎蛋炒饭的时候弄了许多油点。他的衬衫不打领结，两个袖子卷得高高的，所以露出来了两只从来也没有用过力量的瘦骨伶仃的胳臂来。那衬衫已经好久没有洗过了，因为被汗水浸的，背后呈现着云翳似的花纹。马伯乐的衬衫，被汗水打湿之后，他脱下来搭在床上晾一会，还没有晾干，要出去时他就潮乎乎的又穿上了。马伯乐的鞋子也起着云翳，自从来到了上海，他的鞋子一次也没有上过鞋油。马伯乐简直像个落汤鸡似的了。

马伯乐的悲哀是有增无减的，他看见天阴了，就说：

“是个灰色的世界呵！”

他看见太阳出来了，他就说：

“太阳出来，天就晴了。”

“天晴了，马路一会就干了。”

“马路一干，就像没有下过雨的一样。”

他照着这个格式普遍地想了下去：

“人生是没有什么意思的，若是没有钱。”

“逃难先逃是最好的方法。”

“小日本打来，是非来不可。”

“小日本打到青岛，太太是非逃到上海来不可。”

“太太一逃来，非带钱来不可。”

“有了钱，一切不成问题了。”

“小日本若不打到青岛，太太可就来不了。”

“太太来不了，又得回家了。”

一想到回家，他就开口唱了几句大戏：

杨延辉坐宫院，自思自叹……

想起了当年事，好不惨然……

马伯乐终归有一天高兴起来了。他的忧伤的情绪完全一扫而空。

那就是当他看见了北四川路络绎不绝地跑着搬家的车子了。

北四川路荒凉极了，一过了苏州河的大桥往北去，人就比较少。到了邮政总局，再往北去，电车都空了。街上站着不少的日本警察，店铺多半关了门，满街随着风飞着些乱纸。搬家的车子，成串地向着苏州河的方向跑来。卡车，手推车，人力车……上面载着锅碗瓢盆，猫、狗……每个车子都是浮压压的，载得满满的，都上了尖了。这车子没有向北跑的都一顺水向南跑。

马伯乐一看：

“好了，逃难了。”

他走上去问，果然一个女人抱着孩子向他说：

“不得了，日本人要打闸北……都逃空了，都逃空了。”那女人往北指着，跑过去了。

马伯乐一听，确是真的了。他心里一高兴，他想：

“这还不好好看看吗？这样的机会不多呀！今天不看，明天就没有了。”

所以马伯乐沿着北四川路，便往北走去，看看逃难到底是怎么个逃法，于是他很勇敢地和许多逃难的车子相对着方向走去。

走了不一会，他看见了一大堆日本警察披着黑色的斗篷从北向南来了。在他看来，好像是向着他而来的。

“不好了，快逃吧？”

恰好有一辆公共汽车从他身边过，他跳上去就回来了。

这一天马伯乐兴奋极了。是凡他所宣传过的朋友的地方，他都去了一趟，一开口就问人家：

“北四川路逃难了，你们不知道吗？”

有三两家知道一点，其余的都不知道。马伯乐上赶着把实情向他们背述一遍，据他所见的，他还要偷偷地多少加多一点，他故意说得比他所看见的还要严重，他一连串地往下说着：

“北四川路都关门了，上了板了。北四川路逃空了，日本警察带着刺刀向人们摆来摆去……那些逃难的呀，破马张飞地乱跑，满车载着床板，锅碗瓢盆，男的女的，老的幼的。逃得惨，逃得惨……”

他说到最后还带着无限的悲悯，用眼睛偷偷地看着对方，是否人家全然信以为真了？若是不十分坚信，他打算再说一遍。若是信了，他好站起来立刻就走，好赶快再到另一个朋友的地方去。

时间实在是不够用，他报信到第七家的时候，已经是夜里十一点钟了。

等他回到自己的住处，他是又疲乏，又饿，全身的力量全都用尽了。腿又酸又软的，头脑昏昏然有如火车的轮子在头里哐当哐当地响。他只把衬衫的纽扣解开，连脱去都没有来得及，就穿着衣裳和穿着鞋袜，睡了一夜。

这一夜睡得非常舒服，非常安适。好像他并不是睡觉，而是离开了这苦恼的世界一整夜。因为在这一夜中他什么感觉也没有，他什么都不记得了，他没有做梦，没有想到将来的事情，也没回忆到过去的事情。苍蝇在他的脸上爬过，他不知道。上海大得出奇的大蟑螂，在他裂开了衬衫的胸膛上乱跑一阵，他也不觉得。他疲乏到完全没有知觉了。他一夜没有翻身，没有动一动，仍是保持着他躺下去的那种原状，好像是他躺在那里休息一会，他的腿伸得很直的，他并非像是睡觉，而一站起来随时可以上街的样子。

这种安适的睡法，在一个人的一生中也不能有过几次。尤其是马伯乐，像他那样总愿意把生活想得很远很彻底的性格，每每要在夜里思索他的未来。虽不是常常失眠，睡得不大好的时候却很多。像今夜这种睡法，在马伯乐有记忆以来是第二次。

前一次是他和他太太恋爱成功举行了订婚仪式的那夜，他睡得和这夜一般一样的安适。那是由于他多喝了酒，同时也是对于人生获得了初步胜利的表示。

现在马伯乐睡得和他订婚之夜一样的安适。

早晨八点钟，太阳出来得多高的了，马伯乐还在睡着。弄堂里的孩子们，拿着小棍，拿着木块片从他屋外的墙上划过去，划得非常之响。这一点小小的声音，马伯乐是听不见的。其余别的声音，根本就传不进马伯乐的房子去。他的房子好像个小石洞似的和外边隔绝了。太阳不管出得多高，马伯乐的屋子是没有一个孔可以射进阳光来的。不但没有窗子，就连一道缝也没有。

马伯乐睡得完全离开了人间。

等他醒来，他将不知道这世界是个什么世界，他的脑子里边睡得空空的了，他的腿睡得麻木。他睁开眼睛一看，他不明白自己是在什么地方，他看了半天，只见电灯黄昏昏地包围着他。他合上了眼睛，似乎用力理解着什么，可是脑筋不听使唤。他仍是不能明白。又这样糊里糊涂地过了很久，他才站起来。站起来找他的皮鞋。一看皮鞋是穿在脚上，这才明白了昨天晚上是没有脱衣裳就睡着了。

接着，他第一个想起来的是北四川路逃难了。

“这还得了，现在可不知道逃得怎样的程度了！”

于是他赶忙用他昨天早晨洗过脸的脸水，马马虎虎地把脸洗了，没有刷牙就跑到弄堂口去视察了一番。果然不错，逃难是确确实实的了，他住的是法租界福履理路一带。不得了啦，逃难的连这僻静的地方都逃来了。

马伯乐一看，那些搬着床的，提着马桶的，零零乱乱的样子，真是照他所预料的一点不差，于是他打着口哨，他得意扬扬地走回他的屋中。一进门照例地撞倒了几个瓶子、罐子。

他赶快把它们扶了起来。他赶快动手煎蛋炒饭，吃了饭他打算赶快跑到街上去查看一番，到底今天比昨天逃到怎样的程度了。

他一高兴吃了五个蛋炒饭。平常他只用一个蛋，而今天用了五个。他说：

“他妈的，吃罢，不吃白不吃，小日本就……就打来了。”

他吃了五个蛋炒饭还不觉得怎样饱，他才想起昨天晚上他还没有吃饭就睡着了。

马伯乐吃完了饭，把门关起来，把那些葱花油烟的气味都锁在屋里，他就上街去了。

在街上他瘦骨嶙峋的，却很欢快地走着，迈着大步。抬着头，嘴里边不时打着口哨。他是很有把握的，很自负的。

用了一种鉴赏的眼光，鉴赏着那些从北四川路逃来的难民。

到了傍晚，法租界也更忙乱起来了。从南市逃来的难民经过辣斐德路、萨坡赛路……而到处搬着东西。街上的油店，盐店，米店，没有一家不是挤满了人的。大家抢着在买米。说是战争一打了起来，将要什么东西也买不到的了。没有吃的，没有喝的。

马伯乐到街上去巡游了一天，快黑天了他才回来。他一走进弄堂来。第一眼看见的就是外国人也买了一大篮子日用品（奶油、面包之类……）。于是他更确信小日本一定要开火的。同时不但小日本要打，听说就是中国军人也非要打不可。而且传说得很厉害，说是中国这回已经有了准备，说是八十八师已经连夜赶到了，集在虹口边上。日本陆战队若一发动，中国军队这回将要丝毫不让的了。日本打，中国也必回打，也必抵抗，说是一两天就要开火的。

马伯乐前几天那悲哀的情绪都一扫而光了。现在他忙得很，他除了到街上去视察，到朋友的地方去报信，他也准备着他自己的食粮，酱油、醋、大米、咸盐都买妥了之后，另外又买了鸡蛋。因为马伯乐是长得很高的，当他买米的时候，虽然他是后来者，他却抢着从女人们的头顶上把米口袋扔过去了。所以，他虽是后来者，他却先买到了米。在他挤着接过米口袋时，女人们骂他的声音，他句句都听到了。可是他不管那一切，他挤着她们，他撞着她们，他把她们一拥，他就抢到最前边去了。他想：

“这是什么时候，我还管得了你们女人不女人！”

他自己背着米袋子就往住处跑。他好像背后有洪水猛兽追着他似的，他不顾了一切，他不怕人们笑话他。他一个人买了三斗米，大概一两个月可以够吃了。

他把米袋子放到屋里，他又出去了，向着卖面包的铺子跑去。这回他没有买米时那么爽快，他是站在一堆人的后边，他本也想往前抢上几步，但是他一看不可能。因为买面包的多半是外国人。外国人是最讨厌的，什么事都照规矩，一点也不可以乱七八糟。

马伯乐站在人们的后边站了十几分钟，眼看架子上的面包都将卖完了，卖到他这里恐怕要没有了，他一看不好了，赶快到第二家去吧。

到了第二个店铺，那里也满满的都是人，马伯乐站在那里挤了一会，看看又没有希望了。他想若是挨着次序，那得什么时候才能够轮到他。只有从后边抢到前边去是最好的方法。但买面包的人多半是些外国人，外国人是不准许抢的。于是他又跑到第三个面包店去。

这家面包店，名字叫“复兴”，是山东人开的，店面很小，只能容下三五个买主。马伯乐一开门就听那店铺掌柜的说的是山东黄县的话，马伯乐本非黄县人，而是青岛人，可是他立刻装成黄县的腔音。老板一听以为是一个同乡，照着他所指的就把一个大圆面包递给他了。

他自己幸喜他的舌头非常灵敏，黄县的话居然也能学得很像，这一点功夫也实在不容易。他抱起四五磅重的大面包，心里非常之痛快，所以也忘记了向那老板要一张纸包上，他就抱了赤裸裸的大面包在街上走。若不是上海在动乱中，若在平时，街上的人一定以为马伯乐的面包是偷来的，或是从什么地方拾来的。

马伯乐买完了面包，天就黑下来，这是北四川路开始搬家的第二天。

马伯乐虽然晚饭又吃了四五个蛋炒的饭，但心里又觉得有点空虚了，他想：

“逃难虽然已经开始了，但这只是上海，青岛怎么还没逃呢？”

这一天马伯乐走的路途也不比昨天少。就说是疲乏也不次于昨天，但是他睡觉没有昨夜睡得好，他差不多是失眠的样子，他终夜似乎没有睡什么。一夜他计划，计划他自己的个人的将来，他想：

“逃难虽然已经开始了，但是自己终归逃到什么地方去？就不用说终归，就说眼前第一步吧，第一步先逃到哪儿最安全呢？而且到了那新的地方，是否有认识人，是否可以找到一点职业，不然，家里若不给钱，到那时候可怎么办？太太若来，将来逃就一块儿逃。太太自己有一部分钱。同时太太的钱花完了也不要紧，只要有太太，有小雅格他们在一路，父亲是说不出不给钱的，就是不给我，他也必要给他的孙儿孙女的。现在就是这一个问题，就是怎样使太太马上出来，马上到上海来。”

马伯乐正想到紧要的地方，他似乎听到一种声响，听到一种异乎寻常的声响。这种声响不是平常的，而是很远很远的，十分像是大炮声，他想：

“是不是北四川路已经开炮了呢？”

对于这大炮声，马伯乐虽然是早已预言了多少日子，早已用工夫宣传了多少人，使人相信早晚必有这么一天。人家以为马伯乐定然是很喜欢这大炮声。而今他似乎听到了，可是他并不喜欢，反而觉得有点害怕。他把耳朵离开了枕头，等着那种声音再来第二下，等了一会，终于没有第二下，马伯乐这才又接着想他自己的事情：

“……用什么方法，才能使太太早日出来呢？我就说我要投军去，去打日本。太太平常就知道我是很有国家观念的。从我做学生的时候起，是凡闹学潮的时候，没有一次没有我。太太是知道的，而且她很害怕，她看我很勇敢，和警察冲突的时候我站在最前边。那时候，太太也是小孩子，她在女校，我在男校，她是看见过我这种行为的。她既然知道我的国家观念是很深切的，现在我一说投军救国去了，她必然要害怕，而且父亲一听也不得了，那她必然要马上来上海的。就这么做，打个电报去，一打电报事情就更像真的，立刻就要来的。”

马伯乐翻了一个身，他又仔细思索了一会，觉得不行，不怎样妥当，一看就会看出来这是我瞎说。上海还并未开火，我可怎么去投的军？往哪里投，去投谁，这简直是笑话，说给小孩子，小孩子也不会信，何况太太都让我骗怕了，她一看，她就知道又是我想法要她的钱。他又想了第二个方法：

“这回说，我要去当共产党，父亲最怕这一手，太太也怕得不得了。他们都相信共产党是专门回家分他父母妻子的财产的。他们一听，就是太太未必来，也必寄钱给我的，一定会寄钱给我的，给我钱让我买船票赶快回家。”

马伯乐虽然又想好了一条计策，但还不妙，太太不来终究不算妙计，父亲给那一点点钱，一花就完，完了还是没有办法。还是太太跟在旁边是最好，最把握，最稳当。

“那么以上两个计划都不用。用第三个，第三个是太太最怀疑我……我若一说，在上海有了女朋友，看她着急不着急，她一定一夜气得睡不着觉，第二天买船票就来的。我不要说得太硬，说得太硬，她会恼羞成怒，一气便真的不来了。这就吞吞吐吐地一说，似有似无，使她不见着人面不能真信其有，不见人面又不能真信其无，唯有这样她才来得快，何况那年我不是在上海真有过一个女朋友吗？”

就这么办，马伯乐想定了计划，天也就快亮了。

他差不多一夜也没有睡。第二天起来昏头昏脑的，好像太阳也大了，地球也有些旋转。有些脚轻头重，心里不耐烦。

从这一夜起，马伯乐又阴郁下来，觉得很没有意思，很空虚，一直到虹口开了大炮，他也没再兴奋起来。

北四川路开始搬家的第三天，“今晚定要开火”的传闻，全上海的人都相信了。

那夜北四川路搬家的最末的一班车子，是由英国巡捕押着逃出来的，那辆大卡车在夜里边是凄怆得很。什么车子也没有，只有它这一辆车子突突地跑了一条很长的空洞洞的大街，这是国际的逃难的车子，上边坐着白俄人、英国人、犹太人，也有一两个日本人。本来是英国巡捕房派的专车接他们的侨民的，别的国人也能坐到那车子上面，那是他们哀求的结果。

大炮就要响了，北四川路静得鸦雀无声，所有的房子都空了，街上一个人也看不见。平常时满街的车子都没有了。一切在等待着战争。一切都等候得很久了。街上因为搬家，满街飞着乱纸。假如市街空旷起来，比旷野更要空旷得多。旷野是无边的，敞亮的，什么障碍也没有；而市街则是黑漆漆的，鬼鬼祟祟的，房屋好像什么怪物似的，空旷得比旷野更加可怕。

所有的住在北四川路的日本人，当夜都跑到附近的日本小学堂里去了。也可以说所有住在上海的日本人都集中在日本小学堂。一方面他怕和中国冲突起来损害着他们的侨民，另一方面他们怕全心全意的侨民反对这个战争，也许要跑到中国方面来。所以预先加以统制，不管是什么人，只要是日本人，就都得听命集中在一起，开起仗来好把他们一齐派兵押着用军舰运回日本去。

所以北四川路没有人在呼吸了。偶尔有一小队一小队的日本警察，和几批主人逃走了，被主人抛下来的狗在街上走过。

北四川路完全准备好了，完全在等待着战争。英租界、法租界却热闹极了，家家户户都堆满了箱笼包裹，到处是街谈巷议。新搬来的避难的房客对于这新环境，一时不能够适应下来，所以吵吵闹闹的，闹得大家不得安宁，而况夜又热，谣言又多，所以一直闹到天明。

天亮了，炮声人们还没有听到。

也许是第二天夜晚才发炮呢！人们都如此以为着。

于是照常地吃饭，洗衣裳，买米买柴。虽然人们都带着未知的惊慌之色，但是在马伯乐看来，那真是平凡得很，好像什么事情也没有发生，人们仍是照旧生活的样子。

"这算得了什么呢，这是什么也算不了的。"

马伯乐对于真正战争的开始，他却一点兴趣也没有了。他看得再没有那么平凡的了。他不愿意看了，他不愿意听了，他也不再出去巡查去了。在他一切似乎都完了，都已经过去。

日本人打中国那好比是几年前的事情。中国人逃难也陈旧得像是几年前的事情。虽然天天在他心目中的日本大炮一直到今天尚未发响，可是在他感情上就像已经开始打了好几天或好几个月那般陈旧了。

所以马伯乐再要听到谣传，说是日本人今天晚上定要开火之类，他一听就要睡着的样子。他表示了毫不关心的态度，他的眉头皱着，他的两个本来就很悲哀的眼睛，到这时候更显得悲哀了。

他的心上反复地想着的，不是前些日子他所尽力宣传的日本人就要打来，而是日本人打来了应该逃到哪里去。

"万事必要做退一步想。"

他之所谓退一步想，就是应该往什么地方逃。

"小日本打来必要有个准备。"

他之所谓准备，就是逃的意思。绝不是日本人打来的时候要大家一齐拼上了去。那为什么他不说“逃”而说“准备”？因为“准备”这个词比“逃”这个字说起来似乎顺耳一些。

马伯乐到现在连“准备”这个词也不说了。而只说：

“万事要做退一步想。”

他觉得准备的时期已经过去了，应该立刻行动起来了。不然，到那时候可怎么办哪？到人人都逃的时候可怎么办？车船将都要不够用了。一开起战来，交通将不够用的，运兵的运兵，载粮的载粮，还有工夫来运难民吗？逃难不早逃，逃晚了还行吗？

马伯乐只在计划着逃的第二步（因第一步是他从青岛逃到上海来），所以对于日本人真正要打来这回事，他全然不感到兴趣了。

当上海的大炮响起来的时候，马伯乐听了，那简直平凡极了。好像他从前就已经听过，并不是第一次才听过。全上海的人都哄哄嚷嚷的，只有马伯乐一个人是静静的，是一声不响的，他抽着烟卷，他躺在床上，把两只脚抬到床架上去，眼睛似睡非睡地看着那黄昏昏的电灯。大炮早已响起来了，是从黄昏的时候响起的。

“八一三”的第二天，日本飞机和中国飞机在黄浦江上大战，半面天空忽然来了一片云那样的，被飞机和火药的烟尘涂抹成灰色的了。好像世界上发现了奇异的大不可挡的旋风，带着声音卷来了，不顾一切地、呜呜地、轧轧地响着，因为飞机在天空里边开放机关枪，流弹不时地打到租界上来。飞机越飞越近，好像要到全上海的头顶上来打的样子。这时全上海的人没有一个不震惊的。

家家户户的人都站在外边来看，等飞机越飞越近了，把人的脸色都吓得发白。难道全个的上海都将成为战场吗？刚一开战，人们是不知道战争要闹到什么地步的。

“八一三”的第三天，上海落了雨了，而且刮着很大的风，所以满街落着树叶。法租界的医院通通住满了伤兵。这些受了伤的战士用大汽车载着，汽车上边满覆了树枝，一看就知道是从战场上来的。女救护员的胳膊上戴着红十字，战士的身上染着红色的血渍。战士们为什么流了血？为了抵抗帝国主义的屠杀。伤兵的车子一到来，远近的人们都用了致敬的眼光站在那里庄严地看着。

只有马伯乐什么也不看，在街上他阴郁地走着。他踏着树叶，他低头不语，他细细地思量着。

“可是第二步到底逃到哪里呢？”

他想：

“南京吗？苏州吗？”

南京和苏州他都有朋友在那儿。虽然很久不通信了，若是逃难逃去的，未必不招待的。就是南京、苏州都去不成，汉口可总能去成的。汉口有他父亲的朋友在那里，那里万没有错的。就是青岛还没开火，这是很大的问题。太太不来一切都将谈不到的，“穷在家里，富在路上”，中国这句古语一点也没有说错。“车、船、店、脚、衙，无罪也该杀”，的的确确这帮东西是坏得很。可是此后每天不都将在路上吗？

“这是逃难呵，这是……”

马伯乐想到出神的时候，几乎自己向自己喊了出来：

“逃难没有钱能成吗？”

他看前边的街口上站着一群人。一群人围着一辆大卡车，似乎从车上往下抬着什么。马伯乐一看那街口上红十字的招牌，才知道是一个医院，临时收伤兵的。

他没有心思看这些，他转个弯到另一条街上去散步了。

走了没有几步，又是一辆伤兵的车子。伤兵何其多哉！他有些奇怪。他转过身又往回走，无奈太迟了，来不及了。终归那伤兵的车子赶过了他，且是从他的身边赶过的，所以那满车子染着血渍的光荣的中华民族的战士，不知不觉地让马伯乐深深地瞪了一眼。

他很奇怪，伤兵为什么这样多呢？难道说中国方面的战况不好吗？

中国方面的战况一不好，要逃难就更得快逃了。

他觉得街上是很恐怖的，很凄凉的，又加上阴天，落着毛毛小雨，实在有些阴森之感。清道夫这两天似乎也没扫街，人行道上也积着树叶。而且有些难民，一串一串地抱着孩子，提着些零碎东西在雨里走着，蓬头散发的，赤腿裸脚的，还有大门洞里边也都挤满了难民，雨水流满了一大门洞，那些人就在湿水里边躺着，坐着。

马伯乐一看，这真悲惨，中华民族还要痛苦到怎样的地步！我们能够不抵抗吗？

“打呀！打呀！我们是非打不可。”

等他看见了第二个大门口、第三个大门口都满满地挤着难民，他想：

“太太若真的不来，自己将来逃难下去，不也将要成为这个样子吗？”

实在是可怕得很。马伯乐虽然不被父母十分疼爱，可是从小就吃得饱，穿得暖的。一个人会沦为这个样子，他从未想象过，所以他觉得很害怕，他就走回他的住处去了。

一进门他照例地踢倒了几个瓶子、罐子，他把它们扶起来之后就躺到床上去了，很疲乏，很无聊，一切没有意思。抽一支烟吧，抽完了一支还是再抽一支吧。一个人在烦闷的时候，就和生病了一样；尤其是马伯乐，他灰心的时候一到，他就软得和一摊泥似的了。比起生病来更甚，生了病他也不过多抽几支香烟就好了。可是他一无聊起来，香烟也没有用的。因为他始终相信，病不是怎样要紧的事情，最要紧的是当悲哀一侵入人体，那算是没有方法可以抵抗的了，那算是绝望了。

“这算完。”

马伯乐想：太太若是不来，一切都完了，一切谈不到。

他的香烟的火头是通红通红的，过不了两三秒钟他吹它一次，把烟灰吹满了一枕头。反正这逃难的时候，什么还能干净得了？所以他毫无小心地弯着腿，用皮鞋底踏床上的褥子。

“这算完，太太若不来一切都完了。”

一想到这里，他更不加小心地吹起烟灰来。一直吹到烟灰落下来迷了他的眼睛，他才停止的。

他把眼睛揉了一揉，用手指在眼边上刮了一刮。很奇怪的，迷进马伯乐眼睛里的沙子因此一刮也常常就会出来了。

马伯乐近来似乎不怎样睡眠，只是照常地吃饭，蛋炒饭照常地吃。睡眠是会间断了思想的，吃饭则不会，一边吃着一边思想着，且吃且想还很有意思。

马伯乐刮出来眼睛的烟灰后，就去燃起炭炉来烧饭去了。不一会工夫，炭火就冒着火星着起来了。

照例马伯乐是脱去了全身的衣裳，连袜子也脱去，穿着木头板鞋。全身流着汗，很紧张，好像铁匠炉里的打铁的。

锅里的油冒烟了，马伯乐把葱花和调好的鸡蛋哇啦一声倒在油里。

马伯乐是青岛人，很喜欢吃大葱大蒜之类。他就总嫌这上海的葱太小。因上海全是小葱，所以他切葱花的时候，也就特别多切上一些。在油里边这很多的葱，散发着无比的香气。

蛋炒饭这东西实在好吃，不单是吃起来是可口的香，就是一闻也就值得了。所以马伯乐吃起蛋炒饭来是永久没有厌的，他永久吃不厌的，而且越吃越能吃。若不是逃难的时候，他想他每顿应该吃五个蛋炒饭。而现在不能那样了，现在是省钱第一。

“这是什么时候？这是逃难的时候。”

每当他越吃越香很舍不得放下饭碗的时候，他就想了以上这句话。果然一想是在逃难，虽然吃不甚饱也就算了。何况将来逃起难来的时候说不定还要挨饿的。

“没看见那弄堂口里的难民吗？他们还吃蛋炒饭呢！他们是什么也没有吃的呀！”

他想将来自己能够一定不挨饿的吗？所以少吃点也算不了什么，而且对于挨饿也应该提早练习着点，不然，到那时候可怎么办哪！到那时候对于饥饿毫无经验，可怎么能够忍受得了？应该提早饿一饿试试，到那时候也许就不怕了。

叫花子不是常常吃不饱的吗？为什么他受得住而别人受不住呢？就因为他是饿惯了。小孩子吃不饱，他要哭。大人吃不饱他会想法子再补充上点，到冠生园去买饼干啦，吃一点什么点心之类啦。只有叫花子，他吃不饱，他也不哭，他也不想法子再吃。有人看见过叫花子上冠生园去买点心的吗？可见受过训练的饥饿和没受过训练的饥饿是不同的。

马伯乐对于他自己没能够吃上五个蛋炒饭的理由有二，第一为着省钱；第二为着训练。

今天的蛋炒饭炒得也是非常之香，满屋子都是油炸葱花的气味。马伯乐在这香味中被引诱得仿佛全个的世界都是香的，任什么都可以吃，任什么都很好吃的样子。当他一端起饭碗来，他便觉得他是很幸福的。

他刚要尝到这第一口，外边有打门的了。马伯乐很少有朋友来拜访他，大概只有两三次，是很久以前。最近简直是没有过，一次也没有。

“这来的人是谁呢？”

马伯乐只这么想了一下，并没有动。蛋炒饭也仍抱在手里。

“老张吗？小陈吗？还是……”

马伯乐觉得很受惊。他的习惯与人不同，普通人若听到有人敲门，一定是立刻走过去开了门一看便知分晓了；可是他不同，因为他是很聪明的，很机警的，是凡什么事情在发生以前他大概就会猜到的。即或猜错了，他也是很喜欢猜的。比方哪位买了件新东西，他就愿意估一个价码，说这东西是三元买的，或是五元买的，若都不对，他便表示出很惊讶的样子说：

“很奇怪的，莫名其妙的，这东西就真的……真是很怪……”

他说了半天，不知他说了些什么。他仍是继续在猜着。有的时候，人家看着他猜得很吃力就打算说了出来。而他则摆着手，不让人家说。他到底要试试自己的聪明如何。对于他自己的那份天才，他是十分想要加以磨炼的。

现在他对于那门外站着的究竟是什么人，他有些猜不准。

“张大耳朵，还是小陈？还是……”

张大耳朵前几天在街上碰到的，小陈可是多少日子不见了。大概是小陈，小陈敲门的声音总是慢吞吞的。张大耳朵很莽撞，若敲了这许多工夫他还不开门，就往里撞，他还会那么有耐心？

马伯乐想了这么许多，他才走过去慢慢地把身子遮掩在门扇的后边，把门只开了一道小缝。似乎那进来的人将是一个暴徒，他防备着当头要给他一棒。

他从门缝往外一看，果然是小陈。于是他大大地高兴起来：

“我猜就是你，一点也没有猜错。”

过了一些工夫，小陈和他讲了许多关于战争的情形，他都似乎没有听见。他还向小陈说：

“你猜我怎么知道一定是你，而不是张大耳朵？张大耳朵那小子是和你不同的，他非常没有耐性，若是他来，他用脚踢开门进来，而你则不同。你是和大姑娘似的，轻轻地，慢慢地……你不是这样吗？你自己想想，我说得对不对？”

马伯乐说着就得意扬扬地拿起蛋炒饭开始吃。差不多要吃饱了他才想起问他的客人：

“小陈，可是你吃了饭吗？”

他不等小陈回答，他便接下去说：

“可是我这里也没有什么好吃的，只是每天吃蛋炒饭……一开起战来，你晓得鸡蛋多少钱一个，昨天是七分，今天我又一打听是八分。真是贵得吃不起了。我这所吃的还是打仗的前一天买的，是一角钱三个。可是现在也快吃完了。吃完也不打算买了。我们的肠胃并不是怎么十分高贵的，非吃什么鸡蛋不可。我说小陈，你没看见吗？满街都是难民，他们吃什么呢？他们是怕什么也没有吃。……我吃完了这几个蛋，我绝不再买了。可是小陈你到底吃过饭没？若没吃就自己动手，切上些葱花，打上两个蛋，就自己动手炒吧！蛋炒饭是很香的。难道你吃过了吗？你怎么不出声？”

小陈说吃过了，用不着了。并问马伯乐：

“黄浦江上大空战你看见了吗？”

小陈是马伯乐在大学里旁听时的同学，他和马很好，所以说话也就不大客气。他是马伯乐的穷朋友之一，同时也是马伯乐过去书店里的会计。那天马伯乐在街上走着，抓掉他帽子的也就是他。他的眼睛很大，脸色很黄，因长期的胃病所致。他这个人的营养不良是无可否认的事实。脸色黄得透明，他的耳朵迎着太阳会透亮的，好像医药室里的用玻璃瓶子装着、浸在酒精里的胎儿的标本似的。马伯乐说不上和他怎样要好，而是他上赶着愿意和马伯乐做一个朋友。马伯乐也就没有拒绝他，反正穷朋友好对付，多几个少几个也没多大关系。马伯乐和他相谈也谈不出多大道理来，他们两个人之间没有什么思想，没有什么事业在中间联系着。也不过两方面都是个市民的资格，又加上两方面也都没有钱。小陈是没有钱的，马伯乐虽然有钱，可是都在父亲那里，他也拿不到的，所以也就等于没有钱。

可是小陈今天来到这里，打算向马伯乐借几块钱。他转了好几个弯而没有开口。他一看马伯乐生活这样子，怕是他也没有钱。可是又一想，马伯乐的脾气他是知道的，有钱和没有钱是看不大出来的，没有钱，他必是很颓丧的，有了钱，他也还是颓丧的，因为他想："钱有了，一花可不就是没有吗？"

小陈认识他很久了，对于他的心理过程很有研究。于是乎直截了当地就问马伯乐：

"老马，有钱没有？我要用两块？"

马伯乐一言未发，到床上去就拉自己的裤子来，当着小陈的面把裤袋里所有的钱一齐拿出来展览一遍，并且说着：

"老马我，不是说有钱不往外拿，是真的一点办法没有了。快成为难民了。"

他把零钱装到裤袋去，裤子往床上一丢时，裤袋里边的铜板叮当响着。马伯乐说："听吧，穷得叮当响了，铜板在唱歌了。"

在外表上看来，马伯乐对于铜板是很鄙视的，很看不起的，那是他表示着他的出身是很高贵的，虽然现在穷了，也不过是偶尔的穷一穷，可并非出身就是穷的。

不过当他把小陈一送走了，他赶快拾起裤子来，数一数到底是多少铜板。马伯乐深知铜板虽然不值钱，可它到底是钱。就怕铜板太少，铜板多了，也一样可以成为富翁的。

他记得青岛有一位老绅士，当初就是讨铜板的叫花子，他一个月讨两千多铜板，讨了十几年，后来就发财了。现在就是当地的绅士。

“铜板没用吗？那玩意儿要一多也不得了。”

马伯乐正在聚精会神地数着，门外又有人敲他的门。

马伯乐的住处从来不来朋友，今天一来就是两个，他觉得有点奇怪。

“这又是谁呢？”

他想。

他照着他的，完完全全地照着他的老规矩，慢慢地把身子掩在门后，仿佛他打算遭遇不测。只把门开了一个小小的小小的缝。

原来不是什么人，而是女房东来找他谈话，问他下月房子还住不住，房子是涨价的。

“找房子的人，交交关，交交关。”

女房东穿着发亮的黑拷绸的裤褂，拖着上海普遍的、老板娘所穿的油渍渍的，然而还绣着花的拖鞋。她哇啦哇啦地说了一大堆上海话。

马伯乐等房东太太上楼去了，关了门一想：“这算完！”

房子也涨了价了，吃的也都贵得不得了。这还不算。最可怕的是战争还不知道演变到什么地步。

“这算完，这算完……”

马伯乐一连说了几个“这算完”之后，他便颓然地躺到床上去了。他一点力量也没有了。

大炮一连串的，好像大石头似的在地面上滚着，轰轰的。马伯乐的房子虽然是一点声音不透，但这大炮轰隆轰隆的声音是从地底下来的，一直来到马伯乐的床底下。

马伯乐也自然难免不听到这大炮的响声。这声音讨厌得很，仿佛有块大石头在他脑子中滚着似的。他头昏脑乱了，他烦躁得很。

“这算完，这算完。”

他越想越没有办法。

马伯乐几天前已给太太写了信去。虽然预测那信还未到，可是在马伯乐他已经觉得那算绝望了。

“太太不会来的，她不会来的，她那个人是一块死木头……她绝不能来。”他既然知道她绝不能来，那他还要写信给她？其实太太来与不来，马伯乐是把握不着的，他心上何曾以为她绝对不能来？不过都因为事情太关乎他自己了。越是单独地关乎他自己的事情，他就越容易往悲观方面去想。因为他爱自己甚于爱一切人。

他的小雅格，他是很喜欢的，可是若到了极高度的危险，有生命危险的时候，他也没有办法，也只得自己逃走了事。他以为那是他的能力所不及的，他并没有罪过。

假若马伯乐的手上在什么地方擦破了一块皮，他抹了红药水，他用布把它包上。而且皱着眉头很久很久地惋惜着他这已经受了伤的无辜的手。

受了伤，擦一点红药水，并不算是恶习，可是当他健康的脚，一脚出去踏了别人包着药布的患病的脚，他连对不起的话也不讲。他也不以为那是恶习。（只有外国人不在此例，他若是碰撞了人家，他连忙说sorry。并不是他怕外国人，因为外国人太厉害。）

总之，越是马伯乐自己的事情，他就越容易往悲观方面去想。也不管是真正乐观的，或有几分乐观的，这他都不管。哪怕一根鱼刺若一被横到他的喉咙里，那鱼刺也一定比横在别人喉咙里的要大，因为他实实在在地感着那鱼刺的确是横在他的喉咙了。一点也不差，的的确确的，每一呼吸那东西还会上下地刺痛着。

房东这一加房价，马伯乐立刻便暗无天日起来，一切算是完了。人生一点意思也没有，一天到晚的白活，白吃，白喝，白睡觉，实在是没有意思。这样一天一天地活下去，到什么时候算个了事。

马伯乐等房东太太上了楼，他就关了门，急急忙忙地躺到床上去，他的两个眼睛不住地看着电灯，一直看到眼睛冒了花。他想：

“电灯比太阳更黄，电灯不是太阳啊！”

“大炮毕竟是大炮，是与众不同的。”

“国家多难之期，人活着是要没有意思的。”

“人在悲哀的时候，是要悲哀的。”

马伯乐照着他的规程想了很多，他依然想下去：

“电灯一开，屋子就亮了。”

“国家一打仗，人民就要逃难的。”

“有了钱，逃难是舒服的。”

“日本人不打青岛，太太是不能来的。”

“太太不来，逃难是要受罪的。”

“没有钱，一切谈不到。”

“没有钱，就算完了。”

“没有钱，咫尺天涯。”

“没有钱，寸步难行。”

“没有钱，又得回家了。”

马伯乐一想到回家，他不敢再想了。那样的家怎么回得？冷酷的，无情的，从父亲、母亲、太太说起，一直到小雅格，没有一个人会给他一个好颜色。

哪怕是猫狗也怕受不了，何况是一个人呢！

马伯乐的眼睛里上下转了好几次眼泪。“人活着有什么意思！”

他的眼泪几乎就要流出来了。

马伯乐赶快地抽了几口烟，总算把眼泪压下去了。

经过这一番悲哀的高潮，他的内心似乎舒展了一些。他从床上起来，用冷水洗着脸，他打算到街上去散散步。

无奈他推门一看，天仍落着雨，雨虽然不很大，但是讨厌得很。

马伯乐想，衣服脏了也没有人给他洗，要买新的又没有钱，还是不去吧。

马伯乐刚忘下了的没有钱的那回事，现在又想起来了。

“没有钱，就算完。”

“人若没有钱，就不算人了。”

马伯乐气得擂了一下桌子。桌面上立时跳起了许多饭粒。因为他从来不擦桌子，所以那饭粒之中有昨天的有前天的，也或许有好几天前就落在桌子上的。有许多饭粒本来是藏在桌子缝里边，经他打了这一拳，通通都跳出来了。好像活的东西似的，和小虫似的。

马伯乐赶快伸出手掌来把它们扫到地上去了。他是扫得很快的，仿佛慢了一点，他怕那些饭粒就要跑掉似的。而后他用两只手掌拍着，他在打扫着自己的手掌，他想：

“这他妈的叫什么世界呵！满身枷锁，没有一个自由的人。这算完，现在又加上了小日本这一层枷锁。血腥的世界，野兽的世界，有强权，无公理，现在需要火山爆发，需要天崩地裂，世界的末日，他妈的快快来到吧！若完大家就一块完，快点完。别他妈的啰唆，别他妈的费事。这样地活着干什么，不死不活的，活受罪。”

马伯乐想了一大堆，结果又想到他自己的身上去了：

“这年头，真是大难的年头，父母妻子会变成不相识的人，奇怪地，变成不相干的了。还不如兽类，麻雀当它的小雀从房檐落到地上，被猫狗包围上来的时候，那大麻雀拼命地要保护它的小雀，它吱吱喳喳地要和狗开火，其实凭一只麻雀怎敢和狗挑战呢？不过因为它看它的小雀是在难中呵！猫也是一样，狗也是一样，它若是看到它的小猫或小狗被其余的兽类所包围，哪怕是一只大老虎，那做大狗的，做大猫的，也要上去和它战斗一番。这是什么道理呢？这就是它看它自己所亲生的小崽是在难中。可是人还不如猫狗。他眼看着他自己的儿子是在难中，可是做父亲的却没有丝毫的同情心，为什么他不爱他的儿子呢？为着钱哪！若是儿子有了钱，父亲就退到了儿子的地步，那时候将不是儿子怕父亲，将是父亲怕儿子了。父亲为什么要怕儿子呢？怕的是钱哪！若是儿子做了银行的行长，父亲做了银行的茶房，那时候父亲见了儿子，就要给儿子献上一杯茶去。父亲为什么要给他倒茶呢？因为儿子是行长呵！反过来说，父亲若是个百万的富翁，儿子见了父亲，必然要像宰相见了皇帝的样子，是要百顺百从的。因为你稍有不顺，他就不把钱给你。俗话说，公公有钱婆婆住大房；儿子有钱，婆婆做媳妇。钱哪！钱哪！一点也不错呵！这是什么世界，没有钱，父不父，子不子，妻不妻，夫不夫。人是比什么动物都残酷的呀！眼看着他的儿子在难中，他都不救……”

马伯乐想得非常激愤的时候，他又听到有人在敲他的门。他说：

“他妈的，今天的事特别的多。”

他一生气，他特别的直爽，这次他没有站到门后去，这次他没有做好像有人要逮捕他的样子。而他就直爽爽地问了出去。

“谁呀！他妈的！”

他正说着，那人就撞开门进来了。

是张大耳朵，也是马伯乐在大学里旁听时的同学，也在马伯乐的书店里服过务。他之服务，并没有什么名义，不过在一起白吃白住过一个时期，跟马伯乐很熟，也是马伯乐的穷朋友之一。

他说话的声音是很大的，摇摇摆摆的，而且摇得有一定的韵律，颤颤巍巍的，仿佛他的骨头里边谁给他装设上了弹簧。走路时，他脚尖在地上颠着。抽香烟擦火柴时，他把火柴盒拿在手里，那么一抖，很有规律性地火柴就着了。他一切动作的韵律，都是配合着体内的活动而出发的。一看上去就觉得这个人满身是弹簧。

他第一句问马伯乐的就是：

“黄浦江上大空战，你看见了吗？”

马伯乐一声没响。

张大耳朵又说：

“老马，你近来怎么消沉了？这样伟大的时代，你都不关心吗？对于这中华民族历史开始的最光荣的一页，你都不觉得吗？”

马伯乐仍是一声没响，只不过微微地一笑，同时磕了磕烟灰。

张大耳朵是一个比较莽撞的人，他毫不客气地烦躁地向着马伯乐大加批判起来：

“我说，老马，你怎么着了？前些日子我在街上遇见你时，你并不是这个样子，那时候你是愤怒的，你是带着民族的情感很激愤地在街上走。因为那时候别人还看不见，还不怎样觉着，可以说一点也不觉着上海必要成为今天这样子。果然不错，不到一个月，上海就成为你所预言的今天这个样子了。”

马伯乐轻蔑地用他悲哀的眼睛做出痛苦的微笑来。

张大耳朵在地上用脚尖弹着自己的身体，很凄惨地、很诚恳地招呼着马伯乐：

“老马，难道你近来害了相思病吗？”

这一下子反把马伯乐气坏了。他说：

“真他妈的中国人！”

马伯乐想：

“这小子真混蛋，国家都到了什么时候，还来这一套。”不过他没有说出来。

张大耳朵说：

“我真不能理解，中国的青年若都像你这样就糟了。头一天是一盆通红的炭火，第二天是灰红的炭火，第三天就变成死灰了。”

张大耳朵也不是个有认识的人，也不是一个理论家。有一个时候他在电影圈里跟着混了一个时期。他不是导演，也不是演员，他也不拿月薪，不过他跟那里边的人都是朋友。彼此抽抽香烟，荡荡马路，打打扑克，研究研究某个女演员的眼睛好看，某个的丈夫是干什么的，有钱没有钱，某个女演员和某个男演员正在谈恋爱之类。同时也不能够说张大耳朵在电影圈里没有一点进步，他学会了不可磨灭的永存的一种演戏的姿态，那就是他到今天他每一迈步把脚尖一颤的这一“颤”，就是那时候学来的。同时他也很丰富地学得银幕上和舞台上的难得的知识；也知道了一些乐器的名称，什么叫作“基答儿”，什么叫作“八拉来克”。但也不能说张大耳朵在电影圈里的那个时期就没有读书，书也是读的，不过都是关于电影方面的多，《电影画报》啦，或者《好莱坞》啦。女演员们很热心地读着那些画报，看一看好莱坞的女明星都穿了些什么样的衣服，好莱坞最新式的女游泳衣是个什么格式，到底比上海的摩登了多少。还有关于化妆部分的也最重要，眼睛该涂上什么颜色的眼圈，指甲应该涂上哪一种的亮油好呢，深粉色的还是浅粉色的？擦粉时用的粉底子最要紧，粉底子的质料不佳，会影响皮肤粗糙，皮肤一粗糙，人就显得岁数大。还有声音笑貌也都是跟着画报学习。男演员们也是读着和这差不多的书。

所以张大耳朵不能算是有学问的人。但是关于抗日他也同样和普通的市民一样的热烈，因为打日本在中国是每个人所要求的。

张大耳朵很激愤地向着马伯乐叫着：

“老马，你消沉得不像样子啦！中国的青年应该这个样子吗？你看不见你眼前的光明吗？日本人的大炮把你震聋了吗？”

马伯乐这回说话了，他气愤极了。

“我他妈的眼睛瞎，我看不见吗？我他妈的耳朵聋，我听不见吗？你以为就是你张大耳朵，你的耳朵比别人的耳朵大才听得见的呀！我比你听见得早，你还没有听见，我便听见了。可以说日本的大炮还没响，我就听见了。你小子好大勇气，跑这里来唬人。三天不见，你可就成了英雄！好像打日本这回事是由你领导着的样子。”

马伯乐一边说着，张大耳朵一边在旁边笑。马伯乐还是说：“你知道不知道，老马现在分文皆无了，还看黄浦江大空战！大空战不能当饭吃。老马要当难民去了，老马完了！”

马伯乐送走了张大耳朵，天也就黑了。马伯乐想：

“怎么今天来好几个人呢？大概还有人来！”

他等了一些时候，毕竟没有人再来敲门。于是他就睡觉了。

第二章

“八一三”后两个月的事情，马伯乐的太太从青岛到上海。

人还未到，是马伯乐预先接到了电报的。

在这两个月中，马伯乐穷得一塌糊涂，他的腿瘦得好像鹤腿那般长！他的脖颈和长颈鹿似的。老远地伸出去的。

他一向没有吃蛋炒饭了。他的房子早就退了。他搬到小陈那里，和小陈住在一起。

小陈是个营养不良的蜡黄的面孔。而马伯乐的面孔则是青黝黝的，多半由于失眠所致。

他们两个共同住着一个亭子间，亭子间没有地板，是洋灰地。他们两个人的行李都摊在洋灰地上。

马伯乐行李脏得不成样子了，连枕头带被子全都是土灰灰的了，和洋灰地差不多了。可是小陈的比他的更甚，小陈的被单已经变成黑的了，小陈的枕头脏得闪着油光。

马伯乐的行李未经洗过的期间只不过两个多月，尚未到三个月。可是小陈的行李未经洗过却在半年以上了。

小陈的枕头看上去好像牛皮做的，又亮又硬，还特别结实。

马伯乐的枕头虽然已经脏得够受的了，可是比起小陈的来还强，总还没有失去枕头的原形。而小陈的枕头则完全变样了，说不上那是个什么东西，又亮又硬，和一个小猪皮鼓似的。

按理说这个小亭子间，是属于他们两个的，应该他们两个人共同管理。但事实上不然，他们两个人谁都不管。

白天两个都出去了，窗子是开着的，下起雨来，把他们的被子通通都给打湿了。而且打湿了之后就泡在水里边，泡了一个下半天。到晚上两个人回来一看：

“这可怎么办呢？将睡在什么地方呢？”

他们的房子和一个长方形的纸盒子似的，只能够铺得开两张行李，再多一点无论什么都放不下的。就是他们两个人一人脚上所穿的一双皮鞋，到了晚上脱下来的时候，都没有适当的放处。放在头顶上，那皮鞋有一种气味。放在一旁，睡觉翻身时怕压坏了。放在脚底下又伸不开脚。他们的屋子实在精致得太厉害，和一个精致的小纸匣似的。

这一天下了雨，满地和行李都是湿的。他们两个站在门外彼此观望着。（因为屋子太小，同时两个人都站起来是装不下的，只有在睡觉的时候两个人都各自躺在自己的行李上去才算容得下。）

“这怎么办呢？”

两个人都这么想，谁也不去动手，或是去拉行李，或是打算把地板擦干了。

两个人彼此也不抱怨，马伯乐也不说小陈不对，小陈也不埋怨马伯乐。仿佛这是老天爷下的雨，能够怪谁呢？是谁也不怪的。他们两个人彼此观望时，还笑盈盈的。仿佛摆在他们面前这糟糕的事情，是第三者的，而不是他们两个的。若照着马伯乐的性格，凡事若一关乎了他，那就很严重的；但是现在不，现在并不是关乎他的，而是他们两个人的。

当夜他们两个人就像两条虫子似的蜷曲在那湿漉漉的洋灰地上了。把行李推在一边，就在洋灰地上睡了一夜。

一夜，两个人都很安然的，彼此没有一点怪罪的心理。

有的时候睡到半夜下雨了。雨点从窗子淋进来，淋到马伯乐的脚上，马伯乐把脚钻到被单的下边去。淋到小陈的脚上，小陈也把脚钻到被单的下面去。马伯乐不起来关窗子，小陈也不起来关窗子。一任着雨点不住地打。奇怪得很，有人在行李上睡觉，行李竟会让雨打湿了，好像行李上面睡着的不是人一样。

所以说他们两个人的房子他们两个人谁也不加以管理。比方下雨时关窗子这件事，马伯乐若是起来关了，他心里一定很冤枉，因为这窗子并不是他一个人的窗子；若小陈关了，小陈也必冤枉，因为这窗子也不是小陈一个人的窗子。若说两个人共同地关着一个窗子，就像两个人共同地拿着一个茶杯似的，那是不可能的。于是就只好随它去，随它开着。

至于被打湿了的行李，那也不是单独的谁的行李被打湿了，而是两个人一块被打湿的。只要两个人一块，那就并不冤枉。

小陈是穷得一钱不存。他从大学里旁听了两年之后，没有找到职业。第一年找不到职业，他还悔恨他没有真正读过大学。到后来他所见的多了，大学毕业的没有职业的也多得很。于是他也就不再幻想，而随随便便地在上海住下来。有的时候住到朋友的地方去，有的时候也自己租了房子。他虽然没有什么收入，可是他也吸着香烟，也打着领带，也穿着皮鞋，也天天吃饭，而且吃饱了也到公园里去散步。

这一些行为是危险的，在马伯乐看来是非常可怕，怎么一个人会过了今天就不想明天的呢？若到了明天没有饭吃，岂不饿死了。

所以小陈请他看电影的时候，他是十分地替他担心。

“今天你把钱用完了，明天到吃饭的时候可怎么办呢？”

小陈并不听这套，而很自信地买了票子。马伯乐虽然替小陈害怕，但也跟着走进戏院的座位去。

本来马伯乐比小陈有钱。小陈到朋友的地方去挖到了一块两块的，总是大高其兴，招呼着马伯乐就去吃包子，又是吃羊肉，他非把钱花完了他是不能安定下来的。而马伯乐则不然。他在朋友的地方若借到了钱，就像没有借到的一样，别人是看不出来的，他把钱放在腰包里，他走起路来也一样，吃饭睡觉都一样，没有什么特别的表现。就是小陈也常看不出他来。

马伯乐自从搬到小陈处一起来住，他没请过小陈看一次电影。他把钱通通都放了起来，一共放到现在已经有十几块钱了。现在马伯乐看完了太太的电报，从亭子间出来下楼就跑，跑到理发馆去了。

马伯乐坐在理发馆的大镜子的前边，他很威严地坐着，他从脖颈往下围着一条大白围裙。他想，明天与今天该要不同了，明天是一切不成问题了，而今天的工作是理了发，洗个澡，赶快去买一件新的衬衫穿上，袜子要换的，皮鞋要擦油的。

马伯乐闭了眼睛，头发是理完了。在等着理发的人给他刮胡子。

他的满脸被抹上了肥皂沫，静静地过了五分钟，胡子也刮完了。

他睁开眼睛一看，漂亮是漂亮了，但是有些不认识自己了。

他一回想，才想起来自己是三个月没有理发了。

在这三个月中，过的是多么可怕的生活，白天自己在街上转着，晚上回来像狗似的一声不响地蜷在地板上睡了一觉。风吹雨打，没有人晓得。今天走在街上，明天若是死了，也没有人晓得。人活在世界上就是这个样的吗？有没有都是一样，存在不存在都是一样。若是死的消息传到了家里，父亲和母亲也不过大哭一场，难过几个月，过上一年两年就忘记了。

有人提起来才想起他们原先是有过这样一个儿子。他们将要照常地吃饭睡觉，照常地生活，一年四季该穿什么样衣裳，该吃什么样的东西，一切都是照旧。世界上谁还记得有过这样一个人？

马伯乐一看大镜子里边的人又干净又漂亮，现在的马伯乐和昨天的简直不是一个人了。马伯乐因为内心的反感，他对于现在的自己非常之妒恨。他向自己说：

“你还没有饿死吗？你是一条亡家的狗，你昨天还是……你死在阴沟里，你死什么地方，没有人管你，随你的便。”

第二天他把太太接来了，是在旅馆里暂且订的房间。

太太一问他：

“保罗，你的面色怎么那么黄呵！”

马伯乐立刻就流下眼泪来，他咬着嘴唇，他是十分想抑止而抑止不住，他把脸转过去，向着旅馆挂在墙上的那个装着镜框的价目单。他并不是在看那价目单，而是想借此忘记了悲哀，可终久没有一点用处。那在黑房子里的生活，那吃蛋炒饭的生活。向人去借钱，人家不借给他的那种脸色。他给太太写了信去，而太太置之不理的那些日子。马伯乐一件一件地都想起来了。

一直到太太抚着他的肩膀说了许多安慰他的话，他这才好了。

到了晚上，他回到小陈那里把行李搬到旅馆去了。到了旅馆里，太太打开行李一看，说：

“呀，保罗，你是在哪里住着来的，怎么弄成这个样子？”

马伯乐是一阵心酸，又差一点没有流下眼泪来。

这一夜马伯乐都是郁郁不乐的。

马伯乐盖上了太太新从家里带来的又松又软的被子。虽然住的是三等旅馆，但比起小陈那里不知要好了多少倍，是铁架的床，床上挂着帐子，床板是棕绷的，带着弹性，比起小陈那个洋灰地来，不知要软了多少倍。枕头也是太太新从家里带来的，又白又干净。

马伯乐把头往枕头上一放就长叹了一口气，好像那枕头给了他无限的伤心似的。他的手在被边上摸着，那洁白的被边是非常干爽的，似乎还带清香的气息。

太太告诉他关于家里的很多事情，马伯乐听了都是哼哼哈哈地答应着。他的眼睛随时都充满着眼泪，好像在深思着什么似的。一会他的眼睛去看着床架，一会把眼睛直直地看着帐子顶。他的手也似乎无处可放的样子，不是摸着被边，就是拉着床架，再不然就是用指甲磕着床架咚咚地响。

太太问他要茶吗？

他只轻轻地点了点头。

太太把茶拿给他，他接到手里。他拿到手上一些工夫没有放到嘴上去吃。他好像在想什么而想忘了。

他与太太的相见，好像是破镜重圆似的，他是快乐的，他是悲哀的，他是感激的，他是痛苦的，他是寂寂寞寞的，他是又充实又空虚的。他的眼睛里边含满了眼泪，只要他自己稍一不加制止，那眼泪就要流下来的。

太太问他：

“你来上海的时候究竟带着多少钱的？”

马伯乐摇一摇头。

太太又说：

“父亲说你带着两百多块？”

马伯乐又摇一摇头，微微地笑了一笑。

太太又说：

“若知道你真的没有带着多少钱，就是父亲不给，我若想一想办法也总可以给你寄一些的。”

马伯乐又笑了笑，他的眼睛是亮晶晶的，含满了眼泪。

太太连忙问他：

“那么你到底是带着多少？”

“没带多少，我到了上海就剩了三十元。”

太太一听，连忙说：

“怪不得的，你一封信一封电报地催。那三十元，过了三个月，可难为你怎么过来的？”

马伯乐微微地笑了一笑，眼泪就从那笑着的眼睛里滚下来了。他连忙抓住了太太的手，而后把脸轻轻地压到枕头上去。那枕头上有一种芳香的气味，使他起了一种生疏的感觉，好像他离开了家已经几年了。人间的无限虐待，无限痛苦，好像他都已经尝遍了。

第二天早晨，马伯乐第一步先去的地方就是梵王渡，就是西站。到内地去的唯一的火车站。（上海通内地的火车，在抗战之后的两个月就只有西站了。因为南站、北站都已经沦为敌手了。）

马伯乐在卖票处问了票价，并问了五岁的孩子还是半票，还是不起票。

他打算先到南京，而后再从南京转汉口。汉口有他父亲的朋友在那里。不过这心事还没有和太太谈过，因为太太刚刚来到，好好让她在旅馆里休息两天，休息好了再谈也不晚。所以他还没有和太太说起。若是一谈，太太是没有不同意的。

马伯乐觉着太太这次的来，对待他比在家时好得多了，很温和的，而且也体贴得多。太太变得年青了，太太好像又回到了刚结婚的时候似的，是很温顺的，很有耐性的了，若一向太太提起去汉口，太太是不会不同意的。所以马伯乐先到车站上去打听一番。马伯乐想：

“万事要有个准备。”

他都打听好了，正在车站上徘徊着，打算仔细地看一看，将来上火车的时候，省得临时生疏。他要先把方向看清楚了，省得临时东撞西撞。

正在这时候，天空里就来了日本飞机。大家嚷着说日本飞机是来炸车站的。于是人们便往四下里跑。

马伯乐一听是真正的飞机的声音，他向着英租界的方向就跑。他还没能跑开几步，飞机就来到头顶上了，人们都立刻蹲下了。是三架侦察机一齐过去了，并没有扔炸弹。

但是站在远处往站台上看，那车站那里真像是蚂蚁翻锅了，吵吵嚷嚷地，一群一堆地，人山人海地在那里吵叫着。

马伯乐一直看到那些人又都上了火车，一直看到车开。

他想不久他也将如此地，也将被这样拥挤的火车载到他没有去过的生疏的地方去的。在那里将要开始新的生活，将要顺应着新的环境。新的就是不可知的，新的就是把握不准的，新的就是困难的。

马伯乐看着那火车冒着烟走了，走得很慢，吭吭地响。似乎那车子载得过于满了，好像要拉不动的样子。说不定要把那些逃难的人们拉到半路，拉到旷野荒郊上就把他们丢到那里了，就丢到那里不管了。

马伯乐叹了一口气，转身便往回走了。他一想起太太或许在等他吃饭呢！于是立刻喊了个黄包车，二十多分钟之后，他跑上旅馆的楼梯了。

太太端着一个脸盆从房间里出来，两只手全都是肥皂沫子。她打算到晒台上清洗已经打过了肥皂的孩子们的小衣裳。一看丈夫回来了，她也就没有去，又端着满盆的肥皂沫子回到了房间里。

在房间里的三个孩子滚作一团。大孩子大卫，贫血的脸色，小小的眼睛，和两个枣核似的，他穿着鞋在床上跳着。第二个孩子约瑟是个圆圆的小脸，长得和他的母亲一样，唯鼻子上整天挂着鼻涕。第三个孩子就是雅格了，雅格是很好的。母亲也爱她，父亲也爱她。她一天到晚不哭，她才三岁，她非常之胖，看来和约瑟一般大，虽然约瑟比她大两岁。约瑟是五岁了。

大卫是九岁了，大卫这个孩子，在学堂里念书，专门被罚站。一回到家里，把书包一放就往厨房里跑，跑到厨房里先对妈妈说：

“妈，我今天没有罚站。”

妈妈赶忙就得说：

“好孩子真乖……要吃点什么呢？”

“要吃蛋炒饭！”

大卫和他的父亲一样，也是喜欢吃蛋炒饭的。

妈妈问着他：

“蛋炒饭里愿意加一点葱花呢，还是愿意加一点虾米？”

大卫说：

“妈，你说哪样好呢？葱花也要，虾米也要，好吗？”

“加虾米就不可以加葱花的。”妈妈说，“虾米是海里的，是海味。鸡蛋是鸡身上的，又是一种味道。鸡蛋和虾米就是两种味道了。若再加上葱花就是三种味道了。味道太多，就该荤气了。那是不好吃的。我看就只是鸡蛋炒虾米吧。”

大卫抱在妈妈的腿上闹起来，好像三岁的小孩子似的，嘴里边唧唧咕咕地叨叨着，他一定要三样一道吃，他说他不嫌荤气。

妈妈把他轻轻地推开一点说：

“好孩子，不要闹，妈给你切上一点火腿放上，大卫不就是喜欢火腿吗？”

妈妈在那被厨子已经切好了的，就上灶了的火腿丝上取出一撮来，用刀在菜墩上切着。大卫在妈妈旁边站着，还指挥着妈妈切得碎一点，让妈妈多切上一些。

就是在炒的时候，大卫也是在旁边看着，他说：

“妈，多加点猪油，猪油香啦！”

妈妈就拿铁勺子在猪油罐子里调上了半铁勺子。因为猪油放得过多，那饭亮得和珍珠似的，一颗一颗的。

若是妈妈不在家里，大卫是不吃蛋炒饭的。厨子炒的饭不香，厨子并不像妈那样听话，让他加多少猪油他就加多少。厨子是不听大卫的话的，厨子炒起蛋炒饭来，油的多少，他是有他的定规的。大卫不敢到旁边去胡闹。厨子瞪着眼睛把铁勺子一刮拉，大卫是很害怕的。所以他只喜欢妈妈给他炒的饭。

大卫差不多连一点青菜也不吃，只吃蛋炒饭就够了。

蛋炒饭是很难消化的，有胃病的人绝对地吃不得。牙齿不好的人也绝对地吃不得。米饭本来就是难以消化的，又加上那么许多猪油，油是最障碍胃的。

当大卫六岁的时候，正是他脱换牙齿的时候。他的牙虽然任何东西都不能嚼了，但他仍是每顿吃蛋炒饭。饭粒吞到嘴里，不嚼是咽不下去的。母亲看他很可怜，就给他泡上一点汤，而后拿了一个调匙，一匙一匙地，妈妈帮着孩子把囫囵的饭粒整吞到大卫的肚子去。妈妈的嘴里还不住地说着：

“真可怜了我的大卫了。多泡一点汤吧，好不好？”

大卫的胃病，是很甚的了。妈妈常常偷着把泻盐给他吃。

为什么她要偷着给呢？就因为祖父是不信什么药的，祖父就信主耶稣，不管谁患了病，都不准吃药，专门让到上帝面前去祷告。同时也因为大卫的父亲也是不信药的，孩子们一生了病，就买饼干给他们吃。

所以每当大卫吃起药来的时候，就像小偷似的。

每次吃完了泻盐，那泻盐的盒子都是大卫自己放着，就是妈妈偶尔要用一点泻盐的时候也还得向大卫去讨。大卫是爱药的，这一点他并不像祖父那样只相信上帝，也不像父亲那样一病了就买饼干。

大卫因为胃病的关系，虽然今年是九岁了，仍和他弟弟差不多一般高。所以约瑟是看不起哥哥的，亲戚朋友见了，都赞美约瑟，都说约瑟赶上哥哥了。约瑟的腿比哥哥的腿还粗。因为约瑟在观念上不承认了哥哥，因此常常和大卫打仗，他把大卫按倒在地上，而后骑在他的身上，让大卫讨饶，他才放开他，让大卫叫他将军，他才肯放开他。

就是他们两个同时吃一样的饭，只要把饭从大锅里一装到饭碗里，约瑟就要先加以拣选的，他先选去了一碗，剩下的一碗才是他哥哥的。假若哥哥不听他的话，上去先动手拿了一碗，他会立刻过去把饭碗抢过来摔到地上，把饭碗摔得粉碎。

所以哥哥永远是让着他。

母亲看了也是招呼着大卫：

“大卫到妈这里来……”

而后小声地在大卫的耳朵上说：

“等一会妈给你做蛋炒饭吃，不给约瑟。”

所以大卫是跟妈妈最好的。

大卫在学堂，先生发下来的数学题目，都是拿到家里妈妈给做的。妈妈也总是可怜大卫的。大卫一天比一天的清瘦。妈妈怕他累着，常常帮他一点忙，就连每个礼拜六的那一点钟的手工课，大卫也都是先在空里让妈妈替他用颜色纸把先生所定的那几样塔、车子、莲花，都预先折好了的，然后放在书包里。等到在课堂上，真正的先生在眼前的时候，大卫就只得手下按着一张纸，假装着折来折去。先生一走远，他就停下来。先生一走到旁边，他就很忙碌地比画着。一直就这样挨到下课为止。一打了下课铃，大卫从椅子上跳起来，赶忙把妈妈做好的塔或车子送上去，送到先生的旁边。

这一点钟手工课，比一天都长，在大卫是非常难以忍受的。往往手工课一下来之后，把大卫困得连打哈欠带流眼泪。

先生站在讲台上粗粗地把学生交上来的成绩，看了一遍。

大卫这时候是非常惊心的，就怕先生看出来他的手工不是自己做的。

因此大卫在学堂里边养成了很胆小的习惯。先生在讲台上讲书，忽然声音大了一点，大卫就吓得脸色发白，以为先生又是在招呼他，又是罚他的站。就是在院子里散步，同学从后边来拍他一下肩膀，大卫也吓得一哆嗦，以为又是同学来打他。

大卫是很神经质的，聪明又机警。这一点他和他的父亲马伯乐一样。

大卫是很喜欢犯罪的，他守候在厨房里看着妈妈给他炒饭。那老厨子一出了厨房，大卫立刻伸出手去，在那洗得干干净净的黄瓜上摸了一会。老厨子转身就回来了，大卫吓得脸色发白。老厨子不在时，大卫伸手抓了一把白菜丝放在嘴里嚼着。别人或者以为大卫是最喜欢吃白菜。其实不然，等吃饭时，摆到桌子上来，大卫连那白菜是睬也不睬的。前面就说过，大卫只吃蛋炒饭，青菜他是一点也不喜欢的。

大卫一个人单独的时候，他总要翻一翻别人的东西。在学堂里，他若来得最早，他总偷着打开别人的书桌看看，碎纸啦，花生皮啦，他也明知道那里边没有什么好看的，但不看却不成，只剩他一个人在，哪能不看呢！

在家里，妈妈爸爸都不在家，约瑟也不在的时候，他就打开抽屉，开了挂衣箱，碰到刀子、剪子之类，拿在手里，往桌子边上，或椅子腿上削着。碰到了花丝线或者什么的，就拿在手里揉作一团。他也明知道衣箱里是没有他可以拿出来玩的东西，但是他不能不乱翻一阵，因为只有他一个人，他不翻做什么呢？等一会妈妈爸爸回来，不就翻不着了吗？不就是不许翻了吗？

他若碰到了约瑟的书包，约瑟若不在旁边，他非给他打开不可。他要看看他当着约瑟的面而看不到的东西。其实他每次打开一看，也没有什么出奇的。但是不让他打开可不成，约瑟不是不在旁边吗？不在旁边偷着看看有什么要紧？

只有对付小雅格，大卫不用十分地费心思，他从来用不着偷着看她的东西，因为雅格太小，很容易上当。大卫把他自己的那份花生米吃完了时，他要小雅格的，他只说：

“雅格，雅格，你看棚顶上飞着个蝴蝶。”

就趁着雅格往棚顶上一看这工夫，他就把她的花生米给抓去了一大半。

本来棚顶上是没有什么蝴蝶的，雅格上当了。

到后来，雅格稍微大了一点，她发现了哥哥欺负她的手法了，所以每当她吃东西的时候，只要大卫从她的旁边一过，她就赶快把东西按住，叫着：

“妈，大卫来啦！”

好像大卫是个猫似的，妹妹很怕他。

大卫在家里的地位是厨子恨他，妈妈可怜他，约瑟打他，妹妹怕他。

在学堂里，每天被罚站。

马伯乐的长子是如此的一个孩子。

马伯乐的第二个儿子约瑟，他的性格可与马伯乐没有丝毫相像的地方。他勇敢，好像个雄赳赳的武士，走起路来，拍着胸膛；说起话来，伸着大拇指；眼睛是往前直视的，好像小牛的眼睛。他长着焦黄的头发。祖父最喜欢他，说他的头发是外国孩子的头发，是金丝发。

《圣经》上描写着的金丝发是多么美丽，将来约瑟长大了该娶个什么样的太太呢？祖父常常说：

“我们约瑟将来得娶个外国太太。”

约瑟才五岁，并不懂这话是什么意思，他只看得出来祖父的眼光和声音都是很爱他的。于是他就点了点头。看了约瑟这样做，全家的人都笑了起来。

约瑟是幼稚园的学生，每天由梗妈陪着去，陪着回来。就是在草地上玩的时候，梗妈也是一分钟不敢离开他，一离开他，他就动手打别的孩子，就像在家里边打大卫那个样子。有时他把别的孩子按倒了，坐在人家的身上，就是比他大的他也不怕。总之，他不管是谁，他一不高兴，动手就打。有一天他打破了一个小女孩子的鼻子，流了不少的血。

回到家里，梗妈向祖母说，约瑟在学堂里打破了人家的鼻子。

祖父听到了，反而很高兴他说：

“男孩子是要能打的呀！将来约瑟一定会当官的。”

到了晚上，被打破鼻子的那个孩子的母亲来了，说她孩子的鼻子发炎了，有些肿起来了，来与他们商量一下，是否要上医院的。

约瑟的祖父一听，连忙说：

“不用，不用，用不着，用不着。上帝是能医好一切灾祸的神灵。”

于是祖父跪到上帝那儿，他虔诚地为那被打破鼻子的孩子祷告了一阵。

而后站起来问那个母亲：

“你也是信奉上帝的人吗？”

她回说：“不是。”

“怪不得的，你的孩子的鼻子容易流血，那就是因为你不信奉上帝的缘故。不信奉上帝的人的灾祸就特别多。”

祖父向那母亲传了半天教，而后那母亲退出去了。

祖母看那女人很穷，想要向她布施一点什么，何况约瑟又打了人家，而祖父不许，就任着她下楼去了。

这时约瑟从妈妈那屋走来了，祖父见了约瑟，并没有问他一问，在学堂里为什么打破了人？只说：

“约瑟，这小英雄，你将来长大做什么呢？”

约瑟拉着祖父的胡子说：

“长大当官。”

一说之间，就把祖父的胡子给撕下来好几根。

祖父笑着，感叹着：

“这孩子真不得了，还没当官呢，就拔了爷爷的胡子，若真当了官……还他妈的……”

约瑟已经爬到祖父的膝盖上来，坐在那里了，而且得意扬扬地在拍着手。

来了客人，祖父第一先把约瑟叫过去。第一句话就问他：

“约瑟长大了做什么？”

约瑟说：

“长大做官。”

所来的客人，都要赞美约瑟一番。说约瑟长得虎头虎脑，耳大眉直，一看这孩子就是富贵之相，非是一名武将不可。一定的，这孩子从小就不凡，看他有一身的劲，真是一个生龙活虎的孩子。看他的下颏多么宽，脑盖多么鼓，眼睛多么亮。将来不是关公也是岳飞。

现在听到这五岁的孩子自己说长大了做官，大家都笑了。尤其是祖父笑得最得意，他自己用手理着胡子，好像很自信的，觉得别人对于约瑟的赞词并不过火。

其实约瑟如果单独地自己走在马路上，别人绝对看不出来这个名叫约瑟的孩子将来必得当官不可。不但在马路上，没有人过来赞美他，就是在幼稚园里面，也没有受到特别的夸赞，不但没有人特别地赞许他，有时竟或遭到特别评判，说马约瑟这孩子野蛮，说这孩子凶横，说他很难教育，说他娇惯成性，将来是很危险的。

现在把对于约瑟好的评语和坏的评语来对照一下，真是相差太远，不伦不类。

约瑟在祖父面前，本是一位高官大员，一离开了祖父，人家就要说他是流氓无赖了。

约瑟之所以了不起，现在来证明，完全是祖父的关系。

祖父并没有逼着那些所来的客人，必得人人赞美他的孙儿，祖父并没有这么做，而是那些人自己甘心愿意这么做。好像那些来的客人都是相面专家，一看就看出来马老先生的孙儿是与众不同的。好像来到马家的客人，都在某一个时期在街上摆过相面的摊子的，似乎他们做过那种生意。不但相法高明，口头上也非常熟练，使马老先生听了非常之舒服。

但其中也有相术不佳的。大卫在中国人普遍的眼光里，长得并不算是福相。可是也有一位朋友，他早年在德国留过学，现在是教友会的董事。他是依据着科学的方法来推算的，他推算将来大卫也是一个官。

这个多少使马老先生有些不高兴，并不是自己的孙儿都当了官，马伯乐的父亲就不高兴的，而是那个教友会的董事说得不对。

大卫长得本来是枣核眼睛，那人硬说枣核眼睛是富贵之相。这显然不对，若枣核眼睛也是富贵之相，那么龙眼、虎眼，像约瑟的大眼睛该是什么之相了呢？这显然不对。

总之马老先生不大喜欢他这科学的推算方法。

所以那个人白费了一片苦心，上了一个当，本来他是打算讨马老先生的欢心的，设一个科学推算法，说他的孙儿个个都当官。没想到，马老先生并不怎样起劲。于是他也随着大流，和别人一样回过头来说约瑟是真正出人头地的面相。他说：

“约瑟好比希特勒手下的戈林，而大卫则是戈倍尔，一文一武，将来都是了不起的，不过，文官总不如武官。大卫长得细小，将来定是个文官。而约瑟将来不是希特勒就是墨索里尼。”

说着顺手在约瑟的头上抚摸了一下。约瑟是不喜欢别人捉弄他的，他向那人踢了一脚。那人又说：

“看约瑟这英雄气概，真是不可一世，还是约瑟顶了不起，约瑟真是比大卫有气派。约瑟将来是最大的大官，可惜现在没有了皇帝，不然，约瑟非做皇帝不可。看约瑟这眼睛就是龙眼，长的是真龙天子的相貌。”

约瑟的祖父听了这一番话，脸上露出来了喜色。那个人一看，这话是说对了，于是才放下心来，端起茶杯来吃了一口茶。

他说话说得太多了，觉得喉咙干得很，这一口茶吃下去，才觉得舒服一些。关于约瑟，也就这样简单地介绍了一番。

雅格不打算在这里介绍了。因为她一生下来就是很好的孩子，没有什么特性，不像她的二位哥哥那样，一个是胆小的，一个是凶横的；一个强的，一个弱的。而雅格则不然，她既不像大卫那样胆小，又不像约瑟那样无法无天。她的性格是站在她的二位哥哥的中间。她不十分像她的母亲，因为母亲的性格和约瑟是属于一个系统的。她也不十分像她的父亲，因为父亲的脾气是和大卫最相像的。

以上所写的关于约瑟、大卫的生活，那都是在青岛家里边的情形。现在约瑟、大卫和雅格都随着妈妈来到上海了。

马伯乐只有三个孩子，这三个孩子现在都聚在这旅馆的房间里。

前边说过，马伯乐是从西车站回来。他一上楼第一个看见的就是他的太太。太太弄得满手肥皂沫，同时她手里端着的那个脸盆，也满盆都是漂漂涨涨的肥皂沫。

等他一进了旅馆的房间，他第一眼就看见他的三个孩子滚在一起。是在床上翻着，好像要把床闹翻了的样子，铁床吱吱地响，床帐哆哆嗦嗦地在发抖。枕头、被子都撕满了一床，三个孩子正在吱吱咯咯地连嚷带叫地笑着，你把我打倒了，我又把你压过去，真是好像发疯的一样。马伯乐大声地招呼了一下：

“你们是在干什么？”

大卫第一个从床上跑下来，畏畏缩缩地跑到椅子上坐下来了。而雅格虽然仍是坐在床上，也已经停止了呼叫和翻滚。

唯有约瑟，他是一点也没有理会爸爸的号令，他仍是举起枕头来，用枕头打着雅格的头。

雅格逃下床去了，没有被打着。

于是约瑟又拿了另外的一只枕头向坐在椅子上的大卫打去。约瑟这孩子也太不成样子了。马伯乐于是用了更大的声音招呼了他一声：

“约瑟，你这东西，你是干什么！”

马伯乐的声音非常之高大，把坐在椅子上的大卫吓得一哆嗦。

可是约瑟这孩子真是顽皮到顶了，他不但对于父亲没恐惧，反而耍闹起来。他从床上跑下来，抱住了父亲的大腿不放。马伯乐从腿上往下推他，可是推不下去。

约瑟和猴子似的挂住了马伯乐的腿不放。约瑟仿佛喝醉了似的，和小酒疯子似的，他把背脊反弓着，同时哈哈地笑着。

马伯乐讨厌极了，从腿上推又推不掉他，又不敢真的打他，因为约瑟的母亲是站在旁边的，马伯乐多少有一点怕他的太太。马伯乐没有办法，想抬起腿来就走，而约瑟正抱着他的腿，使他迈不开步。

太太看了他觉得非常可笑，就在一边咯咯地笑。

约瑟看见妈妈也在旁边笑，就更得意起来了，用鞋底蹬着马伯乐的裤子。

这使马伯乐更不能忍耐了，他大声地说：

“真他妈的……”

他差一点没有说出来“真他妈的中国人”。他说了半句，他勉强地收住了。

这使太太更加大笑起来。这若是在平常，马伯乐因此又要和太太吵起来的。而现在没有，现在是在难中。在难中大家彼此就要原谅的，于是马伯乐自己也笑了起来，就像他也在笑着别人似的，笑得非常开心。

到了晚上，马伯乐才和太太细细地谈起来。今后将走哪条路呢？据马伯乐想，在上海蹲着是不可以的，将来早晚外国是要把租界交给日本人的，到那时候可怎么办呢？到那时候再逃怕要来不及了。是先到南京再转汉口呢，还是一下子就到西安去？西安有朋友，是做中学校长的，到了他那里，可以找到一个教员的职位。不然就到汉口去，汉口有父亲的朋友在，他不能不帮忙的。

其实也用不着帮什么忙，现在太太已经带来了钱，有了钱朋友也不会看不起的。事情也就都好办，不成问题。

不过太太主张去西安，主张能够找到一位教员来做最好，一个月能有百八十块钱的进款最好。而马伯乐则主张去汉口，因为他想，汉口将来必有很多熟人，大家一起多热闹，现在已经有许多人到汉口去了，还有不少的正在打算去。而去西安的，则没有听说过，所以马伯乐是不愿意去西安的。

因为这一点，他跟太太微微有一点争吵。也算不了什么争吵，不过两人辩论了几句。

没有什么结果，把这问题也就放下了。马伯乐想，不要十分地和太太认真，因为太太究竟带来了多少钱，还没有拿出来。钱没拿出来之前，先不要和太太的意见太相差。若那么一来，怕是她的钱就不拿出来了。所以马伯乐说：

“去西安也好的，好好地划算一下，不要忙，做事要沉着，沉着才不能够出乱子。今天晚上好好地睡觉吧！明天再谈。”

马伯乐说完了，又问了太太在青岛的时候看电影没有。

上海的影戏院以大光明为最好，在离开上海以前，要带太太去看一看的。又问太太今天累着没有，并且用手拉着被边给太太盖了一盖。

这一天晚上，马伯乐和太太没有再说什么就都睡去了。

第二天，一早起，这问题又继续着开始谈论。因为不能不紧接着谈论，眼看着上海有许多人走的，而且一天一天地走的人越来越多。马伯乐本想使太太安静几天，怕太太在路上的劳苦一直没有休息过来，若再接着用一些问题烦乱她，或是接着就让她再坐火车，怕是她脾气发躁，而要把事情弄坏了。但事实上不及早决定是不行的了，慢慢地怕是火车要断了。等小日本切断了火车线，到那时候可怎么办哪！于是早晨一起来就和太太开始谈起来。

太太仍是坚持着昨天的意见，主张到西安去。太太并且有一大套理论，到西安去，这样好，那样好的，好像只有西安是可以去的，别的地方用不着考虑，简直是去不得的样子。

马伯乐一提去汉口，太太连言也不搭，像是没有听见的样子，她的嘴里还是说：

“去西安，西安。”

马伯乐心里十分后悔，为什么当初自己偏说出西安能够找到教员做呢？太太本来是最喜欢钱的，一看到了钱就非伸手去拿不可，一拿到手的钱就不用想从她的手里痛痛快快地拿出来。当初若不提“西安”这两字有多么好，这不是自己给自己上的当嘛！这是什么？

马伯乐气着向自己的内心说：

“简直发昏了，简直发昏了。真他妈的！”

马伯乐在旅馆的房间里走了三圈。他越想越倒霉，若不提“西安”这两个字该多好！收拾东西，买了车票直到南京，从南京坐船就到汉口了。现在这不是无事找事吗？他说：

“看吧，到那时候可怎么办？”

现在，他之所谓“到那时候”是指的到太太和他打吵起来的时候，或者太太和他吵翻了的时候，也或者太太因为不同意他，而要带着孩子再回青岛去也说不定的时候。

太太不把钱交出来始终是靠不住的。

马伯乐在房间里又走了三圈，急得眼睛都快发了火的，他不知道要用什么方法来对付太太。并且要走也就该走了，再这么拖下去，有什么意思呢？早走一天，早利索一天。迟早不是也得走吗？早走早完事。

可是怎样对太太谈起呢？太太不是已经生气了吗？不是已经在那儿不出声了吗？

马伯乐用眼梢偷偷地看了一下，她果然生了气的，她的小嘴好像个樱桃似的，她的两腮鼓得好像个小馒头似的。她一声不出的，手里折着孩子们的衣裳。马伯乐一看不好了，太太果然生了气了。马伯乐下楼就跑了。

跑出旅馆来，在大街上站着。

满街都是人，电车，汽车，黄包车。因为他们住的这旅馆差不多和四马路上的旅馆一样，这条街吵闹得不得了。还有些搬家的，从战争一起，差不多两个月了，还没有搬完的，现在还在搬来搬去。箱笼包裹，孩子女人，有的从英租界搬到法租界，有的从法租界搬到英租界。还有的从亲戚的地方搬到朋友的地方，再从朋友的地方搬回亲戚的地方。还有的从这条街上搬到另一条街上，过了没有多久再从另一条街上搬回来。好像他们搬来搬去也总搬不到一个适当的地方。

马伯乐站在街上一看，他说：

“你们搬来搬去地乱搬一阵，你们总舍不得离开这上海。看着吧，有一天日本人打到租界上来，我看到那时候你们可怎么办！到那时候，你们又要手足无措，你们又要号啕大叫，你们又要发疯地乱跑。可是跑了半天，你们是万万跑不出去的，你们将要妻离子散地死在日本人的刀枪下。你们这些愚人，你们万事没有个准备，我看到那时候你们可怎么办？”

马伯乐不但看见别人到那时候可怎么办，就连他自己现在也是正没有办法的时候。

马伯乐想：

“太太说是去西安，说不定这也是假话，怕是她哪里也不去，而仍是要回青岛的吧！不然她带来的钱怎么不拿出来？就是不拿出来，怎么连个数目也不说！她到底是带来钱没有呢？难道说她并没有带钱吗？”

马伯乐越想越有点危险：

“难道一个太太和三个孩子，今后都让我养活着他们吗？”

马伯乐一想到这里觉得很恐怖：

“这可办不到，这可办不到。”

若打算让他养活他们，那是绝对办不到的事情。世界上不会有的事情，万万不可能的事情，一点可能性也没有的事情，马伯乐自己是绝对做不到的。

马伯乐在街上徘徊着，越徘徊越觉得不好。让事情这样拖延下去是不好的，是不能再拖的了。他走回旅馆里，他想一上楼，直截了当地就和太太说：

“你到底是带来了多少钱，把钱拿出来，我们立刻规划一下，该走就走吧，上海是不好多住的。”

可是当他一走进房间去，太太那冷森森的脸色，使他一看了就觉得不大好。他想要说的话，几次来到嘴边上都没敢说。马伯乐在地板上绕着圈，绕了三四个圈，到底也没敢说。

他看样子说了是不大好的，一说太太一定要发脾气。因为太太是爱钱如命的，如果一问她究竟带来了多少钱，似乎他要把钱拿过来的样子。太太一听就非发脾气不可的。

太太就有一个脾气，这个脾气最不好，就是无论她跟谁怎样好，若一动钱，那就没事。马伯乐深深理解太太这一点。所以他千思百虑，不敢开口就问。虽然他恨不能立刻离开上海，好像有洪水猛兽在后边追着似的，好像有火烧着他似的。

但到底他不敢说，他想还是再等一两天吧。马伯乐把他满心事情就这样压着。夜里睡觉的时候，马伯乐打着咳声，长出着气，表现得非常感伤。

他的太太是见惯了他这个样子的，以为也没有什么大不了的。马伯乐的善于悲哀，太太是全然晓得的。太太和他共同生活了十年。马伯乐的一举一动太太都明白是为的什么。甚至于他的一句话还没有说出来，只在那里刚一张嘴，她就晓得他将要说什么，或是向她要钱，或是做什么。是凡马伯乐的一举一动，太太都完全吃透了。比方他要出去看朋友，要换一套新衣裳，新衣裳是折在箱子里，压出了褶子来，要熨一熨。可是他不说让太太熨衣裳，他先说：

“穿西装就是麻烦，没有穿中国衣裳好，中国衣裳出了点褶子不要紧，可是西装就不行了。”

他这话若不是让他太太听了，若让别人听了，别人定要以为马伯乐是要穿中国衣裳而不穿西装了。其实这样以为是不对的。

他的太太一听他的话就明白了，是要她去给他熨西装。

他的太太赶快取出电熨斗来，给他把西装熨好了。

还有马伯乐要穿皮鞋的时候，一看皮鞋好久没有擦鞋油了。就说：

“黄皮鞋，没有黑皮鞋好，黄皮鞋太久不擦油就会变色的。而黑皮鞋则不然，黑皮鞋永久是黑的。”

他这话，使人听来以为马伯乐从此不再买黄皮鞋，而专门买黑皮鞋来穿似的。其实不然，他是让他太太来擦皮鞋。

还有马伯乐夏天里从街上回来，一进屋总是大喊着：

“这天真热，热的人上喘，热的人口干舌燥。”

接着说话的一般规律，就该说，口干舌燥，往下再说，就该说要喝点水了。而马伯乐不然，他的说话法，与众不同。他说：

“热的口干舌燥，真他妈的夏天真热。”

太太一听他这话就得赶快倒给他一杯水，不然他就要大大地把夏天骂一顿。（并不是太太对马伯乐很殷勤，而是听起他那一套啰里啰唆的话很讨厌。）太太若再不给他倒水，他就要骂起来没有完。这几天的夜里，马伯乐和太太睡在旅馆的房间里，马伯乐一翻身就从鼻子哼着长气。马伯乐是很擅长悲哀的，太太是很晓得的，太太也就不足为奇，以为又是他在外边看见了什么风景，或是看见了什么可怜的使他悲哀的事情。

比方马伯乐在街上看见了妈妈抱着自己的儿子在卖，他对于那穷妇人就是非常怜惜的，他回到家里和太太说：“人怎么会弄到这个样子！穷得卖起孩子来了，就像卖小羊、小猪、小狗一个样。真是……人穷了，没有办法了。”

还有马伯乐在秋天里边，一看到树叶落，他就反复地说：

“树叶落了，来到秋天了。秋天了，树叶是要落的……”

马伯乐一生下来就是悲哀的。他满面愁容，他的笑也不是愉快的，是悲哀的笑是无可奈何的笑。他的笑让人家看了，又感到痛苦，又感到酸楚，好像他整个的生活，都在逆来顺受之中过去了。

太太对于马伯乐的悲哀是已经看惯了，因为他一向是那么个样子。太太对于他的悲哀，已经不去留心了，不去感觉它了。她对他的躺在床上的叹气，已经感觉不到什么了，就仿佛白天里听见大卫哭哭唧唧地在那里叨叨些个什么一样。又仿佛白天里听见约瑟唱着的歌一样，听是听到了，可是没有什么印象。

所以马伯乐的烦恼，太太不但没有安慰他，反而连问也没有问他。

马伯乐除了白天叹气，夜里也叹气之外，他在旅馆里陪着太太住了三天三夜是什么也没有做。

每当他想要直截了当地问一问太太到底是带来了多少钱，但到要问的时候，他就不敢啦，因为他看出来了太太的脸色不对。

“我们……应该……”

马伯乐刚一说了三四个字，就被太太的脸色吓住了。

“我们不能这样，我们……”

他又勉强地说出了几个不着边际的字来，他一看太太的脸色非常之不对，说不定太太要骂他一顿的，他很害怕。他打开旅馆房间的门，下楼就逃了。

而且他一边下着楼梯，一边招呼着正从楼梯往上走的约瑟：

“约瑟，约瑟，快上街去走走吧！”

好像那旅馆的房间里边已经发生了不幸，不但马伯乐他自己要赶快地躲开，就是别人他也要把他招呼住的。

到了第四天，马伯乐这回可下了决心了。他想：世界上不能有这样的事情，世界上不能容许有这样的事情……带着孩子从青岛来，来到上海，来到上海做什么……简直是混蛋，真他妈的中国人！来到上海就要住到上海吗？上海不是他妈中国人的老家呀！早晚还不是他妈的倒霉。

马伯乐越想越生气，太太简直是混蛋，你到底带来了多少钱？你把钱拿出来，咱们看，照着咱们的钱数，咱们好打算逃到什么地方去。难道还非等着我来问你，你到底是带来多少钱？你就不会自动地把钱拿出来吗？真是爱钱让钱迷了心窍了。

马伯乐这回已经下了决心了，这回他可不管这一套，要问，开口就问的，用不着拐弯抹角。就问她到底是从家里带来了多少钱。马伯乐的决心已经定了。

他找了不少的理论根据之外，还说了不少的警句：

“做人要果断。当断不断必受其乱。”

“大丈夫，做起事来要直截了当。”

“真英雄要敢作敢为。”

“大人物要有气派。”

马伯乐气冲冲地从街上走进旅馆来了。又气冲冲地走上旅馆的楼梯了。他看了三十二号是他的房间，他勇猛得和一条鲨鱼似的向着三十二号就冲去了。

“做人若没有点气派还行吗？”

他一边向前冲着，一边用这句话鼓动着自己的勇气。

他走到三十二号的门前了，他好像强盗似的，把门一脚踢开了。非常之勇敢，好像要行凶的样子。

他走进房间去一看，太太不在。

他想：太太大概是在凉台上晒衣裳。

于是他飞一般地快，就追到楼顶晒台上去了。

他想：若不是趁着这股子劲，若过了一会怕是就要冷下来，怕是要消沉下来，怕是把勇气消散了。勇气一消散，一切就完了。

马伯乐是很晓得自己的体性的。他防范着他自己也是很周密的。

他知道他自己是不能持久的，于是他就赶快往楼顶上冲。

等他冲到了楼顶，他的勇气果然消散了。

他开口和太太说了一句很温和的话，而且和他在几分钟之前所想要解决的那件严重的事情毫无关系，他向太太说：

“晴天里洗衣裳，一会就干了。”

好像中国人的习惯，彼此一见了先说“天气哈哈哈”一样。马伯乐说完了，还很驯顺地站在太太的一旁。好像他来到晒台上就是为的和太太说这句闲话才来的。在前一分钟他满身的血气消散尽了，是一点也不差，照着他自己所预料的完全消散尽了。

这之后，又是好几天，马伯乐都是过着痛苦的生活，这回的痛苦更甚了，他擦手捶胸的，他撕着自己的头发，他瞪着他悲哀的眼睛。

他把眼睛瞪得很大，瞪得很亮，和两盏小灯似的。

但是这都是当太太不在屋里的时候，他才这么做，因为他不打算瞪他的太太，其实他也不敢瞪他的太太。他之所以瞪眼睛不过是一种享受，是一种过瘾。因为已经成了一种习惯，每当他受到了压迫，使他受不住的时候，他就瞪着眼睛自己出气。一直等到他自己认为把气出完全了，他才停止了瞪眼睛。

怎样才算气出完了呢？这个他自己也摸不清楚。不过，大概是那样了，总算把气平了一平，平到使人受得住的程度，最低限度他感觉是那样。

所以马伯乐每当他生气的时候，他就勇敢起来了。平常他绝对不敢说的，在他气头上，他就说了。平常他不敢做的，在他气头上，他就绝对地敢做。

可是每当他做了之后，或是把话一说出了之后，他立刻就害怕起来。

他每次和太太吵架，都是这样的。太太一说他几句，他就来了脾气了，他理直气壮地用了很会刺伤人的话，使人一听无论什么人都不能忍耐的话，好像咒骂着似的对着太太说了出去。果然太太一听就不能忍耐了，或是大声地哭起，或是大声地和他吵起。一到这种时候，马伯乐就害怕了。

他一害怕，可怎么办呢？

他下楼就逃了。

马伯乐如果是在气头上，不但对太太是勇敢的，就是他对他自己也是不顾一切的，非常之勇敢的，有的时候他竟伸出手来打着自己的嘴巴，而且打得叭叭地响。使别人一听了就知道马伯乐是真的自己在打自己的嘴巴，可并非打着玩的。

现在马伯乐是在旅馆里，同时又正是他在气头上。为什么这次他只瞪眼睛而没有打嘴巴呢？这是因为旅馆的房间里除了他自己再没有第二个人了，假如打嘴巴，不也是白打吗？不也是没有人看见吗？所以现在他只拼命地瞪着眼睛。他把眼睛瞪得很厉害，他咬牙切齿地在瞪着，瞪得眼珠子像两盏小油灯似的发亮。仿佛什么他讨厌的东西，让他这一瞪就会瞪瘫了似的。

瞪一瞪眼睛，不是把人不会瞪坏的吗？何况同时又可以出气的呢！所以马伯乐一直地继续着，继续了两个多钟头。

两三个钟头之后，太太带着孩子们从街上回来了，在过道上闹嚷嚷地由远而近。等走到他们自己的房间的门前，是约瑟一脚把门踢开，踢得门上的玻璃哗哗啦啦地，抖抖擞擞地响着。

约瑟是第一个冲进屋来的，后边就跟着大卫、雅格和他们的妈妈。

喧闹立刻就震满了房间。太太不住地讲着街上她所见的那些逃难的，讨饭的，受伤的。她说，伤兵一大卡车、一大卡车地载呵！她说那女救护员每个伤兵车上都有，她们还打着红十字旗。还有难民也是一车一车地载，老的，小的，刚出生的孩子也有。说着说着，她就得意起来了，她像想起来什么稀奇古怪的事似的，她举着手，她把声音放低一点，她说：

“这年头女人可是遭难了，女人算是没有做好事，……就在大门洞子，就在弄堂口还有女人生了孩子咧！听得到小孩子呱呱地哭咧。大门洞子聚着一堆人围着……”

太太还没有说完，马伯乐正在静静地听着的时候，约瑟跳过来了，跳到父亲的膝盖上去，捏着父亲的耳朵就不放。马伯乐问他要做什么，他也不说，只是捏住了耳朵不放。

马伯乐的脾气又来了，本想一下子把他从身上摔下去。但是他因为太太的关系，他没有那么做。他说：

“约瑟，你下去玩去吧……去跟雅格去玩。”

马伯乐一点也没有显出发脾气的样子来。所以约瑟就更无法无天起来，用手挖着他父亲的鼻子，张着嘴去咬他父亲的耳朵，像一条小疯狗似的逞凶起来。

马伯乐本想借着这机会和太太谈一谈关于他们自己的今后逃难的方针……可是因为孩子这一闹，把机会闹完了。太太已经把那从街上得来的兴奋的感情闹光了，太太躺到床上去了，而且有些疲倦的样子，把眼睛合了起来。

太太就要睡着了。

等约瑟闹够了，从他身上跳下去，去和大卫玩了好些时候了，马伯乐仍是用眼睛瞪着约瑟，不但瞪约瑟，就连大卫一起瞪。

不过终归大卫和约瑟还是小孩子，他们一点也不觉得，他们还是欢天喜地地玩。马伯乐往床上看一看，太太也睡着了。孩子们一个个地在爬着椅子，登着桌子，你翻我打地欢天喜地地闹着。马伯乐瞪了他们一会，觉得把气已经出了，就不再瞪他们了。

他点起一支纸烟来，他坐在一把已经掉落了油漆的木椅上。那木头椅子是中国旧式的所谓太师椅子，又方又大而且很结实，大概二十多斤重的重量。大概中国古时候的人不常搬家，才用了质地过于密的木料做着一切家具。不但椅子，就是桌子、茶几，也都是用硬木做的。

偏偏马伯乐所住的旅馆是一个纯粹为中国人所预备的。在这旅馆里住着的人物，是小商人，是从外埠来到上海，而后住了几天就到别的地方去的。而多半是因为初到上海来，一切都很生疏，就马马虎虎地在这旅馆里边住上三两天，三两天过后走了也就算了，反正房价便宜。至于茶房招待得好坏，也就没有人追究。

这旅馆里的茶房是穿着拖鞋的，不穿袜子，全个的脚都是泥泥污污的。走起路来把肚子向前凸着，两只脚尖向外。住在这旅馆里的客人，若喊一声“茶房”，必得等到五分钟之后，或八分钟之后，那似乎没有睡足的茶房才能够来到。

竟或有些性急的住客，不止喊一声茶房，而要连串喊好几声。但是那都完全没有用，也同样得等到五分钟之后或八分钟之后茶房才能够来到。而来到住客房间门外的是个大胖子，睡眼模糊的，好像猪肉铺里边的老板。客人说：“买一包香烟，刀牌的。”

客人把钱交给了这个大胖子，大胖子也就把钱接过来了。

接过钱来之后，他迟钝地似乎是还在做梦似的转不过身来，仍在那儿迷迷糊糊地站了一会，而后用手揉着眼睛，打着哈欠，才慢慢地，一步一步地把肚子向前用力地突出着下楼去了。

这一下了楼去，必得半点钟过后，才能够回来。

也许因为这茶房是个大胖子，走路特别慢，是要特别加以原谅的。其实不见得，比方住客招呼打脸水，五分钟之后来了一个瘦茶房端着脸盆去打水了。照理这瘦茶房应该特别灵便，瘦得好像个大蚂蚱似的，腿特别长，好像他一步能够跳到楼下，再一步能够从楼下跳到楼上。其实不然，他也不怎样卖力气。

他拿着空脸盆下去，走在过道上，看见楼栏杆上蹲着一个小黑猫，他看这小黑猫静静地蹲在那里很好玩，他举起脸盆就把那小黑猫扣住了。小猫在脸盆里喵喵地叫着，他在脸盆外用指甲敲着盆底。他一敲，那小猫一害怕，就更叫了起来。叫得真好听，叫得真可怜，而且用脚爪呱呱地挠着脸盆发响。在瘦茶房听来，仿佛那小猫连唱带奏着乐器在给他开着音乐会似的。

因此把在旅馆里专门洗衣裳的娘姨也招引来了，把一个专门烧开水的小茶房也招引来了。他们三个人，又加上那个小猫，就说说笑笑地在玩了起来。

住客等着这盆脸水，可是也不拿来，就出门来，扶着楼栏往楼下一看，那茶房在楼下玩起来了，他就喊了一声：

“茶房，打脸水，快点！”

茶房这才拿着脸盆去装满了水。等茶房端着脸盆，上了楼梯，在楼梯口上他又站下了。原来那洗衣裳的，穿着满身黑云纱的娘姨在勾引他。他端着脸盆就跟着娘姨去了，又上一段楼梯，走上凉台去了。

在凉台上，这穿着很小的小背心的瘦茶房，和娘姨连撕带闹地闹了半天工夫。原来凉台上除了他们两个人之外，什么人也没有。

茶房端着的那盆脸水，现在是放在地上，差一点没有被他们两个踏翻了。那盆里的水很危险地东荡西荡了半天才平静下来。

“茶房！茶房！”

那等着脸水洗脸的住客，走出门来，向楼下喊着。这次他喊的时候，连那个瘦茶房也不见了。他的脸水不知道被端到什么地方去了！

这个旅馆就是这样的，住客并不多，楼上楼下，一共四十多间房子，住客平均起来还不到二十个房间。其余的房间就都空着。这旅馆里边的臭虫很多，旅客们虽然没有怎样有钱的，大富大贵或是做官的，但是搬到这旅馆里来的时候总都是身体完整的；可是当搬出这旅馆去的时候就不然了，轻的少流一点血，重的则遍体鳞伤，因为他们都被臭虫咬过了。

这家旅馆在楼下一进门，迎面摆着一张大镜子，是一张四五尺高的大镜子。好像普通人家的客堂间一样，东边排着一排太师椅，西边排着一排太师椅，而墙上则挂满了对联和字画，用红纸写的，用白纸写的，看起来非常风雅。只是那些陈列在两边的太师椅子稍微旧了一点。也许不怎么旧，只是在感觉上有些不合潮流，阴森森地，毫无生气地在陈列着。像走进古物陈列馆去的样子。

通过了这客堂间，走进后边的小院里才能够上楼。是个小小的圈楼，四周的游廊都倒垂着雕花的廊牙。看上去，非常之古雅，虽然那廊牙好久没有油漆过。但是越被风雨的摧残而显得苍白，则越是显得古朴。

院子里边有两条楼梯，东边一条，西边一条。

楼梯口旁边，一旁摆着一盆洋绣球。那洋绣球已经不能够开花了，叶子黄了，干死了。不过还没有拿开，还摆在那里就是了。

一上了楼，更是凄清万状，窗上的玻璃，黑洞洞的，挂满了煤烟和尘土，几年没有擦过的样子。要想从玻璃窗子外往里边看，是什么也看不见的，旅馆的老板因此也就用不着给窗子挂窗帘了。即使从前，刚一开旅馆时所挂的窗帘，到了今天也一张一张地拿下去了。拿下去撕了做茶房们手里的揩布。就是没有拿掉的，仍在挂着的，也只是虚挂着，歪歪裂裂地扯在窗子一旁的窗框上，帘子不扯起来，房间里就已经暗无天日了。从外边往里边看，就像上面所说的那样子。若从里边往外边看，把太阳也看成古铜色的了，好像戴着太阳镜去看太阳一样。而且还有些窗子竟没有了玻璃，用报纸糊着，用中国写信的红格信纸糊着。还有些竟没有糊纸，大概那样的房间永远也不出租的，任凭着灰尘和沙子自由地从破洞飞了进去。

楼栏是动摇摇的。游廊的地板不但掉了油漆，而且一处高，一处低的，还有些地方，那钉着板的钉子竟突出来了，偶一不加小心，就会把人的鞋底挂住，而无缘无故地使人跌倒了。

一打开房间——哪怕就是空着的房间，那里边也一定有一种特别的气味，而且是特别难闻的气味。有的房间发散着酸味，有的是糊焦焦的味，有的是辣味，有的还甜丝丝的，和水果腐了之后所散发出来的那气味一样。因为这旅馆所有的房间，都是一面有窗子的缘故。其余的三面都是墙壁了。空气很不流通。

还有电灯泡子，无论大小房间一律是十五烛光的。灯泡子没有灯伞，只是有一条电线系着它挂在那里，好像在棚顶上挂着个小黄梨子似的。

这个旅馆冷清极了，有时竟住着三五家旅客。楼上楼下都是很静的，所以特别觉得街上的车，和街上的闹声特别厉害。整个旅馆时常是在哆嗦着，那是因为有一辆载重大卡车跑过去了。

而且下午，旅客们都出街的时候，这旅馆的茶房就都一齐睡起午觉来了。那从鼻子发出来的鼾声，非常响亮地从楼下传到楼上，而后那鼾声好像大甲虫的成串的哨鸣在旅馆的院心里吵起来了，吵得非常热闹，胖茶房，瘦茶房，还有小茶房……他们彼此呼应着，那边呼噜，这边呜噜，呼噜，呜噜，好像一问一答似的。

以上是说的在“八一三”以前的情形。

等上海一开了炮，这旅馆可就不是这情形了，热闹极了，各种各样的人都搬来了，满院子都是破床乱桌子的。楼上的游廊上也烧起煤炉来，就在走廊上一家一家地烧起饭来。廊子上几乎走不开了人，都摆满了东西。锅碗瓢盆，油瓶子，酱罐子……洗衣裳盆里坐着马桶，脸盆里边装着破鞋，乱七八糟的，一塌糊涂了。孩子哭，大人闹，哭天吵地，好像这旅馆变成难民营了。呼叫茶房的声音连耳不绝。吵的骂的，有的客人竟跑到老板的钱柜上去闹，说茶房太不周到。

老板竟不听这套，摇着大团扇子，笑盈盈地，对于这些逃难而来的他的同胞，一点也没有帮忙的地方，反正他想：

“你住一天房子，你不就得交一天的房钱吗？你若觉得不好，你别住好啦。”

旅馆里的房子完全满了。不但他这家旅馆，全上海的旅馆在“八一三”之后全都满了。而那些源源不绝地从杨树浦，从浦东，从南市逃来的人们，有亲的投亲，有友的投友，亲友皆无的就得在马路边，或弄堂里睡下了。旅馆是完全客满，想要找房间是没有了。

马伯乐住在这个旅馆，刚一打起仗来，就客满了，也有很少数的随时搬走的。但还没有搬，往往房客就把房转让给他自己的亲戚或朋友了。要想凭自己的运气去找房子，管保不会有的。

马伯乐来到这旅馆里，上海已经开仗很久了。有的纷纷搬到中国内地去，有的眼光远大的竟打算往四川逃。有的家在湖北、湖南的，那自然是回家去了。家在陕西、山西的也打算回家去。就是很近的在离上海不远的苏州、杭州之类的地方，也有人向那边逃着。有家的回家，没有家的，投亲戚，或者是靠朋友。总之，大家都不愿意在上海，看上海有如孤岛。先离开上海的对后离开上海的，存着无限的关切；后离开的对那已经离开的，存着无限羡慕的心情。好像说：

“你们走了呵，你们算是逃出上海去了。”

逃出上海大家都是赞同的。不过其中主张逃到四川去的，暗中大家对他有点瞧不起。

“为什么逃得那么远呢，真是可笑。打仗还会打到四川的吗？”

大家对于主张逃到四川去的，表面上虽然赞成，内心未免都有点对他瞧不起，未免胆子太小了，未免打算得太早了，打算得太远了。

马伯乐关于逃难，虽然他发起得最早，但是真逃起难来，他怕是要在最后了。

马伯乐现在住在旅馆里，正是为着这个事情而愁眉苦脸地在思虑着。

他的太太，从街上回来，报告了他几件关于难民的现象和伤兵现象之后，躺在床上去，过了没有多大工夫就睡着了。

约瑟和大卫在屋子里打闹了一会，也就跑到楼下小院子里去了。雅格和哥哥们闹了一会之后，跑到床上去，现在也睡在妈妈的旁边了。

马伯乐坐在古老的太师椅上，手里拿着香烟。关于逃难，他已经想尽了，不能再想了。再想也想不出什么好的办法来，也只能够做到如此了。

“反正听太太的便吧，太太主张到西安去，那就得到西安去……唉！太太不是有钱吗！有钱就有权力。还有什么可想的呢？多想也是没有用的。大洋钱不在手里，什么也不用说了。若有大洋钱在手里，太太，太太算个什么，让她到哪里去，她就得到哪里去……还说什么呢？若有大洋钱在手里，我还要她吗？这年头，谁有钱谁就是主子，谁没有钱谁就是奴才；谁有钱谁就是老爷，谁没有钱谁就是瘪三。”

马伯乐想到激愤的时候，把脚往地板上一跺，哐啷一声，差一点没有把太太震醒。

太太一伸腿，用她胖胖的手揉一揉鼻尖，仍旧睡去了。

“有钱的就是大爷，没有钱的就是三孙子，这是什么社会，他妈的……真他妈的中国人！”

马伯乐几乎又要拍桌子，又要跺脚的，等他一想起来太太是在他的旁边，他就不那么做了。他怕把太太惹生了气，太太会带着孩子回青岛的。他想太太虽然不好，也总比没有还强。太太的钱虽说不爽爽快快地拿出来，但总还有一个靠山。有一个靠山就比悬空好。

“太太若一定主张到西安去，也就去了就算了。西安我虽然不愿意去，但总比留在上海好。”

“但是太太为什么这两天就连去西安的话也不提了呢？这之中可有鬼……”

马伯乐一想到连西安也将去不成了，他就害怕起来。

“这上海多待一天就多危险一天呵！”

马伯乐于是自己觉得面红耳热起来，于是连头发也像往起竖着。他赶快站起来，他设法把自己平静下去。他开开门，打算走到游廊上去。

但是一出门就踢倒了坐在栏杆旁边的洋铁壶。那洋铁壶呱啦啦地响起来了。

太太立刻醒了，站起来了，而且向游廊上看着。一看是马伯乐在那里，就瞪着很圆的眼睛说：

“没见过，那么大的人磕天撞地的……”

马伯乐一看太太起来了，就赶快说着：

“是我没有加小心……这旅馆也实在闹得不像样。”

太太说：

“不像样怎么着？有大洋钱搬到好的旅馆去！”

马伯乐说这旅馆不好，本来是向太太赔罪的口吻，想不到太太反而生了气。

太太这一生气，马伯乐就更不知道说什么好了。恭顺也不对，强硬也不对。于是满脸笑容，而内心充满了无限痛苦，他从嘴上也到底说出来一句不加可否的话：

“逃难了，就不比在家里了。”

他说了之后，他看看太太到底还是气不平。恰巧大卫从楼下跑上来，一进屋就让他母亲没头没脑地骂了一句：

“该死的，你们疯吧，这回你们可得了机会啦……”

大卫没有听清他母亲说的是什么，从房子里绕个圈就出去了。

而马伯乐十分地受不住，他知道骂的就是他。

沉闷地过了半天，太太没有讲话，马伯乐也没有讲话。

小雅格睡醒了，马伯乐要去抱雅格。太太大声说：

“你放她在那里，用不着你殷勤！”

马伯乐放下孩子就下楼去了，眼圈里饱满的眼泪，几乎就要流下来了。

“人生是多么没有意思，为什么一个人要接受像待猫狗那般待遇！”

马伯乐终于到街上去，在街上散步了两三个钟头。

马伯乐在快乐的时候，他多半不上街的；他一闷起气来，他就非上街不可了。街上有什么可以安慰他的吗？并没有。他看见电线杆子也生气，看见汽车也生气，看见女人也生气。

等他已经回到旅馆了，他的气还没有消，他一边上着楼梯，一边还在想着刚才在街上所看到的那些女人，他对她们十分瞧不起，他想：“真他妈的，把头发烫成飞机式！真他妈的中国人……”

他一把推开房门，看见旅馆中的晚饭已经开上来了。照常地开在地中间的紫檀木的方桌上。

约瑟和大卫都在那儿，一个跪在太师椅上，一个站在太师椅上，小雅格就干脆坐到桌面上去了。他们抢着夺着吃，把菜饭弄满了一桌子。

马伯乐很恐怖地，觉得太太为什么不在？莫不是她打了主意，而是自己出去办理回青岛的吗？

马伯乐就立刻问孩子们说：

“你妈呢？”

马伯乐的第二个小少爷，约瑟就满嘴往外喷着饭粒说：“妈去给我炒蛋饭去了。”

马伯乐想：可到哪里去炒呢？这又不是在家里。他觉得太太真的没有生气，不是去打主意而是去炒饭去了，才放心下来，坐在桌子旁边去，打算跟孩子们一起吃饭。

这时候太太从游廊上回来了，端着一大海碗热腾腾的饭，而且一边走着一边嚷叫着：

“烫手呵！好烫手呵！”

这真奇怪，怎么蛋炒饭还会烫手的呢？

马伯乐抬头一看，太太左手里端着蛋炒饭，右手里还端着一碗汤。他忙着站起来，把汤先接过来。在这一转手间，把汤反而弄洒了。马伯乐被烫得咬着牙，瞪着眼睛，但他没敢叫出来，他是想要趁这个机会向太太卖一点好，他换了一副和颜悦色的姿态赶快拿出自己的手帕来，把手擦了。

太太说：

“我看看，怕是烫坏了，赶快擦刀伤水吧，我从家里带来的。”

太太忙着开箱子，去拿药瓶子。

马伯乐说：

“用不着，用不着……没多大关系。”

他还跑去，想把太太扯回来，可是太太很坚决。

等找到了药瓶子，一看马伯乐的手，他的手已经起着透明的圆溜溜的水泡了。

很奇怪的，马伯乐的手虽然被烫坏了，但他不觉得疼。反而因此觉得很安慰，尤其是当太太很小心地给他擦着药的时候，使他心里充满了万分的感激，充满了万分的忏悔，他差一点没有流下眼泪来。他想：

“太太多好呵！并没有想要带着孩子回青岛的意思，错猜了她了。她是想要跟着我走的呀，看着吧！她把刀伤水、海碘酒、阿司匹林药片都带来了，她是打算跟着我走的呀……”

并且在太太开箱子找药瓶的时候，他还看见了那箱子里还有不少毛线呢！这是秋天哪，可是她把冬天的事情也准备了。可见她是想要跟着他走的。马伯乐向自己说：

"她是绝对想要跟我走的。"

马伯乐一想到这里，感激的眼泪又来了。他想：

"人生是多么危险的呀！只差一点点，就只差这一点点，就要走到不幸的路上去的呀……人生实在是危险的，误会，只因为一点误会，就会把两个人永久分开的，而彼此相背得越去越远，一生从此就不能够再相见了。人生真是危险的呀！比如太太哪有一点带着孩子想要回青岛的意思，可是我就一心猜想她是要回青岛的。我猜她要回青岛，那是毫无根据的，就凭着她的脸色不对，或是她说话的声音不对，其实是可笑得很，世界上的事情若都凭着看脸色，那可就糟糕了，真是可笑……真是可笑……"

马伯乐好像从大险里边脱逃出来似的，又感激，又危险，心情完全是跳动的，悲喜交流的，好像有些飘忽忽地不可捉摸地在风里边的白云似的东西，遮在他的眼前。他不知道心里为什么起着悲哀，他不知为什么他很伤心，他觉得他的眼睛不由自主地，时时往上涌着眼泪，他的喉咙不知为什么有些胀痛。

马伯乐连饭也没有吃就躺到床上去了。

太太问他头痛吗？

他说："不。"

问他为什么不吃饭呢？

他说："没有什么。"

往下太太也就不再问了，太太坐在桌边跟孩子们一齐吃饭。她还喝了几口汤，也分吃一点蛋炒饭。

太太离开家已经十多天了，在这十多天之中吃的尽是旅馆的包饭，一碗炒豆腐，一碗烧油菜……不酸不辣的，一点没有口味。比起在家所吃的来，真是有些咽不下去。今天她偶尔借了隔壁的赵太太的烧饭剩下来的火，炒了一个蛋炒饭。而赵太太那人又非常和蔼，给她亲手冲了一大碗的高汤。这汤里边放了不少的味精和酱油。本来这高汤之类，她从来连尝也不尝的，而现在她竟拿着调匙不住地喝。仿佛在旅馆里边把她熬苦坏了。而隔壁三十一号房间的赵太太，是一个很瘦的、说起话来声音喳喳的一个女人，脸上生着不少的雀斑。她有五个孩子，大概她也快四十岁了，满脸都起了皱纹。大概是她的喉咙不好，她一说起话来，好像哑子的声音似的。

赵太太对马伯乐太太说：

"你看可不是那包饭太不好吃，我就吃不惯，我们来到这旅馆头三天也是吃的旅馆的饭。我一看这不是个永久之计，我就赶快张罗着买个煤火炉……我就叫茶房买的，谁知道这茶房赚钱不赚钱，这火炉可是一块多钱，从前这上海我没来过……你说可不是一个泥做的就会一块多钱！"

马伯乐太太说：

“这上海我也是第一次来。”

赵太太说：

“可不是嘛！我就说不来这上海，孩子他爸爸就说非来不可。我看南京是不要紧的。”

马伯乐太太说：

“男人都是那样，我们孩子他爸爸也还不是一封电报一封信的，非催着来上海不可。来到上海我看又怎样，上海说也靠不住的，这些日子上海的人，走了多少！杭州、汉口、四川……都往那边去了。”

赵太太说：

“你们不走吗？我们可打算走，不过现在走不了，打算下个月底走，孩子他爸爸在南京做事，忙得不得了，没有工夫来接我们。我一个人带着这一大批孩子，路上我是没办法的。听说最近淞江桥也炸了，火车到那里过不去，在夜里人们都下来从桥上摸着走过去。听说在淞江桥那儿才惨呢，哭天叫地的，听说有些小孩子就被挤掉江里了。那才惨呢……说是有一个老头背着孙儿，大家一挤，把那老头的孙儿扑通一声挤到江里去了。那老头过了桥就发傻了。和一摊泥似的就在江边上坐着，他也不哭，他也不说什么。别人问他：‘你怎么不上火车呢？’他说他等着他孙儿来了一块上火车……

你说可笑不可笑，好像他的孙儿还会从江里爬出来似的。后来那老头可不是疯了！有好些人看见他的，我们有一个亲戚从淞江来说的。”

马伯乐太太说：

“你们打算到哪儿去？”

“我们打算到汉口。”

“在汉口可有亲戚？”

“我们有朋友。”

就这样随便地说着，蛋炒饭就已经炒好了。

赵太太看见蛋炒饭已经炒好了，就赶忙说：

“吃蛋炒饭配着高汤才最对口味……”

赵太太于是就着那个炒饭的热锅底，就倒了一大碗冷水进去，不一会，那冷水就翻花了，而且因为锅边上有油，就嗞嗞地响。等那开水真正滚得沸腾的时候，赵太太忙着拿过酱油瓶来，把酱油先倒在锅铲上，而后倒在锅里去。酱油一倒在水里，那锅底上的开水，就立刻变成混洞洞的汤了。而后又拿出天厨味精的盒子来，把汤里加了点味精。

马伯乐太太看了赵太太的那酱油瓶子，瓶口都落了不少的灰尘，而且瓶口是用一个报纸卷塞着。她一看，她就知道那里边的酱油不会好，不会是上等的酱油。因为马伯乐家里永久吃的是日本酱油。

马伯乐太太一看了赵太太用的是天厨味精，她就说：

“我们青岛都是用味之素……”

赵太太一听，就感到自己是不如人家了，所以连忙就说：

我们从前也用的是味之素，天厨味精是来到上海才买的。

赵太太说完了，还觉得不够劲。多少有些落人之后的感觉，于是又拍着马伯乐太太的肩膀说：

“味之素是日本货，现在买不得啦。马太太……”

那碗高汤一转眼也就烧好了。马伯乐太太端起那碗高汤要走的时候，赵太太还抢着在那汤皮上倒几滴香油。

本来马伯乐太太一走进自己房间的门就想要向丈夫讲究一番隔壁的那赵太太是怎样寒酸，怎样地吃着那样劣等的酱油，但是因为汤烫了马伯乐的手的缘故，把这话也就压下了。

一直到晚上，太太才又把这话想起来。刚想要开口，话还没有说出来，她就先笑起来了，一边笑，一边拍着马伯乐的腿：

“隔壁住着的那赵太太真可笑……她也爱起国来了，她不吃味之素，她说……”

太太说了半天，马伯乐一动没动。她以为或者他是睡着了。他的脸上蒙着一块手帕，太太去拉那手帕，拉不下来，马伯乐用牙咬着那手帕的巾角，咬得很结实。

但是太太看见了，马伯乐的眼睛都哭红了。

太太说："怎么啦？"

马伯乐没有应声。

马伯乐这些日子所郁结在心中的，现在都发挥出来了。

"人生忙忙碌碌，多么没有意思呵！"

马伯乐自己哭到伤心的时候，他竟把他哭的原因是为着想要逃开上海而怕逃不成的问题，都抛得远远的了。而好像莫名其妙地对人生起着一种大空幻。

他哭了一会，停一会。停一会再哭。马伯乐哭起来的时候，并不像约瑟或是他太太那样的大哭，而是轻轻的，一点声音也没有似的。马伯乐从来不在人多热闹的地方哭，人一多了就不能哭，哭不出来。必得找一个安静的地方，仔细地，安静地，一边思量着一边哭。仿佛他怕哭错了路数似的。他从小就有这个习惯。和现在的他的次公子约瑟完全不同，约瑟是张着大嘴，连喊带叫，不管在什么人多的地方，说哭就哭。马伯乐和他太太的哭法也不同，太太是属于约瑟一类的，虽然不怎么当着人面就哭，但是一哭起来，也是连说带骂的。关于他们哭得这么暴躁，马伯乐从来不加以鉴赏的。马伯乐说：

"哭是悲哀的表现，既然是悲哀，怎么还会那么大的力气呢？"

他给悲哀下个定义说：

“悲哀是软弱的，是无力的，是静的，是没有反抗性的……”

所以当他哭起来的时候就照着这个原则实行。

马伯乐现在就正哭得很悲哀，把腿弯着，把腰弓着。

太太问他什么，他什么也不说。一直哭到夜深，好在太太白天里睡了一觉，精神也很不坏，所以就陪着他。再加上自从来到了上海他们还没正式吵过架，假若这也算是闹别扭的话，也总算是第一次，给太太的感觉，或者还算新鲜，所以还很有耐性地陪着他。不然，太太早就睡着了。

太太问他：

“要买什么东西吗？”

“不。”

“要请朋友的客吗？”

“不。”

“要跳舞去吗？”

“不。”

“要做西装吗？”

“不。”

太太照着他过去哭的老例子，问他要什么。而今天他什么都不要。太太想，虽然她把他的全部的西装都从青岛给他带来了，而且连白鞋，黄皮鞋，还有一双在青岛“拔佳”买的漆皮鞋也都带来了。西装当他出门的时候也常穿。西装倒还好，不过这几双皮鞋都太旧了。大概他哭的是因为他的皮鞋双双都太旧，觉得穿不出去了吧？还有他的领带也都太旧了，去年他一年里简直就没有买过一条领带，所打着的都是旧领带……太太忽然想起来了：去年他不就是为着一条领带哭了半夜吗？太太差一点没笑出来，赶快忍着，装作平静的态度问着：

“你可是要买领带吗？”

出乎意料的，他冷淡地说：“不。”

太太觉得这回可猜不着了。于是就不加寻思地随便又问了他几样，似乎并不希望问对了似的：

“你要买皮鞋吗？”

“你的帽子太旧了吗？”

“你要抽好烟卷吗？”

“你要抽前门烟吗？”

马伯乐一律说“不”。

太太说：“你要钱吗？”

马伯乐一听提到钱了，他就全身颤抖起来，他感动得不得了，他几乎要爆炸了的样子。他觉得他的心脏里边，好像中了个炸弹似的，他觉得他的心脏里边拥塞得不得了，说不定一个好好的人，就要立刻破碎了。

马伯乐在这种半昏迷的状态之下，他才敢说：

“我要去汉口呀……”

太太就笑起来了，把那烫得很细的波浪的长头发，好像大菌子伞似的，伏在马伯乐的身上，说：

“这很容易，我以为什么了不起的事呢，就是去汉口！那么咱们就一齐去汉口吧。”说着太太就从床上跳到地上去，她跳得那么灵便而轻快，就像她长着蚂蚱腿似的。

而且从床底下就把小箱子拉出来了。从箱子里就拿出来一个通红的上边闪着金字的银行的存款折。

太太把这存款折就扔给马伯乐了。

马伯乐并不像普通人那样立刻就高兴得跳起来，或是立刻抓过那存折来。他生怕有人会看到了这存折，他向太太使着眼神说：“你把那窗帘子遮起来。”

那被烟熏得乌洞洞的玻璃窗，本来从外边往里是什么也看不见的，太太为着满足他这种愿望，也为着可怜他，就听了他的话把窗帘遮好了。

等太太转身，一看那床铺的时候，那床上的帐子已经拉得非常严密了。仿佛存款折这一类的东西，太太看见了也不大好似的。

太太听到马伯乐在那帐子里边自己读着：

“一千二百三十……”

三天以后，他们就收拾了东西，离开上海了。

一九四〇年

第二部

第一章

马伯乐来到了梵王渡车站，他真是满心快活，他跟他太太说：

“你好好地抱着小雅格……”

又说：

“你好好地看着约瑟……”

过了一会又是：

“大卫，你这孩子规规矩矩地坐着……”

原来马伯乐的全家，共同坐着三辆洋车，两辆拉人，一辆拉着行李包裹。

眼看就要到站了，马伯乐的心里真是无限欢喜。他往西天一看，太阳还大高的呢，今天太阳的光也和平常两样，真是耀眼明煌，闪着万道金光。

马伯乐想：反正这回可逃出上海来了。至于上海以后怎样，谁管它呢？

第一辆洋车上拉着行李和箱子。第二辆洋车上坐着太太，太太抱着雅格，约瑟挤在妈妈的大腿旁边，妈妈怕他翻下去，用腿着力地压在约瑟的肚子上，把约瑟的小脸压得通红。

第三辆车上则坐着马伯乐。马伯乐这一辆车显得很空旷，只有大卫和父亲两个人，大卫就压在父亲的膝盖上，虽然马伯乐的腿，压得血液不能够畅通，一阵阵地起着麻酥酥的感觉。

但是这也不要紧，也不就是一条腿吗？一条腿也不就是麻吗？这算得了什么？上前线的时候，别说一条腿呵，就是一条命也算不了什么！

所以马伯乐仍旧是笑吟吟的。他的笑，看起来是很艰苦的，只把嘴角微微地一咧，而且只在这一咧的工夫，也还不是整个的嘴全咧，而是偏着，向右偏，一向是向右偏的。

据他的母亲说，他的嘴从小就往右偏。他的母亲说是小的时候吃奶吃的，母亲的左奶上生了一个疮，永远没有了奶了，所以马伯乐就单吃母亲的一个右奶。吃右奶的时候，恰巧就用右嘴角吸着，所以一直到今天，不知不觉地，有的时候就显露出了这个特性来了——往右边偏。

说起这嘴往右边偏来，马伯乐真是无限的伤心，那就是他在中学读书的时候，同学们都说右倾。本来马伯乐是极左的，闹学潮的时候，他永远站在学生的一面，决不站在学校当局那一面去。游行，示威，反日运动的时候，他也绝对地站在中国人的立场上，没有站在日本人的立场上或是近乎日本人的立场上过。

但不知怎的那右倾的名头，却总去不掉，马伯乐笑盈盈的嘴角刚往右一歪，同学们就嚷着，马伯乐右倾了。

这些都是些过去的事情了，马伯乐自己也都忘记了，似乎有多少年也没有听到这个名头了，但在夜里做梦的时候，有时还梦见。

不过今天马伯乐是绝对欢喜万分的，虽然腿有点被大卫压麻了，但是他一想在前线上作战的士兵，别说麻了，就是断了腿，也还不是得算着吗？于是他仍旧是笑吟吟的，把眼光放得很远，一直向着梵王渡那边看去。梵王渡是还隔着很多条街道，是一直看不见的。不过听得到火车的叫唤了，火车在响着哨子。马伯乐就笑吟吟地往火车发声的方向看去。

因为是向着西边走，太阳正迎在西边，那万道的光芒射在马伯乐的脸上，马伯乐的脸照得金乎乎的，好像他的命运，在未卜之前已经是幸运的了。

他们全体三辆车子，都到了站台。但是将到了站台的附近，还有二十步远的地方就不能前进了，因为在前面有一根绳子拦着。

马伯乐起初没有看到这根绳，坐在车上不下来，还大叫着："你拉到地方，不拉到地方不给钱。"

他正想伸脚去踢那个拉车的，因为拉车的哇里哇啦地说些上海话，马伯乐听不懂，以为又是在捣乱，他伸脚就踢，但是伸不出脚来，那脚已经麻木不仁了。

幸好有一个警察过来，手里挥着棒子，同时喊了一声："往后去……"马伯乐一听，这才从车子上下来了。

虽然已经从车上下来，但是腿还麻得不能走路，马伯乐就用拳头在自己膝盖上打着，打了三五下之后，还不怎么见好。

可是那拉车的就瞪眼的瞪眼，跺脚的跺脚，喊着要钱。

马伯乐想，你们这般穷鬼，我还不给你们钱了吗？

等他的腿那麻劲儿稍微过去一点，才按个分给了车钱。

那车夫已经把钱拿到了手，把车子拉到一两丈远的地方去还在骂着："瘟牲，瘟牲。"

马伯乐本来的那一场高兴，到了现在已经失去了七八分了。

一则腿麻，二则真他妈的中国人，一个拉洋车的也这么厉害。

尤其是当他看见那站在远处的洋车夫还在顿足划拳地骂着的时候，他真恨不得他自己立刻变成一个外国人，过去踢他几脚。

他想，中国人非得外国人治不可，外国人无缘无故地踢他几脚，他也不敢出声，中国人给钱晚了一点，你看他这样凶劲。

马伯乐气冲冲地走到站台上去一看，那站台上的人，已经是满山满谷了。黑压压的不分男女老幼，不管箱笼包裹，都好像荒山上的大石头似的很顽强的盘踞在那里了。后去的若想找一个缝，怕是也不能了。

马伯乐第一眼看上去就绝望了。

“到那时候，可怎么办呢！”

他把眼睛一闭，他这一闭眼睛，就好像有上千上万的人拥上来，踏着他的儿子——大卫的脑袋，挤着约瑟的肚子，小女儿雅格已经不知哪里去。

他所感到绝望的，并不是现在，而是未来。也就是说并不是他的箱笼包裹，站台上放不下；也不是说他的全家将要上不去火车；也不是说因为赶火车的人太多，他的全家就一定将被挤死，而是他所绝望的在这处，是在淞江桥的地方。

淞江桥是从上海到南京的火车必经之路。那桥在

“八一三”后不久就被日本飞机给炸了。而且不是一次的炸，而是几次三番的炸。听说那炸的惨，不能再惨了，好像比那广大的前线上，每天成千上万的死亡更惨。报纸上天天作文章，并且还附着照片。那照片是被日本炸弹炸伤了的或者是炸死了的人。旁边用文字写着说明：惨哉惨哉！

现在马伯乐一看车站上这么多人，就觉得头脑往上边充血。他第一眼看上去就完了，他说：

“到那时候可怎么办哪！”

现在马伯乐虽然已经来到了站台，但离淞江桥还远着呢。但是他计算起路程来，不是用的远近，而是用的时间。在时间上，上海的梵王渡离淞江桥也不过是半夜的工夫。

马伯乐想，虽然这里不是淞江桥，但是一上了火车，淞江桥立刻就来到眼前的呀！那么现在不就是等于站到淞江桥头上了吗！

他越想越危险，眼看着就要遭殃，好像他已经预先知道了等他一到了淞江桥，那日本飞机就非来炸他不可，好像日本飞机要专门炸他似的。

那淞江桥是黑沉沉的，自从被炸了以后，火车是不能够通过江桥去的了，因为江桥已被炸毁了。

从上海开到的火车，到了淞江桥就停下不往前开的，火车上逃难的人们，就要在半夜三更的黑天里抢过桥去，日本飞机有时夜里也来炸，夜里来炸，那情形就更惨了，成千成百的人被炸得哭天号地。

从上海开往淞江桥的火车，怕飞机来炸，都是夜里开，到了淞江桥正是半夜，没有月亮还行，有月亮日本飞机就非来炸不可。

那些成百上千的人过桥的时候，都是你喊我叫的，惊天震地。

“妈，我在这里呀！”

“爹，我在这里呀！”

“阿哥，往这边走呀！”

“阿姐，拉住我的衣裳啊！”

那淞江桥有一二里长，黑沉沉的桥下，桥下有白亮亮的大水。天上没有月亮，只闪着星光。那些扶老携幼的过桥的人，都是你喊我叫着，牵着衣襟携着手，怕掉下江去，或者走散了。但是那淞江桥上铺着的板片，窄的只有一条条，一个人单行在上面，若偶一不加小心就会掉下江去。于是一家老小都得分开走，有的走快，有的走慢，于是走散了，在黑黑的夜里是看不见的，所以只得彼此招呼着，怕是断了联系。

从上海开来的火车，一到了淞江桥，翻箱倒柜的人们都从黑黑的车厢里钻出来了，那些在车上睡觉的，打鼾的，到了现在也都精神百倍。

“淞江桥到了，到了！”人们一齐喊着，“快呀！要快呀！”

不知为什么，除了那些老的弱的和小孩们，其余的都是生龙活虎，各显神威。能够走多快，就走多快，能够跑的就往前跑。若能够把别人踏倒，而自己因此会跑到前边去，那也就不顾良心，把别人踏倒了，自己跑到前边去。

这些逃难的人，有些健康得如疯牛疯马，有些老弱得好似蜗牛。那些健康的，不管天地，张牙舞爪，横冲直撞，年老的人，因为手脚太笨，被挤到桥下去，淹死了，孩子也有的时候被挤到桥下去了，淹死了。

所以这淞江桥传说得如此可怕，有如生死关头。

所以这淞江桥上的过客，每夜喊声震天，在喊声中还夹杂着连哭带啼。那种哭声，不是极容易就哭出来的，而是像被压板压着的那样，那声音好像是从小箱子里挤出来的，像是受了无限的压迫之后才发出来的。那声音是沉重的。力量是非常之大的，好像千百人在奏着一件乐器。

那哭声和喊声是震天震地的，似乎那些人都来到了生死关头，能抢的抢，不能抢的落后。强壮如疯牛疯马者，天生就应该跑在前面。老弱妇女，自然就应该挤掉江去。因为既老且弱，或者是哭哭啼啼的妇女或孩子，未免因为笨手笨脚就要走得慢了一点。他们这些弱者，自己走得太慢那倒没有什么关系，而最主要的是横住了那些健康的，使优秀的不能如风似箭向前进。只这一点，不向前挤，怎么办？

于是强壮的男人如风似箭地挤过江去了。老弱的或者是孩子，毫无抵抗之力，被稀里哗啦的挤掉江里去了。

优胜劣败的哲学，到了淞江桥才能够证明不误，才能完全具体化啊。

同时那些过桥的人，对于优胜劣败的哲学似乎也都大有研究，那些先过去了的，先抢上了火车，有了座位，对那些后来者，不管你是发如霜白的老者，不管你是刚出生的婴儿，一律以劣败者待之。

妇人孩子，抖抖擞擞的，走上车厢来，坐无坐处，站无站处，怀里抱着婴孩，背上背着包袱，满脸混了泪珠和汗珠。

那些已经抢到了座位的优胜者，坐在那里妥妥当当的，似乎他的前途已经幸福了。对于这后上来的抱孩子的妇女，没有一个站起来让座，没有一个人给这妇人以怜悯的眼光，坐在那里都是盛气凌人的样子，似乎在说："谁让你劣败的？"

在车厢里站着的，多半是抱着孩子的妇女和老弯了腰的老人，那坐着的，多半是年富力强的。

为什么年富力强的都坐着，老弱妇女们都站着？这不是优胜劣败是什么？

那些优胜者坐在车厢里一排一排地把眼睛向着劣败的那

个方面看着。非常的不动心思，似乎心里在说：“谁让你老了的！”“谁让你是女人！”“谁让你抱着孩子！”“谁让你跑不快的！”

马伯乐站在站台上，越想越怕，也越想这利害越切身，所以也越刹不住尾，越想越没有完了。

若不是日本飞机已经来到了天空，他是和钉在那里似的不会动的。小雅格叫着：

“爸爸，爸爸……”

他不理会她。

大卫叫着：

“爸爸，爸爸，我饿啦。我要买茶鸡蛋吃。”

他说：

“你到一边去，讨厌。”

约瑟在站台上东跑西跑，去用脚踢人家的包袱，拔人家小孩的头发，已经在那边和人家打起来了。马伯乐的太太说：

“你到那边去，去把约瑟拉回来，那孩子太不像样……和人家打起来了。”

太太说完了，看看丈夫，仍是一动不动。

太太的脾气原也是很大的，并且天也快黑了，火车得什么时候来，还看不见个影儿，东西一大堆岂不要挤坏了吗？

太太也正是满心不高兴，她看看她丈夫那个样子，纹丝不动，可真把她气死了。她跑到约瑟那里把约瑟打哭了，而且拉着一只胳膊就把孩子往回拖。

那约瑟是一位小英雄，自幼的教育就是遇到人就打，但是也不能这么肯定地说，他的祖父虽然看他打了人，说他是“小英雄”，说他将来非是个“武官”不可，但究竟可没有一见到人就指使他：“你去打吧，你去打打看。”所以他的祖父常说：一个人的性情是天生的，好打人的是天生的，好挨人打的也是天生的。所以约瑟的性情也是天生的了。

约瑟的祖父常说：“山河容易改，秉性最难移。”所以约瑟这好打人的秉性，祖父从来没有给他移过，因为他知道移是移不过来的。

约瑟是在青岛长大的，一向没离开过青岛。在青岛的时候，他遇到了什么，要踢就踢，要打就打，好好的一棵小树，说拔下来，就拔下来。他在幼稚园里念书，小同学好好的鼻子，他说给打破，就给打破了，他手里拿着小刀，遇到什么，就划什么，他祖母的狐狸皮袍子，在屁股上让他给划了个大口子。

耶稣是马伯乐家里最信奉的宗教，屋里屋外都挂着圣像，那些圣像平常是没有敢碰一下的，都是在祷告的时候，人们跪在那圣像的脚下，可是约瑟妈妈屋里那张圣像，就在耶稣的脚下让约瑟给划了个大口子。

约瑟是在青岛长大的一个孩子。一向没有离开过青岛，而今天为了逃难才来到了这上海的梵王渡车站。

不料到了这站台上，母亲要移一移他的秉性了，可是约瑟那天生就好打人的秉性，哪能够“移”得过来？于是号啕大哭，连踢带打，把他妈的手表蒙子也给打碎了。

妈妈用两只手提着他，他两手两脚，四处乱蹬。因为好打人是他的天性，他要打就非打到底不可，他的妈妈一点也不敢撒手，一撒手他就跑回去又要去打去了。

不知闹了多少时候，太阳已经落下了。

太太把约瑟已经哄好了，来到马伯乐旁边一看，马伯乐仍旧一动没有动地站在那里。

太太刚想说：

“你脚底下钉了钉啦！纹丝不动……”

还没等太太说出口来，天上来了一架飞机，那站台上的人，呜拉地喊起，说：

“不好了，日本飞机！”

于是车站上千八百人就东逃西散开了。

马伯乐太太一着慌，就又喊大卫，又叫着约瑟的，等她抬头一看，那站着的纹丝不动的马伯乐早已不见了。

太太喊着：

“保罗！ 保罗……”（保罗是《圣经》上的人名，因为他是反宗教的，伯乐这名字是他自己改的。）

马伯乐一到了逃命的时候，就只顾逃命了，他什么也想不起来了，他什么也看不见了，他什么也听不见了。

因为他站在那里想淞江桥被炸的情形想得太久了，他的脑子想昏了，他已经不能够分辨他是在哪里了。他已经记不起同他在梵王渡车站的还有他的太太，还有他的大卫，还有他的约瑟……

空中只盘旋着一架日本飞机，没有丢炸弹，绕了一个大圈子而后飞走了。

等飞机走了，太太才带着三个孩子和马伯乐找到一块。一看，那马伯乐满脸都是泥浆。

太太问他怎么着了？ 不承想他仍旧是一句话不说，又站在那里好像钉子钉着似的又在那里睁着眼睛做梦了。

太太是个很性急的人，问他：

“今天你不想走吗？”

他不答。

问他：“你到底是在想什么？”

他不答。

问他：“你头痛吗？”

问他：“你丢了什么东西吗？”

问他："你要买什么东西吗？"

一切他都不答。太太这回可真猜不着。本来最后还有一招，不过这个机会有点不适当，难道现在他还要钱吗？平常马伯乐一悲哀的时候，她就知道他又是没钱了。现在难道他还要钱吗？她不是连家里的存折也交给了他吗？

正在这时候，火车来了。马伯乐一声大喊：

"上啊！"

于是他的全家就都向火车攻去，不用说是马伯乐领头，太太和孩子们随着。

这种攻法显然是不行的，虽然马伯乐或许早准备了一番，不过太太简直是毫无经验，其实也怪不得太太，太太拉着大卫，拖着约瑟，雅格还抱在手里，这种样子，可怎么能够上去火车？而且又不容空，只一秒钟的工夫，就把孩子和大人都挤散了。太太的手里只抱着个雅格了，大卫和约瑟竟不知哪里去了。没有法子，太太就只得退下来，一边退着，一边喊着：

"约瑟，约瑟……"

过了很多的工夫，妈妈才找到大卫和约瑟。两个孩子都挤哭了。

大卫从小性格就是弱的，丢了一块糖也哭。但是约瑟是一位英雄，从来没有受人欺负过，可不知这回怎么着了，两只眼睛往下流着四颗眼泪，一个大眼角上挂着两颗。

约瑟说："回家吧！"

妈妈听了一阵心酸："可怜我的小英雄了……"

于是妈妈放下雅格，拉起衣襟来给约瑟擦着眼泪。

眼泪还没有擦干净，那刚刚站在地上去的雅格就被人撞倒了，那孩子撞得真可怜，四腿朝天，好像一个毛虫翻倒了似的，若不是妈妈把她赶快抱起来的话，说不定后来的人还要用鞋底踏了她。

没有办法，妈妈带着三个孩子退到很远的地方去了，好给那些抢火车的人让路。

无奈那些往前进得太凶猛，在人们都一致前进的时候，你一个人单独想要往回退，那也不是容易的事情，因为你往后退了三两步，人家把你又挤上去了。

等马伯乐太太退出人群来，那火车已经是快要开行的时候了。

马伯乐太太的耳朵上终年戴着两颗珍珠，那两颗珍珠，小黄豆粒那么大，用金子镶着，是她结婚时戴在耳朵上的。马伯乐一到没有钱的时候，就想和太太要这对珠子去当，太太想，她自己什么东西也没有了，金手镯卖了，金戒指十几个，也都当光了，钻石戒指也当了，这对珠子，她可下了决心，说什么去吧，也是不能够给你。现在往耳朵上一摸，没有了。

“保罗呀，保罗，我的珠子丢了……”

她抢火车抢了这么半天，只顾了三个孩子。她喊完了，她才想起来，马伯乐，她是这半天没有看见他了。

马伯乐的脾气她是知道的，一到了紧要的关头，他就自己找一个最安全的地方去待着。

黄河那回涨大水，马伯乐那时还小，随着父亲到小县去，就遇着这大水了。人们都泡在水里了，唯独马伯乐没有，他一个人爬到烟筒顶上去，骑着烟筒口坐在那里。锅灶都淹了，人们都没有吃的，唯有马伯乐有，他把馒头用小绳穿一串挂在脖子上。

太太立刻就想起这个故事来了。接着还想了许许多多，比方雅格生病的时候，他怕让他去找医生，他就说他有个朋友从什么地方来，他必得去看朋友，一看就去了一夜。比方家里边买了西瓜，他选了最好的抱到他书房去。他说是做模型，他要做一个石膏的模子。他说学校里让他那样做。到晚上他就把西瓜切开吃了，他说单看外表还不行，还要看看内容。

太太一想到这里，越想越生气，他愿意走，他就自己走好啦。

太太和三个孩子都坐在他们自己的箱子上，他们好几只箱子，一只网篮，还有行李，东西可不少，但是一样也没有丢。

太太想，这可真是逃难的时候，大家只顾逃命，东西放在这没有人要，心里总是这样想着，但也非常恐惧，假若这些东西方才让人家给抢上火车去，可上哪儿去找去？这箱子里整个冬天的衣裳，孩子的，大人的都在里边呀！

她想到这里，她忽然心跳起来了，因为那只小手提箱里还有一只白金镖锤呢！那不是放在那皮夹子里嘛！那旧皮夹子不就在那小箱子里嘛！

这件事情马伯乐不知道，是太太自己给自己预备着到了万一的时候，把白金镖锤拿出来卖了，不还是可以当作路费回青岛的吗？

从这一点看来，太太陪着他逃难是不怎么一心一意的，是不怎么彻底的，似乎不一定非逃不可，因为一上手她就有了携带藏掖了呢。

青岛有房产可以住着，有地产可以吃着，逃，往哪里逃呢？不过大家都逃就是啦，也就跟着逃逃看吧！反正什么时候不愿意逃了，不就好往回逃吗？反正家里那边的大门是开着的。

不过太太的心跳还是在跳的，一则是抢火车累的，二则是马伯乐把她气的，三则是那白金镖锤差一点便丢了，把她吓的。

一直到火车开之前，马伯乐太太没有往车厢那边看，她不愿意看，因为她想愿意怎么样就怎么样吧！上海、汉口还不都是一个样。最后她想：青岛也是一样呢。

不过那路警一吹哨子的时候，不自觉地就抬起头来了，好像那火车上究竟怕有什么她所不放心的，恰巧这一望，马伯乐就正站在车厢的门外。他嚷着，叫着，抡着胳膊。好像什么人把他抓上了火车要带他走似的，他的眼睛红了，他叫着："你们上来呀，你们为什么不上呵……"

这时候火车已经向前移动了。

他一直喊到火车已经轰隆轰隆地响着轮子，已经开始跑快了，他才从车上跳下来。

很危险，差一点把大门牙跌掉了，在他那一跳的时候，他想着：要用脚尖沾地呀，可不要用脚跟沾地。等他一跳的时候，他可又完全忘记了。等他从地上爬起来的时候，他只觉得此刻他已经不是在火车上了，因为那火车离开了他，轰隆隆地往前跑了去。至于他是怎样从那跑着的火车上下来的，用什么样的方法下来的，用脚跟先沾了地的，还是用脚尖先沾地的，这个他已完全不知道了。

当马伯乐从水门汀的站台上站起来，用自己的手抚摸着那吃重了的先着地面的那一只运气糟糕的肩膀，一步一步地向太太坐着的那方面走去的时候，那方面没有什么声音，也绝对没有什么表示。

太太把头低着，对马伯乐这差一点没有跌掉了膀子的这回事，表示得连看见也没有看见。只是约瑟高兴极了，站在箱子盖上，跳脚拍掌地给他爸爸在叫着好。

马伯乐走到了太太的旁边，太太第二样的话也没有，把头一抬："你给我找耳钳子去！"

于是马伯乐一惊，他倒并不是害怕耳钳子丢了的那回事，其实太太说让他找什么东西，他或者还没有听清呢。不过太太为什么发了脾气呢？这真使他有些摸不着头脑。

莫不是太太要回青岛吗？莫不是太太不愿逃难吗？这回可糟了。

马伯乐想：

"完了。"

这回算完了，一完完到底！虽然还没有到淞江桥，谁能想到呢，这比淞江桥更厉害呀！因为他看出来了，在这世界上，没有了钱，不就等于一个人的灵魂被抽去了吗？

于是马伯乐又站在那里一步也动不了啦。他想这可怎么办呢！他没有办法了。

第二趟火车来了，料不到太太并没有生那么大的气，并没有要回青岛的意思，火车离着很远的呢，太太就吩咐说："保罗，你看着箱子，我往车上送着孩子，回头再拿东西……"

太太说着还随手提起那里边藏着白金镖锤的小提箱。

马伯乐说：

"给我提着吧！"

马伯乐听说太太要上火车了，心里不知为什么来了一阵猛烈的感激，这种感激，几乎要使他流出眼泪来。他的心里很酸，太太总算是好人，于是他变得非常热情，那装着白金镖锤的小箱子，他非要提着不可。

太太说：

"还是让我提着吧！"

马伯乐不知其中之故，还抢着说：

"你看你……带好几个孩子，还不把箱子丢了，给我提着吧。"

马伯乐很热情地，而且完全是出于诚心来帮忙，于是马伯乐就伸出手去把箱子给抢过来了。

他一抢过来，太太连忙又抢过去。太太说：

"还是让我拿着吧！"

马伯乐的热情真是压制不住了，他说：

"那里边难道有金子吗？非自己提着不可。"

于是马伯乐又把箱子抢过来。

太太说：

“讨厌！”

太太到底把箱子抢过去了，而且提着箱子就向着火车轨道的那方面去了。

“真他妈的中国人，不识抬举。”这话马伯乐没有说出来，只在心里想一遍也就咽下去，不一会，火车就来了。

开初，马伯乐他们也猛烈地抢了一阵，到后来看看实在没有办法，也就不抢了。因为他们箱子、行李带得太多，而孩子也嫌多了点，何况太太又不与马伯乐十分地合作呢。太太只顾提着那在马伯乐看来不怎样贵重的小箱子，而马伯乐又闹着他一会悲观，一会绝望的病。那简直是一种病了，太太一点也不理解他。一到紧急的关头他就站着不动，一点也不说商量商量，大家想个办法。

所以把事弄糟了，他们知道他们是抢不上去了，也就不再去抢了。

可是不抢不抢的，也不知怎么的雅格就让众人挤着，挤到人们的头顶上，让人们给顶上火车去了。

这火车就要开了起来，火车在吐气，那白气也许是白烟，在突突突地吐着，好像赛跑员在快要起码的时候，预先在踢着腿似的。不但这个，就是路警也在吹哨了，这火车转眼之时就要开了起来。这火车是非开不可的了，若再过几分钟不开，就要被人们给压瘫了，给挤破了，因为从车窗和车门子往上挤的人，是和蚂蚁似的那么多。

火车的轮子开始迟迟钝钝地转了三两圈，接着就更快一些地转了四五圈。那些扒着火车不肯放的人们，到此也无法可想了，有些手在拉着火车的把手，腿在地上跑着，有些上身已经算是上了火车，下身还在空中悬着，因为他也是只抓着了一点什么就不肯放的缘故。有的还上了火车的顶棚，在那上边倒是宽敞了许多，空气又好，查票员或者也不上去查票。不过到底胆小的人多，那上边原来是圆隆隆的，毫无把握，多半的人都不敢上，所以那上边只坐着稀零零的几个。

以上所说的都不算可怕的，而可怕的是那头在车窗里的，脚在车窗外的，进也进不去，要出也出不来，而最可怕的是脚在车窗里的头在车窗外的，因为是头重脚轻，时时要掉出来。

太太把这情景一看，她一声大喊：

“我的雅格呀……”

而且火车也越快地走了起来。

马伯乐跑在车窗外边，雅格哭在车窗里边。马伯乐一伸手，刚要抓住了雅格的胳膊，而又没有抓住，他又伸手，刚要抓住了雅格的头发，而又脱落了。

马伯乐到后来，跟着火车跑了五十多尺才算把雅格弄下来了。

雅格从车窗拉下来的时候，吓得和个小兔似的，她不吵不闹也不哭，妈妈把她搂到怀里，她一动也不动地好像小傻子似的坐在妈妈的怀里了。

妈妈说：

“雅格呀，不怕，不怕，跟妈妈回家吃饭穿袄来啦……来啦……”

妈妈抚着孩子的头发，给孩子叫着魂。

雅格一动不动，也不表示亲热也不表示害怕。这安静的态度，使妈妈非常感动，立刻把大颗的眼泪落在雅格的头发上。

过了一会妈妈才想起来了，遇有大难的时候，是应该祷告耶稣的，怎么能叫魂呢！是凡叫魂的，就是多神教。教友讲道的时候，不是讲过吗？神只有一个，没有第二个。

于是马伯乐的太太又在孩子的头顶上祷告了一阵耶稣：

“我主耶稣多多地施恩于我的雅格吧，不要使我的雅格害怕，我的雅格是最坦白的孩子，我的雅格……”

她祷告不下去了，她觉得没有什么好说的，她想还是中国旧式的那套叫魂的法子好。但是既然信了耶稣教，也得顺着耶稣的规矩去做。不然让人家看见了笑话。

她还想祷告几句，但是她抬头一看，四外也没有什么人看她。而这又不是在家里，有婆婆看着，不祷告怕是婆婆不开心，与将来得遗产的时候有关系。现在也不是在家里，也就马马虎虎地算了。

于是停止了祷告，她与马伯乐商量着叫洋车好回旅馆。要想赶火车，明天再来吧，因两班车都已过去了。

等他们上了洋车，才发现一只大箱子不见了。

马伯乐说：

“我似乎是看见了的，人们给顶着，顶上火车去了……”

太太说：“你还说呢！那不是你提着往车上扔嘛！你不是说，扔上去一个算一个，多扔一个是一个……也不知道你哪来的那么一股精神，一听说逃难，这就红眼了……”

雅格算是被救下来了，大箱子独自个儿被火车带着跑了。

马伯乐他们的一家，又都回到旅馆里。

一进了旅馆，太太先打开了小箱子，看看那白金镖锤一向很好否？接着就从兜里拿出安氏药膏来。雅格的耳朵破了一块，大卫的鼻子尖撞出了一点血，约瑟的膝盖擦破了馒头大的一片皮，太太就用药膏分别给他们擦着。

都擦完就向马伯乐说：

“保罗，你不擦一点吗？”她手里举着药膏。

马伯乐的胳膊虽然已摔青了，但是他是不上药膏的，因为他素来不信什么药的，生点小病之类，他就吸烟卷。他说有那药钱还不如吃了。他回答着太太：

“不用，我不用，你们上吧。”

说着他喊了个大肚子茶房来，打了盆脸水，洗了个脸就到外边买烟卷去了。

买烟卷回来就坐在桌子旁边抽着。一边抽着烟，一边满脸笑吟吟的，他的嘴角稍稍向右倾着，他是非常幸福的，因为他们的雅格总算没有被火车抢了去，总算把雅格救下来了。

虽然他上火车的目的不是为着抢救雅格的，而是为着上火车，但到后来，经过千辛万苦，这火车想要不下也不行了。于是就不单是上火车了，而专门在下火车。若能够下得来，不也是万幸吗？不然将要把小雅格带到哪里去呢！

马伯乐觉得这一天，虽然没有什么结果，但觉得很充实。他临睡觉的时候，他还说：

“劳动是比什么都幸福的呀，怪不得从前有人提倡劳工神圣……”

于是他拍一拍胸膛，拉一拉胳膊，踢一踢腿，而后上床就睡了，可是太太却不大理解他这句话的意思。

第二章

第二天，马伯乐他们准备了一天，这一天的准备，可不是毫无成绩的，除了他们一家五口人仍旧独立之外，其余的都带在身上了。因为他们实在有了经验，孩子多了都要丢的，小雅格就差一点没有丢了，何况东西？

于是大热水瓶，小热水瓶，本来都是在网篮里头的，现在也都分别挂在各人的身上去了，马伯乐挂一个大的，大卫挂一个小的。那军用水瓶本来是应该挂在马伯乐第二个公子约瑟的身上，可是这样雅格偏不许，雅格哭了满脸的眼泪，到底争着挂在自己的身上了。

妈妈就说：

“你看着吧，到了车站，把你让火车抢着跑了的时候，连水瓶都跟着一块跑了。”

马伯乐也说：

“到了淞江桥的时候，可不同别的，雅格，到那时候，你连找妈都找不着了，你还带着水瓶干什么？”

可是小雅格哪里会听话，还像小鸭子似的背着水瓶在地上跑了一圈。

接着就背苹果，背鸡蛋，背军用袋，大卫和约瑟每个人肩上挂着一个手电筒。据马伯乐说，这是非带不可的，到了那淞江桥，天昏地黑，女儿找不着娘，爹找不着儿子，若有了手电筒，可以照个亮，不然，孩子们被挤散了的话，到那时候，可怎么办。

这一切都是马伯乐的主意。马伯乐还亲手给自己缝了一个大背兜。

这背兜是用一张帆布床缝的，当马伯乐缝着的时候，太太抢着给他缝。他百般不用，他说，只要是一个人，凡事都应该做得，何况这年头是啥年头。

太太看他缝得太吃力了，就要抢着给他缝，他摆着手说：

“不用，不用，将来说不定还去打日本呢！现在让我先学着点。”

现在这背兜子早已缝好了，很像在小学里读书的书包，但又比书包大，因为是白色的，又很像送报的报差背的大报兜子。

那里边装的是牙刷、肥皂、换洗的衬衣等等，还有一盒万金油。

马伯乐是不信什么药的，唯独这万金油他不反对，并不是他证明了这油是怎样的灵验，只是他觉得，这油虽然不治病，总算便宜（每盒一角）。是凡便宜的就上算，何况治不好，但也治不坏，所以马伯乐这万金油总是常备着。

背包里边还背着面包、奶油，这面包、奶油是每人一份，这也是马伯乐的主意。他说到了淞江桥若是挤丢了，挤散了，或是谁若没有上火车，谁就在淞江桥那儿吃呵。

他那拆散了帆布床的帆布，除了做了背包之外，还剩了一块，马伯乐就用剩下的这块给约瑟缝一个小的背包。

不大一会的工夫，约瑟也背上了一个背包，里边也有面包、奶油。

马伯乐让每个孩子都穿戴好了。像军队似的，全副武装，热水瓶，手电筒，每个人都挂着。自然是马伯乐当队长的，由马伯乐领导着在旅馆的地板上走了两圈。

马伯乐叫这种行为是演习，他说：

“凡事没有经过实验，就是空想的，什么叫作空想，空想就是不着实际。别的事情你不着实际行呵，这是过淞江桥可不是别的，性命关头。”

马伯乐看着太太对于他这种举动表示冷淡，他就加以理论地宣传。

到了晚上，马伯乐又单独演习一遍，他试一试自己究竟有多大力气，于是他背上背了军用袋，肩上挂着他自己缝的大兜子，只这两样东西，就不下五十来斤重。又加上手电筒，又加上热水瓶，同时他还提着盛着他自己的西装的那只大箱子。

一提起这箱子来，马伯乐就满脸的汗珠，从脖子红起，一直红到了耳朵，好像一个千斤锤打在他的身上似的。

太太看他有点吃力，就说：

“你放下吧，你放下吧。”

他不但没有放下，那正在吃饭还没有吃完的雅格，他从后边也把她抱了起来。他说：

“这大箱子不能丢，里边是我的西装；这干粮袋不能丢，里边是粮食；这雅格不能丢，雅格是小宝贝。”

马伯乐很坚强的，到底带着二百多斤在地板上走了两三圈。他一边走着，一边说：

“这就是淞江桥呵，这就是淞江桥。”

到了第二天早晨，马伯乐又要演习，因为这一天又要上火车去了。

不大一会，他那二百多斤又都上身了，马伯乐累得红头涨脸的，可是小雅格却笑微微地坐在爸爸的胳膊上。小雅格说：

“这就是淞江桥吗？”

马伯乐故意用脚跺着地板。这旅馆的小楼是个旧房子，颤抖抖的地板在脚下抖着。马伯乐说：

“这就是淞江桥……”

雅格的声音是很响亮的，可是马伯乐的声音却呜呜的，好像要上不来气了。

在临出发之前，马伯乐对于他的三个孩子挨着个问：

“你叫什么名字？”

“我叫大卫。”

马伯乐说：

“你要说马大卫。”

“我叫马大卫。”

又问第二个：

“你叫什么名字？”

“我叫马约瑟。”

又问雅格：

“你叫什么名字？”

“我叫小雅格。”

马伯乐说：

“什么小雅格，你说你叫马雅格。”

这都是昨天就已经演习过的了。马伯乐为的是到了淞江桥怕把孩子们挤丢了，若万一挤丢了也好让他们自己报个名姓。不料今天又都说得七三八四的，于是马伯乐又接着问下去：

“你父亲叫什么名字？”

“叫马伯乐。”大卫说。

又问第二个：

“你父亲叫什么名字？”

“叫马伯乐。”约瑟咬着指甲。

又问第三个：

“你的父亲叫什么名字？”

“我的父亲叫叫叫保罗马伯乐……”

小雅格一边说着，一边把那挂在约瑟身上的军用水瓶的瓶盖拧下来了。

马伯乐又问她：

“你父亲叫什么名字？什么名字？”

小雅格说：

“我父亲要过淞江桥……约瑟，约瑟偷我的鸡蛋啦……”

于是雅格就追了过去，约瑟就踢了雅格，他们两个打了起来。

等把约瑟压服下来，马伯乐又从头问起，第一个又问的是大卫。

“你家在什么地方？”

“我家在青岛。”大卫说。

又问约瑟和雅格，都说家在青岛。这一次很顺利地就问完了。

问完了之后，又从头轮流着问起，这一回问的是顶重要的，问他们的门牌号数，问他们所住的街道。

这一回笑话可就多了，大卫说他住的是“观象路”，约瑟说他住的是“一路”。马伯乐几次三番地告诉说那是“观象一路”，可是他们都记不住。尤其是小雅格，她简直是什么也不知道了，一问她，她就顺口乱说，她说：

“那不是咱家后山上不是有一个观象台吗？那观象台到八月十五还可以看月亮呢，可没有带约瑟……约瑟，是不是妈没有带你？”

约瑟说：

“你说谎，妈没有带你……”

雅格说：

“你说谎。”

约瑟把挂着手电筒的那根小麻绳从身上脱下来，套到雅格的脖子上，从背后就把雅格给拉倒了。

只有大卫规规矩矩地让马伯乐盘问着，其余的两个已经不听指挥了，已经乱七八糟闹了起来了。

结果到底没有弄清楚就到了火车站上去了。

这一次来到了火车站，可比第一次带劲多了。上一次，那简直是啰里啰唆的，一看上去那就是失败的征兆。什么箱子、瓶子的，一点准备没有，而这一次则完全机械化了起来了，也可以说每个人都全部武装了。什么干粮袋、热水瓶、手电筒，应有尽有，而且是每人一份，绝不彼此依靠，而都是独立的。

雅格有雅格的手电筒，约瑟有约瑟的手电筒，而大卫也有一个。假若走在那淞江桥上就是彼此拆了帮，而那也不要紧，也都会各自地照着手电筒过桥的。

马伯乐他们这次上火车，上得也比较顺利。这大概是因为他们已经有了训练，有了组织的了，上了火车，他们也还没有拆散，依然是一个精锐的部队。比方约瑟的军用水瓶的瓶盖，虽然被挤掉了，但是他会用手按着那软木塞，使那软木塞终究没有掉下来，因此那热水也还是在水瓶里，而不会流出来。

虽然约瑟的手电筒自动就开了，就发亮了，但经马伯乐的一番修理，也就好了。

小军用水瓶到底是让约瑟背上了，而且是头朝下地背着。

虽然都出了点小毛病，但大体上还是不差的，精神都非常的好。

而精神最好的是约瑟，他又在伸胳膊卷袖子，好像又要开始举手就打了。他四处看了半天，没有对象。

母亲看他舞舞招招的，怕是他惹了什么乱子，因为车厢里虽然不太挤，但是过路的人就迈不开步，每一伸腿就要踏到别人的脚上去，何况约瑟就正站在车厢的门口。

母亲看约瑟如此伸腿伸脚的，就招呼着约瑟：

“约瑟，到妈这儿来。”

这工夫正有一个白胡子老头上了车厢来，手里哆哆嗦嗦地拄着一根拐杖。左边的人一拥，右边的人一挤，恰好这老头就倒在约瑟的旁边了，其实这老头并没有压到约瑟，只不过把他的小军用水瓶给撞了一下子。这约瑟就不得了啦，连脚带拳向那老头踢打了过去。

全车厢的人看了，都赞美这小英雄说：

“这小孩可真厉害呀！像一匹小虎。”

母亲连忙过去把约瑟拉过来了，并且说：

“这不是在青岛呵，在青岛家里你可以随便打人……在上海你可不行了，快回来，快回来……”

约瑟打人打惯了，哪里肯听母亲的话。母亲已经把他拉了回来，他又挣扎着跑了出去，跑到老头那里，把那老头的胡子给撕下几根来，这才算略微地出了一口气。

过了不一会儿，约瑟又跑了，跑到车厢的尽头去，那里有一个穿着红夹袄的小孩坐在一个女人的膝盖上。约瑟跑到那里就把那四五岁的小孩子给拉下来了。拉下来就打，不问缘由。

过后马伯乐就问约瑟为什么打小孩子。

约瑟说：

“他看我嘛！他两个眼睛定定地看我。”

于是马伯乐和太太都笑了。

并没有因此教训约瑟一番，反而把他夸奖了一顿，说：

“约瑟这孩子真不了得，好大的胆子，不管老少，要打就打，真有点气魄呢，不怪他爷爷说将来这孩子不做希特勒也做墨索里尼。”

太太把手在约瑟的头上转了一圈，两个眼睛笑得一条缝似的，又说：

“中国的小孩，若都像约瑟似的，中国亡不了，管你是谁呢，一律地打过去。”

约瑟一听，心里非常满意，虽然母亲所说的希特勒他不大明白，但他看神色也看得出来，母亲是在赞美他了。

经过一番赞美，约瑟才算休息下来，才算暂时地停止了打人的念头。每当约瑟打人的时候，旁边若没有人叫好，他就总觉得打得不够，还要打下去。若是旁边一有人叫好，他就打得更有兴趣，也是非打下去不可。只有他的祖父或是他的母亲在旁边的时候，稍加以赞美，他就停下来了，因为他的演技已经得到了他亲信的人赞赏了。

但做母亲的始终不大知道约瑟的这种心理，所以有时惹出来许多乱子。比方约瑟打人的时候，母亲越阻止他，他就越要非打不可，闹到后来，就是打不到那对象，也要躺在地上打滚的，或是气疯了，竟打起母亲来。

现在约瑟是非常和气的，伸出手去向他的哥哥大卫借了那热水瓶的瓶盖在喝着热水（因为他的瓶盖在火车上挤丢了）。喝完了过去好好地把那瓶盖给盖在水瓶上了。这在平常都是不可能的，平常他用人家的东西的时候，伸手就抢。用完了，随手就往地上一抛。大卫若说他抛得不对，比方这水瓶盖吧，他过去就敢用脚把它踏扁了。

马伯乐他们全家，到现在火车都快开了，他们还是很整齐的，精神也都十分良好，虽然约瑟出了两次乱子，但这两次乱子都出在穷人身上，不要紧。因为那个老头无子无妻，穿得又那么破烂，显然他不是个有钱有势的，是一个穷老头子，打一打又怕什么的。还有那个小孩，更不算什么了，头上留着一撮毛，身穿红夹袄，一看就知道是个乡下孩子，就专看他头上那撮毛，打了他也不要紧。

所以约瑟虽然出了两次乱子，但在全家人的精神上，并没有一点坏影响。同时因为他们干粮充足，武装齐备，所以在这一辆车厢上，只有他们是最OK的。

他们对面占着两排椅子，三个小孩，两个大人，而又那么整整齐齐的，穿得全身利落，实在是使人羡慕。

三个孩子，一律短裤。一看上去，就起一种轻捷便利的感觉，就好像说，到了淞江桥，在那一场斗争里，他们全家非优胜不可。因为一开头他们就有了组织了，就有了准备了，而这种准备和组织，当面就可看到的。不信就看小雅格吧，那精神是非常饱满的，右手按着干粮袋，左手按着手电筒，并且时时问着，淞江桥可什么时候到呢？

母亲也只好说：

“快快。”

其实火车还没有开呢。

第三章

马伯乐的这一次上火车，并没有喜，也没有忧，而是很平静地把一切事情都处理得很好。箱子、网篮也都放好了，孩子们也都很规矩地坐在那里了。

虽然说约瑟总有点不大规矩，但有他的母亲看管着他，所以他也就不必分神了。

他的心情觉得非常的凝练。虽然他坐的是三等车，未免要闹嚷嚷的，孩子哭，女人叫的，乱乱杂杂的闹得人头发昏，眼发乱。

但是这一点都不影响马伯乐，他是静静地坐着，他的心里非常沉静，他用眼睛看着他们，他用耳朵听着他们，但是又都好像看也没有看见，听也没有听见的样子。那些吵杂的声音绝对不能搅扰着他。他平静到万分了。好像他那最了不起的淞江桥，到了现在也没有什么伟大了似的，好像也并没有在他的眼下了。

他是平静的，他非常舒服，他靠着窗子坐着。他时时张大了嘴，呼吸着新鲜空气，并且从窗子往外又可以看风景。

因为马伯乐的心境变得非常宽大，有人把东西从车窗抛进来，抛在他的头上了，他也并不生气，他只把嘴角往右略略一歪，他就把那东西发落到地上去了。

他向太太说：

“你看，你看那些人带着多少东西！到了淞江桥他可是要倒霉的。”

过一会，他又叫着太太：

“看着吧，这火车还不开，人越来越多了。”

过一会，他又告诉太太：

“你看那些来得晚的，到了火车上，还能有地方坐？就是站着也怕没有地方了。”

过了一会，他又用手指着太太：

“你看吧，你看！”

太太一看，在火车外边挤倒了一个小孩，那小孩跌得满鼻子流血。

马伯乐看了这种景况，他一点也不慌张，因为他觉得他们自己是绝没有这种危险的了，已经安安泰泰的，全家都各得其所了。

马伯乐安安然然地坐着，安安然然地看着，安安然然地听着。但都是看若未见，听若未闻，他已经达到了一种静观的境界。

火车一时还开不出站去。他们上了火车差不多有半点钟的光景了。这若在平常，马伯乐一定又要坐立不安，或者是嘴里骂着："真他妈的中国人。"但是今天，他觉得一切都合适，一切都是很和谐的，所以那种暴乱的感情根本就不能发生。像今天这种情形，并不是他自己镇定着他自己，并不像往常似的，他已经害怕了，他的脸色已经吓白了，他还嘴里不断地说：

"不害怕，不害怕。"

而今天并不是人工的，而是自然的，他就非常地平静。

这都是因为一上手他就顺利了。

太太，孩子，东西，一样未丢，这不是顺利是什么？

火车一开了起来，马伯乐就顺着地平线看风景。

黄昏了，太阳快要落了。太阳在那村庄后边的小竹林里透着红光，水牛在水田里慢慢地走着。火车经过人家的旁边，那一家里的小孩三两一伙地站出来看着火车。那孩子们呆呆地站着，似乎让那轰隆隆响着的火车把他们惊呆了的样子。

上海打仗多久了，似乎他们这里看不出来什么痕迹，或者再过一会有运兵的车开来。马伯乐这样地想着。但是不一会天就黑了，天空是没有月亮的，只有星星。车厢里是没有灯光的，只有吸烟的人们的烟火。马伯乐想看那运兵的军车，终究没有看到，他就睡着了，而且睡得非常之熟，好像在家里一般的，打着鼾，做着梦，有时也说了一两句梦话：

“真他妈的中国人……”

“到那时候可怎么办哪？”

太太听了，没有答言。

火车就一直向前轰隆轰隆地跑着。太太是一眼未合地在旁边坐着。因为大卫已经睡着，雅格已经睡着了，约瑟也睡着了。

雅格睡在妈妈的怀里。大卫像他父亲似的靠着那角落垂着头睡着。至于约瑟可就大大方方地独占了多半张椅子，好像一张小床似的，他睡在那上边，而且他睡得很舒服。他把他的腿伸了出来，时时用那硬皮鞋的脚跟踢着大卫的膝盖。约瑟的习惯是每一翻身都是很猛烈的，母亲怕他从椅子上跌了下来，所以要时时留心着他。

睡到了八九点钟，寒气就袭来了，这个孩子打一个喷嚏，那个孩子咳嗽一声，做母亲的给这个用外套盖一盖，给那个用绒线衣裹一裹。又加上很多东西，怕是人都睡着了给人家拿走，所以马伯乐太太是一直连眼也未合的。

到了更夜深的时候，不但马伯乐全家睡得不可开交了，就是全车厢的人也都大睡起来。打呼的打呼，打哼的打哼，咬牙的，骂人的，说话的，各种声响都响起来了。

全车厢里似乎只有马伯乐的太太没有睡，她抬头一看，各个人的脸上都呈着怪现象，咬着嘴唇的，皱着鼻子的，使人看了很害怕。而马伯乐太太，从来又未见过。

马伯乐太太从来没有坐过三等车。这都是马伯乐的主意，他说逃难的时候，省钱第一，所以坐了三等车。

太太越看越怕，想要叫醒了马伯乐为她做伴，她又看他睡得那样恋恋不舍，几次想要叫，也都停止了，还是自己忍耐着。

忽然就是背后那座位上有一个人哇的一声跳起来了。原来不是什么神奇鬼怪，而是一个包袱从高处掉落在他的头上了。但是可把马伯乐太太吓坏了，她拉着马伯乐那睡得仍旧很好的身子叫着：

“保罗，保罗！”

马伯乐正是睡得很好的，哪里会能醒了过来，于是就半醒不醒的，用手打着太太拉他不放的胳膊说：

“你这是干什么……干什么……”

太太说：

“保罗，你醒一醒……”

马伯乐连听也没有听见，就又咯咯咬着牙睡着了。

那淞江桥可不知他在梦里完全忘了没有。

等马伯乐醒来的时候，世界已经大变了，喊的喊，叫的叫，已经有点近于震天震地的了。

马伯乐那垂着的脖颈，忽然间抬起来，他听太太说淞江桥到了，他把脖子一直，把眼一擦，第二句没有，就说：

“抢呵！”

大概他还没有十分醒透，他拿起他那手电筒来，他的背包和干粮袋都不要了，就往前跑了去。跑到车门口一看，那下火车的人，早已缕缕成群的了。

马伯乐一看：

“到时候可怎么办哪！”

他说完了，他自己也觉得有点不对，还要到什么时候，这就是那时候了，他想。

夜是黑沉沉的，而且刚刚睡醒，身上觉得非常寒冷，而且不住地打战。马伯乐想，在家里这不正是睡觉的时候吗？马伯乐于是心里也非常酸楚，好像这车厢里若能容他再睡一觉的话，他就要再睡一觉再下车的，但是哪里可能，这真是妄想。

于是马伯乐也只得随着大流，带着孩子和太太走出车厢来了。

一走出车厢来，只听得远近叫喊，喊声连天。至于淞江桥在哪边呢，是看也看不见的，只好加入到人群里去，顺着人群的大流，往前流着。

走上半里路，才到了桥边。在这半里路之中，落荒的落荒，走散的走散，连哭带叫地就一齐到了这桥边了。

马伯乐在最前边已经到了。太太和孩子还没有到。

既然到了桥边，停无处停，等无处等。在后边的要挤着那在前边的，挤倒了之后，就踏着那在前边的越过去了。

人们都走得非常之快，类似旋风，好像急流。一边走着，一边呜噢地喊着。那在前的人们已经抢过淞江桥去了。因为夜是黑的，只听到喊声，而看不见人影，好像大地还是茫茫的一片。那声音在远处听来，好像天地间凭空就来了那种声音，那声音是坚强的，是受着压抑的，似乎不是从人的嘴发出来，而好像从一个小箱挤出来的。

马伯乐既然来到了桥头，站不能站，停不能停，往桥下一看，那白亮亮的大水，好像水银那么凝练。马伯乐一看，就害怕了。

因为他的体力是一点也没有了。他的大箱子五十来斤，他的雅格三十来斤，他的干粮袋、热水瓶之类一共有二十多斤，共一百来斤吧。

那么瘦瘦的一个马伯乐，让他担负了一百斤的重量，总算太过了一点。

所以当他来到了那桥头，他一看那桥下的水，他的头就晕转了起来，像是要跌倒的样子，头重脚轻。他想：

“怕是要过不去桥吧？”

可是后来的人，一步都不让他停住，撞着，冲着，往前推着，情景十分可怕。马伯乐想，太太怎么还不到呢？在前一刻他们还是喊着彼此联系着的，现在连喊声也听不见了。马伯乐想，也许因为大家都喊，把声音喊乱了，而听不出来是谁的喊声了，因此马伯乐只在那声音的海里边，仔细地听着，分辨着，寻找着。那些声音里边，似乎就有太太的声音。再一细听，就完全不是的了。

他想不出什么好的办法来，他的大箱子提不动了，他的雅格抱不动了，他的干粮袋之类，他也觉得好像大石头那么重了。而那手电筒又特别的不好，特别会捣乱，在身上滴滴溜溜的，迈一步打在胯骨上，再迈一步又打在屁股上，他想手电筒打一打是打不死人的，是不要紧的，而最要紧是这大箱子和雅格，这两样之中必须要丢一样的，或者是丢大箱子，或者是丢雅格。

偏偏这两样又都不能丢，大箱子里边是他的西装，西装怎么可以丢呢？西装就是门面，人尽可以没有内容，而外表是不能不有的。这种年头，谁还看你的内容，有多大的学问，有多大的本领？内容是看不见的，外表是一看就看见的，这世界不是人人都用好外表来遮住坏内容的吗？

马伯乐非常痛恨这个世界，他说：

“真他妈的中国人。”

他已经累昏了，他的脑子不能再想那些“内容外表”的那一套理论了，方才他想了一想的，那不过是早已想定了的议案，到现在刚一撞进头脑里来，就让那过度的疲乏给驱走了。

马伯乐的全身，像是火烧着似的那么热，他的心脏跳动得好像有一个气球似的在胸中起起落落。他的眼睛一阵一阵冒着金花，他的嘴好像不自觉地在说着什么，也好像在喊着太太，或是喊着大卫。但是不知这声音该多么小，似乎连他自己也听不见了。

马伯乐好像有点要晕，好像神经有点不能够自主了。

马伯乐从铁道的枕木上往旁边闪一闪，好给那后来的汹涌得非常可怕的人群让开一条路。

但是这火车道是一个高高的土崖，枕木就铺在这土崖上，而土崖的两边就都是洼地了，下边生着水草，还有一些碎木料和煤渣之类。马伯乐只这么一闪，就不知道把自己闪到哪里去了，只觉得非常的热，又非常的冷，好像通红的一块火炭被浸到水里去似的，他那滚热的身子就凉瓦瓦地压在那些水草上了。马伯乐滚到铁道下边的水里去了。

马伯乐不知道自己是在什么地方。而那些抢过淞江桥的人们，也不知道在他们那一群中有一个名叫马伯乐的掉下土崖去了。人们还是一直向前走着。那桥上的手电筒横一条竖一条地闪着光。路警们也每人手里拿着手电筒在维持着秩序。他们向那逃难的人群说：

“不要抢，慢慢走。”

“不要抢，要加小心。”

“不要抢，一个挨着一个地走。”

那路警是很周到地随着旅客，并且用手电筒给旅客照着路过桥。但是半里路长的一个大桥，路警只有三五个，何况那路警又认清了他的职责就是打电筒，其余的他管不着了。

所以有些挤倒的，掉江的，他一律不管。当然马伯乐躺在水草上的这回事，也就不被任何人注意了。

马伯乐不能够呼喊了。他的大箱子也无声无息地不知滚到哪里去了。只有那小雅格受惊得非常可怜，在那水草上面站着，哇哇地哭着。

但是这种哭的声音，一夹在许多比她哭得更大的声音里去，就听不见她的哭声了。

向前进的那人群，依然还是向前进着。

等人们都走光了，都过了桥去，那车站上才现出一个路警来，沿路视察着这一趟列车究竟出了几次乱子，因为每一次列车的开到，必然有伤亡的。

年老的人一跌就断了气。小孩被人挤死了，被人踏死了。妇女还有在枕木上生产的。载着马伯乐的这趟列车一过完了桥，照例又有路警们打着手电筒出来搜寻。

那路警很远就听到有一个小孩在桥头那地方哭着。

那路警一看见这孩子就问：

“你姓什么？”

果然小雅格回答不出来了。

在上火车之前，那种关于姓名的练习，到底无效了。

那路警又问她：

“爹爹呢，妈妈呢？”

那路警说的是上海话，小雅格完全不懂，又加上他拿着手电筒在那小孩子的脸上乱晃，所以把小雅格吓得更乱哭乱叫了起来。并且一边叫着就一边逃了，跑得非常之快，好像后边有什么追着她似的。

那路警看了，觉得这情形非常好玩，于是又招呼来了他的几个同伴，三四支手电筒都照在小雅格的身上，把小雅格照得通亮。

小雅格在前边跑着，他们就在后边喊着，他们喊的声音是非常的可怕：

“站住！站住！”

雅格觉得她自己就要被他们捉住了，于是跑得更快。

雅格不知道哪一方面水深，哪一方面水浅，就在水草里边越跑越远，也越跑那水越深。那三个站在土崖上看热闹的警察，觉得这小孩实在是有意思，于是就随手拾起泥块或石头来，向着小雅格那方面抛去。他们抛得都是很准的，一个一个的都落在小雅格的四周，而差一点都打在小雅格的身上。那水花从四边溅起，那水是非常凉的，溅了小雅格满脸满头。

他们一边抛着，一边喊着：

“站住！站住！”

雅格一听，跑得更快了。她觉得后边有人要追上她了。

等雅格跑到水深处，快没了脖颈了，那在高处喊着的人们才觉得有些不大好。但是雅格立刻没在水里了，因为她跌倒了的缘故。

等雅格被抱到车站的房子里去，马伯乐也被人抬着来到站房。

车站上的人们，不知道马伯乐就是雅格的父亲，也不知道雅格就是马伯乐的女儿。因为当路警发现了雅格的时候，雅格就已经跑得离开她的父亲很远了。何况那路警用手电一照，雅格就更往一边跑了起来，越跑越远，所以当时人们只发现了雅格这一个孩子，而根本没有看见马伯乐。

车站上的人没有人晓得雅格和马伯乐是一家。

马伯乐躺在担架床上。雅格被抱在路警的怀里。

雅格哭着，还挣扎要跑。

马伯乐刚昏昏地睡着。他的热水瓶打碎了，他背着一个空空的瓶壳；他的干粮袋完全湿透了，人们都给他解下来了。他亲手缝的那白色的背兜，因为兜口没有缝好，好些东西，如牙刷、肥皂之类，就从兜口流了出去，致使那背兜比原来瘦了许多。因为也浸了水，人们也把它给解下来了。

马伯乐前些时候，那一百多斤的负担，现在没有了。他的大箱子不知哪里去了，他的雅格他也不知道哪里去了。

雅格丢不得，雅格是小宝贝。大箱子也丢不得，大箱子里边是他的西装。到了现在两样都丢了，马伯乐不知道了。

等他醒过来，他第一眼看到这屋子是白的，他想，或者是在医院里，或者是在旅馆里，或者是在过去读书的那学校里。马伯乐从前发过猩红热。发猩红热的时候，热度一退了，就有这种感觉的，觉得全世界都凉了，而且什么都是透明的，透明而新鲜，好像他第一次才看见了这世界。对于这世界的不满和批评，完全撤销了。相反地，对于这世界他要求着不要拒绝了他。

他想喝一点水，他觉得口渴。他想起来了，他似乎记得身上背着热水瓶的。他想要伸手去取，但不知为什么全身都是非常懒惰的，于是他就开口喊了出来：

“我要喝点水。”

等他听到了自己的声音之后，他就更清醒了一些。

他想起来了，他不是在家里，也不是在上海的旅馆里。这是一个新鲜的地方，他分明看见屋里走来走去的人都是些不认识的生人。

马伯乐摸一摸自己的鼻子，觉得鼻子上不大舒服。一摸，不对了，莫不是自己已经受了伤吗？

他立刻来了一个很快的感觉，难道自己已经是个伤兵了吗？

他的鼻子上放着棉花，用药布敷着。

马伯乐再一摸这鼻子，他以为自己确是个伤兵无疑了。自己不是常常喊着要投军，要当兵的吗？不知为什么现在真的当了兵了，马伯乐反而非常后悔，原来那当兵的话，也不过是吓唬吓唬父亲，骗一骗太太，让他们多给一些钱来花着就是了。不知怎么的可真当了兵了。

马伯乐想，只破一个鼻子不要紧，可别受了什么重伤。他想抬抬腿，伸一伸胳膊，偏偏他的一只左腿抬不起来了。他着慌了，他流了满头大汗。他想：这一定完了，左腿锯去了。

他立刻就哭了起来，他哭的声音很大。上前线当兵本来不是真心的意思，可是现在已经残废了。他万分悲痛，他懊悔了起来，为什么要上前线当兵呢？一条腿算是没有了。

马伯乐太太、约瑟和大卫，早都来到了这站房里，因为他们发现了马伯乐在所有车厢都没有的时候，他们就回到这车站上来了。

现在太太抱着雅格坐在椅子上，小雅格的热度非常之高，小脸烧得通红的。那湿了全身的衣裳都是换过的。唯有袜子不知放在哪一处了，左找右找找不到，脱下湿袜子之后，就只好光着脚。母亲抱着她，用毛巾被裹着她。而那孩子似睡非睡，一惊一跳的，有一点小小的声音，她就跳了起来，并且抓着母亲的大襟，抓得紧紧的，似乎有谁来了要把她抢了去的那种样子。

马伯乐要喝水，太太听见了的，但是她不能动弹，她怕惊动了雅格。她让大卫倒了一杯水送了过去。但是马伯乐百般地不喝，他闭着眼，哭了起来。他这一哭把雅格吓得又哭起来。

马伯乐哭了一阵，一听，旁边也有人哭，那哭声似乎是熟悉的，而且是一个小孩。

马伯乐一睁眼睛看见是雅格在那里哭哩！于是他想起

来了，他抱着雅格是从枕木上滚下的。他并没有真的当了伤兵，那简直是一个噩梦。

马伯乐喊着太太，问太太所有的经过。太太很冷落的，对马伯乐表示着不满，所以那答话是很简单的，只粗粗地说了一说。

但是马伯乐听了，没有不是开心的。

太太说小雅格差一点没有淹死。马伯乐听了就哭了起来……

因为马伯乐自己，有一种秘密的高兴，这话不能对外人讲，那就是他到底没有当了伤兵。

在火车站过了一天，第二天晚上马伯乐全家又上了火车。

这一次他们全家都疲倦了，都不行了，精神比在上海出发的光景坏得多，装备也差了。三个水瓶，坏了两个半。只有约瑟的那个，到底是军用的，还算结实，虽然压扁了一点，总算还能盛着水。马伯乐那个已经坏了，连影子也不见了。大卫的那个，却只剩个挂水瓶的皮套，仍旧挂在身上，水瓶也是不见了，不知道是打碎了，还是挤掉了。

再说那干粮袋，原来是个个饱满，现在是个个空虚。一则是丢了，二则是三个孩子一天之中吃得也实在太多，奶油、面包，通通吃光了。不过那里边还有点什么东西，从外表上看是看不出来的了，只见那干粮袋空虚得不成体统。

再说那三个孩子，大卫无聊地坐在那里，自己揪着自己的头发；约瑟虽然很好打人，但是他没有出去打，因为脚被人家在昨天夜里给踏肿了，肿了脚，不同肿了别的地方，或是眼睛，或是鼻子，那都好办，唯独肿了脚，打起人来是不大方便的，所以约瑟几次想打，也都忍住了；而雅格的小脸还是发烧，见了什么都害怕，总是躺在妈妈的怀里，手在紧紧拉住妈妈的大襟。

马伯乐太太的头发，两天没有好好梳过一下，蓬乱得已经不成样子了，因为她的头发是经过烫的，不然还会好一点的。但是一烫就不好办了，好像外国鸡似的，她的头发往四边扎撒着，她的珍珠的耳钳子只剩了一只，也就不好戴了。所以她全个的头部，只是一团乱草，而没有一点可以闪光的东西了。她的眼睛平常是很黑的，很大的，可是两夜没有睡觉，也完全不亮了。

只有马伯乐的精神是很好的，人家问他鼻子为什么包着药布的时候，他就向全车的人说：

“我是荣誉战士。”

第四章

马伯乐最害怕的事情是未来的事情，那事情还没有发生，只要一让他预料到了，他就开始害怕。无论那事情离着发生的时候还有多么远，或者根本不一定发生的，只要那事情他一预料是有可能性，他就非常害怕了起来。

等他真的身临其境，他反而马马虎虎的了，他想：

“反正事情也是这样了，还说什么呢！还有什么好说的！”

载着马伯乐的火车，居然到了南京了，马伯乐想：

“好歹总算到了。”

出了火车站，他说：

“吃烤鸭去，听说南京的鸭子最肥。”

把太太闹得莫名其妙，太太主张还是先住一个旅馆的好。

因为下火车的时候，天正落着小雨，孩子都带着东西的，就是肚子怎样饿，也得找个地方安插安插，由于太太的坚决主张，还是先找旅馆住下了。

在那里，马伯乐一直是被欢欣鼓舞着，所以当那宪兵来查店的时候，盘问了很久，马伯乐也并没有因此而晦气。

那宪兵说：

“你哪里人？”

马伯乐回说：

“我山东人。”

那宪兵说：

“山东人当汉奸的可最多。”

若是往日马伯乐听了这话，虽然当面不敢骂那宪兵，但心里也要说：

“真他妈的中国人！”

马伯乐却没有这么想，因为他的心情特别愉快。

试问马伯乐的心情到底为什么愉快呢？鼻子摔破了，差一点没有摔死，摔得昏迷不醒，人事不知，到现在那鼻子还在肿着。但是他想：不还没有摔死嘛，假若摔死了呢？不总算是到了南京嘛！若到不了南京呢？

马伯乐的心里莫明其妙地起着一种感激，就是感激那淞江桥到底没有把他摔死。

幸亏有那淞江桥把马伯乐摔了一下，若没有痛苦他可怎么知道有快乐；若没有淞江桥，他可怎能有现在这种高兴?

马伯乐现在是非常满足的，就要吃烤鸭去了。

好像他已经到了他最终的目的了。南京的空袭是多么可怕，夜以达旦的。马伯乐在上海的时候，一想到南京，心里边就直劲转圈，就好像原来一想淞江桥一样。但现在也都以淞江桥那一道难关的胜利而遮没了。

他就要出去吃烤鸭了。

在他还未出去的时候，宪兵在隔壁盘问客人的声音他又听到了。宪兵问：

“你哪里人?”

“辽宁人。”

“多大岁数?”

“三十岁。”

“从哪里来?”

“从上海来。”

“到哪里去?”

“到汉口。”

“现在什么职业?”

“书局里的编辑。”

“哪个书局，有文件吗？”

马伯乐听着说“有”，而后就听着一阵翻着箱子响。

过后，那宪兵又问。

“从前你是做什么的？”

那人说，从前他在辽宁讲武堂读书，“九一八”之后才来到上海的。

那宪兵一听又说了：

“你既是个军人，为什么不投军入伍去呢？现在我国抗战起来了，前方正需要人才。你既是个军人，你为什么不投军去呢？”

那被盘问的人说：

“早就改行了，从武人做文人了。”

那宪兵说：

“你既是个军人，你就该投军，就应该上前方去，而不应该到后方来。现在我们中华民族已经到了最危险的关头。”

马伯乐再一听，就没有什么结果了，大概问完了。当马伯乐从门口又一探头的时候，那宪兵已经走出来了。三个宪兵一排，其中有一个嘴里还说着：

“他是辽宁人，辽宁人当汉奸的可多。”怎么各省的人都当了汉奸呢？马伯乐听了这些话，虽然不敢立刻过去打那宪兵一个耳光，但也必心中骂他一句：

“真是他妈的中国人。”

但现在他不但没有骂，他还觉得很好玩，他觉得宪兵的谈话是很有趣的，他想若有日记本把这记下来可不错。这思想只是一闪，而接着就想起烤鸭子来了。

“雅格呀，走啊！吃烤鸭子去。”

雅格在床上坐着。他从后边立刻一抱，又让雅格受了一惊。雅格瞪着眼睛：

“妈呀！”

哇的一声叫起来。并且一边叫着一边逃开了。

马伯乐的烤鸭子是在一条小水流的旁边吃的，那条水流上边架着桥。桥上面走人，桥下边跑着鸭子。

马伯乐一看：

“好肥的鸭子啊！”

他一时也不能等待了，那桥下的鸭子，就是有毛，若没有毛的话，他真想提起一只来，就吃下去。

再往前走二三十步，那儿就有一家小馆子。这家小馆子就搭在水流上，从地板的缝中就可以看见下边的流水，而且水上就浮着鸭子。约瑟把眼睛贴在地板缝上去看，他嚷着：

“花的花的………白的，绿脑门……好大的大黑鸭，……”

等到吃鸭子的时候，约瑟还是不住地看着地板缝下在游着的鸭子。

鸭子烤得不好吃，皮太老了。太太说：

“馆子太小了，小馆子哪能有好玩意儿。”

马伯乐说：

“这种眼光是根本不对的，什么事情不能机械的看法……烤鸭子是南京的特产，若在咱家那边，大馆子你给他一只鸭子，问问他会烤吗？”

马伯乐正说之间，把个鸭子大腿放在嘴里，一咬，咬出血来了。

“好腥气，不能吃。”

马伯乐说着，于是吐了出来。

他吃烤鸭子是不大有经验的，他想翅膀可以吃吧。一看翅膀也是红的，似乎不太熟。又到胸脯上去试一试，胸脯也不太熟，用筷子夹，是无论如何也夹不下来一块肉的。于是他拿出削梨的小刀，用刀子割着。割下来的那肉，虽然没有多少血，但总觉得有点腥气，也只好多加一些酱油、醋，忍耐着吃着。吃到忍无可忍的时候，是那胸脯割到后来也出了血了。

这回可没法吃了。马伯乐招呼着算了账，并且叫那堂倌把那剩下来的鸭子包了起来。他预备拿到旅馆里煮一煮再吃。太太说：

“你怎么又没有骂这个中国人呢？”

“真他妈的中国人！”马伯乐想起来了。

走在路上，马伯乐就有点不大高兴，想不到南京的鸭子这样的使人失望。他自己也后悔了起来，为什么不到一个像样点的饭馆去吃？这馆子不怪太太说不行，你看那些吃客吧，大兵，警察，差一点拉洋车的也都在一块了。这是下等人去的地方，不会好的。

马伯乐的心上无缘无故地就起着阴暗的影子。看一看天，天又下雨，看一看地，地又泥湿。南京一切都和上海不同，也和青岛不同，到处很凄凉。尤其在遭日本空袭之后，街上冷冷落落的，行人稀少，又加上天落着牛毛雨，真是凄凉。

马伯乐一回到旅馆里，就躺在床上了。吃下去的鸭子，一时不容易消化，上上下下地反复。托茶房买的船票，茶房说又是三天后有船，又是五天后有船，茶房在过道上和太太嚷着：

“船票难买呀。现在是下雨的天，明天天一晴了日本飞机就要来轰炸。”

马伯乐一听，到那时候可怎么办呢？立刻从床上跳了起来，他往外一看，正好对面那幢房子就被炸掉一个屋角。他想：明天若是天晴了可怎么办呢？

马伯乐挣扎着，他不愿意立刻就绝望的，但到了晚上，他是非绝望不可的了。第一因为天晴了，第二船票还是毫无头绪，第三是那吃在胃里边去的鸭子无论如何也消化不了。

他的胃里又酸又辣，简直不知是什么滋味，一直闹到了夜深，头上一阵阵出着汗。闹到了下半夜，马伯乐的精神就更不镇定，太太简直不知道他是怎么的了，一会听他说：

“你看一看天上的星星吧。”

一会听他说：

“星星出来了没有？”

太太以为他的病很重，怎么说起胡话来了。

太太说：

“保罗，我看你还是吃一片阿司匹林吧。”

马伯乐说：

“不，我问你星星到底出来了没有？”

太太以为马伯乐的热度一定很高了，不然怎么一劲说胡话？

其实他怕天晴了飞机要来炸呢。

第二天马伯乐就离开南京了，全家上了一只小汽船。票子是旅馆的茶房给买的。一切很顺利，不过在票价上加了个二成。

那是自然的，大乱的时候，不发一点财，还等到什么时候？国难的时候，不发一点财，等国好了，可到什么地方发去？人在生死存亡的关头，说一就是一，说二就是二。还是钱要紧，还是生命要紧？马伯乐想：给了那茶房二成就算了吧。

但是太太说：

“平常你就愿意骂中国人，买东西你多花一个铜板也不肯。让这茶房一敲就是四五块。钱让人家敲了去还不算，还有一篇大理论。”

马伯乐说：

“你这个人太机械，你也不想想，那是个什么年头，这是个什么年头！”

太太说：

“这是什么年头？”

马伯乐说：

“这是飞机轰炸的年头。”

这都是在旅馆里的话，既然到了船上，这话也都不提了。太太也觉得不错，早到汉口一天，早安心一天。何况船还没开呢，警报就发了，可见早早地离开南京是对的。这小船脏得一塌糊涂，让它在光天化日之下走着实在有点故意污辱它。因为那江水是明亮的，太阳是明亮的，天空也是明亮的，这三样一合，把那小船一照，照得体无完肤，斑斑节节完全显露了出来。

这样的小船本来可以载一百多人，现在因为是战时，竟载了四百多人，而船主还说，不算多呢，多的时候，可载五六百。

这船连厨房带厕所都是人了，甲板上就不用说了。甲板上坐人是可以的，怎么厨房和厕所也都卖票吗？

若不是马伯乐亲眼看了，你讲给他听，他是不信的。马伯乐一开厕所的门，那里边躺着一个。马伯乐到厨房去装饭，灶口旁边横着一个。开初他也是不能明白，后来经过别人一番讲解，他才算明白了。

那就是生了虎列拉的到厕所去昏倒在里边的了。到厨房去装饭的发了疟子，特别怕冷就在火灶旁倒下了。

这船上有伤兵，有换防的兵。伤兵可一看就看得出来，反正是受了伤的，这里包着一块白布，那里包着一块白布的。至于那从前线退下来换防的，可就有些认不出来了，也穿着军衣裳，也戴军帽子，问他有什么执照，他不肯拿出来，他把桌子一拍，把脚一跺，有的竟把眼睛一瞪。

船老板也就不敢再问他了，他是没买票的。

这船的空气不大好，腥气，好像载着一船鱼似的，而不是载着人。又腥气，又潮湿，用手摸一摸什么，什么都湿漉漉的，发黏的。

马伯乐一上了这船就睡着了，这像在火车上一样，睡得打着鼾，吹着气。不到吃饭的时候不起来。

马伯乐住的是舱底，是特殊阶级，和船老板住在一起。租的是茶房的床，床上是硬板铺小席头，虽然铁硬，臭虫很多，但把自己的被褥拿出来一铺上，也就很舒服了。臭虫虽然偶尔出来活动一会，总算不很多，还没有那上海的旅馆的臭虫多呢。

马伯乐睡在这舱底下，觉得很舒适，靠着马伯乐的旁边还有一个小窗子，有时偶然也打开一会，算是通通空气。但空气就总不进来，反而有一些煤烟和碎小的煤渣落进来。于是马伯乐说：

“外边空气比舱里的空气更坏呢。”

于是又把窗子紧紧地关上了。

马伯乐睡得很沉熟，不到吃饭的时候绝对不醒。

一醒了就吃，一吃饱就睡。

那小船载着马伯乐昏昏庸庸地向前走着，走得并不起劲，好像这船没有吃饱饭似的，又好像没有睡好觉似的，看起来非常懒散，有一打无一打地向前混着。江上的波浪来了，这船并不像别的船，用船头把那波浪压下去，而是不进不退地让那波浪打着它，然后让那波浪自动地从那船底滚过去了。当那波浪从船底滚过的时候，船身就东摇西晃了起来，波浪显得太残忍了一点，怎么对于这样一个完全老实的小船也不略微地加以体恤、加以可怜呢！

“唉！无情的波浪啊！无情的江水啊！”

全船的船板，通体上下都感伤起来，咯咯喳喳地在响叫了。

一阵浪来了，就这样子对付过去了。

若来了风，这风比波浪更坏，把船吹得歪歪着走。向前进不是向前进，向后退不是向后退，而好像从那风的夹缝中，企望那风施恩的样子，请那风把它放了过去。

那风若是小了一点，这老实的小船就吭吭了一阵也就过去了。

假使那风再大？这小船可就打了横了，不进不退，把船身歪歪着，似乎在形容着这风大得无以抵抗了。

这船是忠实又老实，实事求是，绝不挣扎，到了必要的时候，就是把那满船的搭客翻到江里去也是在所不惜的。

幸好，所遇见的几阵风都不算太大，把这船略微地吹了一吹，也就放它过去了。

不然像马伯乐睡在这船底上可够受的，临时想要逃呵，那舱底连个窗户门都没有呢，何况像马伯乐似的，又睡得昏头昏脑！

这船在长江上走好几百里了，它颤颤巍巍的，岂止好几百里，总计起来，好几千里也有了，也许还上了万呢。因为这船从南京到汉口，从汉口又到南京，它来回地载着客人，上千上万的客人也让它载过了。

这都是“八一三”之后的事情。

这船每走上百八十里路就要丢了几个螺丝钉。每从南京到了汉口这一趟就要塌了一处栏杆或是断了一处船板。船板断了一处就用一块短板片浮在上边。船栏杆塌了，就用一条绳子拦住，不加修理，有人就问船老板说：

“为什么不修理呢？”

船老板说：

“不要修理了，修理就不上算了。”

那问的人不大懂得，船老板也就不再往下细说。

这船仍旧是南京一趟，汉口一趟地走着，走得非常吃力，而且受尽了人家的嘲笑。和它同一天从南京开出来的船，人家那船到了汉口，又载了新的客人和货，往回走了，整整和它遇在半路。这两个船相遇的时候，在大江上就闹了一阵玩笑。

那个完全健康的刷洗得干净的船向这个没睡醒的船说：

“走得不慢，再过两三天汉口可见。”

这没有螺丝钉的船上的水手向着那船上的水手说：

“你走得快能怎样呢？”

两个船上的水手还互相乱抛着东西，打闹得非常有趣。

本来坐在这慢船上的乘客，对于这慢船难免不有些憎恨，有些愤慨，但经那快船水手的一番嘲笑，于是也就同仇敌忾了起来，站到这慢船的一面来，觉得这慢船有一个共同的命运。

岂不知它已经保了险了呢！而他们却没有。

这船载得客人也实在载得太多了，无孔不入，就连机器房里边也有客人坐在里边抽着烟卷。

约瑟因为身体好，精力过剩，到处参观，就来到了机器房的旁边。机器房是在船底，里边格格哒哒地响着。约瑟觉得很好玩，就要下去看看，无奈那个小楼梯像个洞似的，约瑟有点害怕。那在机器旁边坐着的旅客就招呼着他，觉得这小孩穿得可怪整齐的，就说：

“小孩下来看看，我给你照个亮。”

于是在那洞似的小梯子口间就有人划着一根火柴。约瑟下去了。觉得那里边只是汽油的气味，并且热烘烘的，很不舒服，就想要立刻出来。

这时，那划火柴的人，拿了一个小圆东西放在约瑟的手里。约瑟觉得这东西热乎乎的，一看，是一个螺丝转，六棱的，觉得很好玩，也就伸出手去，随便摘了两个。

那管理机器的人，满脸油墨，走过来了，把约瑟吓了一跳，他往约瑟的手上看着，并且问约瑟：

“你拿的什么？”

约瑟把手张开了。那人看了看，又笑了，并且抚摸着约瑟的头顶：

“这小孩交关干净……拿去玩吧。”

约瑟拿着四个螺丝转，雅格两个，自己两个，大卫没有。大卫刚要一看，约瑟过去就是一掌，打在大卫的脸上。约瑟说：

“看，看到你眼睛里去怕拿不出来。”

大卫正想哭，却让母亲拉过去了。

母亲一看约瑟玩着的那东西，就问那东西是哪里来的？

约瑟说机器房里来的。

母亲说：

“这孩子，还得了，什么地方你都去，机器房也是好去的，多危险。”

母亲说完了，也就完了，雅格和约瑟就在那里玩着。母亲还说：

“好好玩吧，别打仗！”

船老板来了。母亲怕船老板来了不愿意，这不是损坏人家的船吗？母亲就假装刚刚看见，说：

“约瑟，你真是太淘气啦……你这些东西是哪儿拿来的，赶快送回去……”

岂不知这船老板可不同别的船老板，大方得很，满不在乎。说："玩吧，玩吧……够不够？不够可再到机器房去拣，那边多得很呢。"约瑟的母亲，觉得船老板这人随随便便的很不错，于是就向约瑟说：

"好好玩去吧，别打仗。"

大卫也想要去拣那螺丝转，但是因为胆小，那机器房他不敢下去。他让约瑟下，约瑟下去就拣了一把来，大大小小的，大的如铜板大，小的纽扣大。

这船载的客人也实在太多了。夜里鼾声如雷，好像是载了一船青蛙似的，呱呱地响着。白天，刚好像一家人都在吃饭，这一堆人吃光了，那一堆人再吃，那一堆人吃完了，第三堆人再吃。

厨房小，碗筷少，只得轮流着吃。每日三顿，再加上这一轮流，就闹成了川流不息，整天吃饭的现象。

因此苍蝇忽忽地飞着，饭粒掉在船板上的，人们用脚踩着，踩成了烂泥之后，就在那里发着气味。

这船的气味非常之大，人们不能洗澡，船板不能洗刷，而那厕所太小了，不够用的，于是人们就自动地把厕所的周围都开辟了起来，又开辟了一个天然厕所。所以这船每当靠岸的时候，检疫处的人员都不肯上来检查，只坐着小汽艇来到了江心，老远招呼着：

"船上有病人没有？"

船上说：

“没有。”

于是，这船可以开到码头去了。

马伯乐的这只船临到了汉口码头的时候，人们连骂带吵地就在甲板上闹着。船老板站在小扶梯上把头从舱底探了出去。船老板用演说教导他们。

这船的乘客们不知怎么的，一路都是服服帖帖的，给苍蝇吃，就吃苍蝇（饭里带苍蝇）；给开辟了一个天然厕所，也不反对。唯独一到码头，大家就都吵了起来。一边拍着行李，一边踢着船板：

“这是他妈的什么船，真害人哪！”

“这船，他妈的还让人家买票！”

“这船，烧火吧！”

从太阳一出来，影影绰绰的就看见汉口了，在长江的边上，在一堆蓝瓦瓦的青烟里边。

人们从那个时候，就开始整理东西，好像是说稍微慢了一点，就怕来不及下船了。船的甲板上，其中有几个年老的人，年老的人是到处落伍。无怪乎那优胜劣败的哲学是千对万对的。看吧，甲板上坐着三个老头，一个五十多岁，一个六十多岁，一个七十多岁，其实不用看，一想就知道他们三个必将成为劣败者。他们的手是颤抖的，捆起行李来是哆哆嗦嗦的，好像那行李里边包着动物似的。

所有船上的人从太阳刚一冒红的时候，就开始收拾，收拾到小晌午，早都收拾好了，就等汉口一到，人们提着东西就下去了。

但是汉口却总是不到，走了半晌午，那汉口还是看去在蓝烟之中。船上的人因为下船的心太急切了，就都站起来不肯坐下，往那远的一堆的蓝烟看去。

有的说：

“快，二十四拜都拜了，只差这一哆嗦了。”

有的说：

“王宝钏十八年的寒窑都耐过了，这五六天算什么。”

有的说：

“心急吃不了热枣粥。”

“心急成吗？心急成不了大英雄。”

“心急没官做。”

就是那说不心急的人，一边说着一边急得在甲板上打转。那些听着的人，也越听越站不住脚。就像自己知道了自己有那么一种弱点的人，起誓发愿他说：“我若再那么着，我是王八蛋。”结果自己成了王八蛋了，因为他非那么着不可。这船夜以继日地突突地向前进着，永远前进不出什么结果来，好像让什么人把它丢进泥河了似的。那江上的每个波浪每个泡沫似乎都带着黏性，把船底给粘住了。眼看着汉口，手指着汉口，可就是到不了汉口。从太阳一冒红，就看见汉口在一片蓝瓦瓦的气象之中，到现在已经小晌午了，往汉口那方一看，依旧仍是“松下问童子，云深不知处”。

这船上的乘客，有些是去过汉口的，有些是第一次。那去过汉口的就当众炫乎着，说那江汉关口有一个大钟楼，那大钟楼是多么高，多么高！离得好远就看得见了。

有些没有去过汉口的就跟着大家往那边看，但是无论怎样看，也看不到。年老的人说：

“我的眼睛老花了，你们往那边看看，是不是那就是大钟楼的尖顶呢？”吃完了午饭，到了下半天，那钟楼的顶尖还是一点也看不见。

到了三四点钟，那钟楼还是一点也看不见。

又是晚饭了，那钟楼还是一点也看不见。

于是人们目瞪口呆，你看着我，我看着你。这船慢得这样出奇，把人们全吓住了。

“难道真个还要摊开行李睡觉吗？”

其实是不用怀疑了，今夜是下不了船的。但人们总觉得还有希望，所以都一声不响地坐着，还在等待着。

等那船上的水手说：

“今天算是到不了喽。”这才算完全给人们断了念头。有的时候，断念是好的。

本来那船上的水手，一早说这船今天会到，但也没有说得十分肯定。也不过就是“可能到”，“或可到”，“有到的希望”的意思。

但那些心急的乘客一听了就变成了“非到不可”了。

第二天，一早晨起来，人们就骂着。汉口的确离着不远了，那大钟楼已经看得清清晰晰的了，江面上的舢板船还有大帆船，是那么多。江上发着各种声音，说话声，打水声，还有些噢呵——纤绳的声音。但是人们不看这些，人们一边捆着行李，一边骂着。

有的说腰痛，有的说腿痛，有的说肚子痛，还有的说眼睛昨天晚上受了风。好像只差了昨夜的这一夜的工夫，就出了许多乱子。假若昨天这船若是到了，这一切病症都不会发生。

有的说，昨天晚上的风特别厉害；有的说，昨天晚上的饭特别生硬，吃了肚子痛；有的说，他三十多年的老病，没有犯过，昨天晚上这一夜就犯了。另一个听了就接着说：

“可不是，十多年前，我这腿肚子让疯狗咬了一口，落了一个疤。经你这一提，我才觉得昨天夜里就觉得发痒。”

另一个又说：

“可不是嘛，这是一股子大邪风。”

另一个说：

“邪风就犯病的……”

于是乎一个搔背，一个抓腿。一个说背痛，一个说腿痒。而恰巧是他们两个又都是老病，而这老病，又都是因为昨晚这一夜工夫而犯的。他们两个，十分同病相怜。

一个说：

“到了汉口，你应该买块膏药贴上。”

一个说：

“到了汉口，你应该买瓶虎骨酒喝了。”

大概这船用不了一个钟头，就可以靠岸的。

但是人们都不怎么高兴，人们的嘴里都在嘟嘟着。

有的说：

“这样的船，就不该载客。”

有的说：

“这是在咱们中国，如果在外国，这样的船早就禁止航行了。”

有的说：

“不但禁止航行，且早就拆了呢。这样的船是随时可以发生危险的。”

有的说：

“这样的破船，还不如老水牛，还要船票钱……”

另一个接着说："不但要船票钱，好嘛！船底一朝天还带要命的。"

在舱里的船老板，听到他们嚷嚷好些时候了，最后，他听到他们越嚷嚷越不像话了，且有牵涉到这船要出乱子的话。船老板就把头从舱底的小扶梯间探了出来。开初他静静听了一会，而后他发表了一篇演说：

"你们说话不合乎国情，在美国，美国是工业国家，像咱们这样的破船自然是要不得的了。你也没看看，咱们是什么国家？咱们是用木船的国家呀！咱们只配用木船。现在有了汽船了，虽然不好，但总算是汽船呀！虽然说是太慢，但总比木船快呀！诸位不要凭感情用事，要拍一拍良心，人总是有良心的。吹毛求疵，那是奸徒之辈。在我全国上下一心抗敌的时候，不怕任何艰苦，有钱出钱，有力出力，这才是我伟大中华民族的精神，才配做黄帝的子孙。"

船老板的演说，演完了，把头缩回去了，刚刚下到了舱底，是马伯乐睡醒的时候。他睡得昏头昏脑的，就听得甲板上有人在大说大讲的，他想要起来去看一看吧，心里明白，身子不由主；因为自淞江桥摔昏了那一回以后，他就特别愿意睡觉，而且越睡越醒不过来，浑身酸痛。

正这时，船老板从扶梯下来了。

马伯乐瞪着通红的眼睛问着：

“什么事？”

船老板把两手指放在自己的鼻子尖上，笑得端着肩膀缩着脖，说：

“我两千块钱兑过来的这小破船，我保了八千块钱的险呢。这船翻了，我去领保险费。这船不翻，跑一趟就对付二三百……老弟，你说够本不够本……”

船老板还在马伯乐的肩膀上拍了一下。

马伯乐本来要骂一声“真他妈的中国人”，但经过一拍，他觉得老板是非常看得起他，于是他觉得船老板这人是多么坦白呀！是一个非常正大光明的敢作敢为的有什么就说什么的一个天真的人。于是马伯乐就问：

“是哪一家保险公司呢？像这样的船，保险公司肯保吗？”

因为马伯乐的父亲曾经开过保险公司，马伯乐常跟着在保险公司里转，总算关于保险有一点知识。船老板瞅了他一眼，回说：

“通融吧啦！中国的事，一通融还有不行的吗？”船老板说得高兴了，于是又拍着马伯乐的肩膀，甜蜜蜜地自信地说：“中国无论什么事，一通融是没有不行的哪！老弟。”

正说得热闹之间，马伯乐太太来了，她抱着小雅格，牵着约瑟，从小扶梯上扑扑腾腾地走下来了。走下来一听，他们正谈着这船的问题。老板把头回过来，又向太太说了一遍，大意是：这船的本钱两千块，假若船翻了就去领保险费，若是不翻，跑一趟就是二三百……

太太是很胆小的，坐火车就怕车出轨，乘船最忌讳船翻。但船老板说完之后，却很冷静的，似乎把生命置之度外了。她向马伯乐说：

"保罗，你看看人家，人家有两千块钱，一转眼就能够赚两万……你就不会也买这样一条便宜的船，也去保了险。不翻，一趟就是二三百，翻了就去领保险费。"

马伯乐说：

"保险，不是容易的呢，船太糟了，保不上。今天保了，明天就翻了，谁给你保呢？"

船老板在一边溜着缝说：

"通融呀！"

马伯乐太太没有听懂，她说：

"怎么？"

船老板说："通融去嘛！"

马伯乐太太一想就想起来了，向着马伯乐说：

"那大陆保险公司，马神父不是股东吗？让马神父从中说一句话，什么事办不了。"

太太越想马伯乐这人越不中用，就说：

"那马神父和父亲多么要好，让他做什么他不做？"

马伯乐说：

"人家未必肯呢！"

太太说：

"马神父是信耶稣的人，信耶稣的人是最喜欢帮人家忙的人。"

马伯乐说：

"这是良心问题。"

太太说：

"什么良心问题？"

马伯乐说：

"船翻了不淹死人吗？"

太太说：

"你也不看看这是什么时候，逃起难来还怕死吗？"

船老板在一边溜着缝说：

"说得对呀，买一只船做做好事，多救几条命也是应该的。"

这时候在甲板上又有些人在骂着，在说着疙瘟话。

船老板越听越不入耳，又从扶梯上去，又要发表谈话。

这时候有几位伤兵弟兄，就首先招呼着说：

"听老板发表演说啦！"

于是果然展开了一个很肃静的场面。老板第一句就说：

“我为的什么？”而后很沉静他说了第二句，“诸位是为的逃难，是想要从危险的地方逃到安全的地方去。而我呢，南京一趟，汉口一趟，我是为的什么？我是为的诸位呀！换句话说，我就是为的我们的国家民族。若不然，我们何必非干这行子不可呢？就说我这只船吧，载点别的什么货物不行吗？难道不载客人就烂到家里了吗？不过就是这样，在国难的时候，有一分力量就要尽一分力量，有枪的上前线，没枪的在后方工作。大家在逃难的时候，忍耐着一点，也就过去了，说三道四，于事无补，白起摩擦，那是汉奸行为。”

船老板前边说了一大段，似乎不像演说，到了最末尾的两句，才算抓到了一点演说的精华。因为从前他在家乡的时候，做梦也没有想到他要当众发表演说的。他在家乡当一名小跑街。现在他想要练习也就来不及，也不过每天读读报纸上的社论，多少的在那里边学习一点。国家民族的印象给他很深。尤其是“汉奸”那印象最深，吃饭，睡觉，也忘记不了，随时提防着总怕自己当了汉奸。

一开口讲话也总是“汉奸”“汉奸”的，若是言语之间没有“汉奸”这两个字，就好像一句话里没有主题。“汉奸”这两字不知不觉地已经成为船老板的灵魂了。若没有了“汉奸”，他也就没有灵魂了。

他说他船上的水手不好好干活的时候：

“你这不是汉奸吗？吃人家的饭，不给人家干活。”

他跟老婆起誓的时候，他说：

“我要有那娶小老婆的心肠，我就是汉奸。”

而最好玩的，而最说得活灵活现的就是从老子推到了儿子，从上一代推到下一代的那种又体贴又怜惜的口吻。当他回到家里，抚摸着他的孩子玩的时候，他说：

“你妈不做好事，养了你们这一群小汉奸哩！”因为他的孩子们把他的自来水笔拉下去在玩着。

船老板刚刚演了那篇说，下到舱底还没有多久，就又上到甲板上来，据说，又作了一篇星期论文。因为这船上有几个青年学生，这学生之中，其中有一个是曾经住过报馆的。

当船老板又在小扶梯上露头，仅仅是一露头，还完全没有开口呢，他就给加以预测。他说：

“船老板来作星期论文了，大家静一静。”

这“星期论文”四个字，大家都不大懂。正在愣头愣眼的时候，船老板那醒目惊心的洋洋大文就开了头了。

刚一开头，就“汉奸”“汉奸”的。讲到后来，所涉之广，主题仍是“汉奸”。一时船上那些灰心丧气的乘客，都不大能够领教。只是嗡嗡嗡的，没大有人听。老板一看，“汉奸”不大怎么中用，于是就在煞尾处大论了一番天地良心。

他说：

“人要有良心，不然我为的什么？我这只小船，若装了一船快当货，也走起私来，不比现在款式得多嘛！但是不能那么做就是啦，这就叫作人要有良心。什么叫作有良心，有良心就是上对得起天，下对得起地。所谓天、地、鬼、神者是也。”

船老板一边说着，一边拍着胸脯，凛然一股正气，把船上所有的人都说服了，说得个个目瞪口呆，有的感动得悲从中来，含着两泡眼泪，说：

“中国亡不了……”

船老板紧接着更加深刻地表明了一番关于他还没有当“汉奸”的那种主因；陈述了关于他至今还没有当“汉奸”的那种决心。

他说：

“我没有走私，我为的什么呢？乃就是于良心的吗？”

继续着，他又说，又拍了一下胸脯，那胸脯是向前挺着的，使人一望上去，就不敢起邪念，影影绰绰的，好像“正大光明”那四个大字就题在那挺着的胸脯上。

看起来不像一位船老板了呢，像一位什么人物呢？人们一时却也归纳不清楚，只觉眼前能够站着这样伟大的人物，中国是亡不了的。

那刚强的字眼在那边响着：

“我为什么没有走私？为着天地良心。”

而后那坚决的字眼，又重复了一遍：

“我为什么没有走私？为着天地良心。”

问题越谈越远了，这一层人们没有注意到。本来问题是在这船的“慢”上，是在这船的“破”上。到了后来，这“破”与“慢”一字不提，倒好像这全船的乘客，大家伙都没有良心似的，就好像不一会工夫大家就成串地跑过去当“汉奸”去了。

船老板又说了一遍：

“我为什么不去偕同日本人走私？我是为着天地良心哪！”

听了船老板这样反复的坚强的宣言，人们都非常感动。至于这船的“破”，这船的“慢”，那些小节目，人们早抛开了，只是向着中国整个的远大的前程迈进着。

乘客们在感动之余，不分工、商、农、学、兵，就一齐唱起《义勇军进行曲》来！

……起来，不愿做奴隶的人们，

把我们的血肉筑成我们新的长城，

中华民族，到了最危险的时候，

……

我们万众一心，

冒着敌人的炮火，前进……

这时候，大江上的波浪一个跟着一个滚来，翻着白花，冒着白沫，撞击着船头。

回头望去，那辽阔的江水，淡淡漠漠的，看不见波浪了，只是远近都充满了寂寞。那种白白的烟雾，不但充满了大江，而且充满了大江的两岸，它像是在等待着，等待着假若来了“难船”，它们就要吞没了它。

从正面望去，这江也望不到尽头，那遥远的地方，也是一样起着白烟，那白色的烟雾，也是沉默不语的。它已经拟定了，假若来了“难船”，它非吞没了它不可。

这只渐渐丢了螺丝钉的小船，它将怎样逃出这危险呢？它怎么能够挣脱了它的命运？

那全船的乘客却不想到这些，因为汉口就在眼前了。他们都在欢欣鼓舞地张罗着下船，这船给人们的痛苦越大，人们就越容易快活，对于那痛苦也越容易忘记。

当全船的人，一看到了江汉关前那大钟楼，几乎是人人心里想着：

“到了，汉口到底是到了。”

他们可没有想想，这得以到了汉口的，是他们自己争取的呢？还是让船老板把他们乌七八糟地运到的？

总之，他们是快乐的，他们是喜出望外的，他们都是些幸运儿，他们都是些天之骄子。一个一个地摸着下巴，张着嘴，好像张着嘴在等着吞点什么东西似的，或者他们都眼巴巴地要把那江汉关站着的大钟楼吃下去似的。

有的人连“到了，汉口到底是到了”这句感慨的话都没有，只是心里想着：

“上岸之后，要好好洗一个澡，要好好地吃一顿。”

一会工夫，船就停在了那大钟楼前边的江心上。这并不是到了码头，而是在等候着检疫处的人员上来验病的。

检疫处的人来了，坐着小白汽艇，干净得好像条大银鱼似的。那船上的检疫官也全身穿着白衣裳，戴着白帽子，嘴上还挂着白色的口罩。

那小汽船开得非常之快，哇啦哇啦的，把江水搅起来一溜白浪。这小汽船跑到离江心三丈多远的地方，就停下来。那检疫官向着江心大喊着：

“船上有病人没有？”

船老板在甲板上喊着：

“没有。”

于是那检疫官一摆手！

“开吧！”

于是载着马伯乐的这汽船，同时还载着两三个患赤痢的，一个患虎列拉的，就开到码头上去了。

船到了码头，不一会工夫，船就抢着下空了。

他们都是天之骄子，他们活灵活现的，他们快活得不能自制，好像在一小时之前，他们刚刚买了彩票中了头彩的样子，快活到发狂的程度，连喊带叫的。人们跑到了岸上，人们就都散开了。

没有一个人在岸上住一住脚，或者是回过头来望一望，这小船以后将出什么危险！

这个，人们根本就没有放在心上。不一会工夫，那抢着登到岸上去的人，连个影儿都不见了。

第五章

马伯乐到了汉口，没有住在汉口，只在旅馆里边住了两天，就带着太太和孩子搬到武昌来住了。因为那边有他父亲的一个朋友，原先在青岛住的时候，也是信教的，可不知现在信不信了，只见那客厅里边摆着一尊铜佛。

马伯乐一到了汉口，当天就跑到了王家的宅上去拜会了一趟。

那王老先生说：

“你们搬到武昌来住吧！ 武昌多清静。俺在武昌住了将近十年……离开了青岛，到了汉口就住武昌了。一住住到今天，俺……”

那山东的口音，十年居然未改。马伯乐听了觉得很是亲热。

不一会工夫，又上来了两盘点心。马伯乐一盘，王老先生一盘。那是家做的春卷，里边卷的冬笋、粉条、绿豆芽，其味鲜而爽口。马伯乐一看那点心，就觉得人生是幸福的。

本来他是很客气的，不好意思开口就吃，但这哪能不吃呢？那是黄洋洋的用鸡蛋皮卷着的，真干净得可爱呢，真黄得诱眼呢！

马伯乐开初只在那蛋卷的一头，用刀子割了一小点，送到嘴里去，似乎是在尝尝。他自己心里想，可别吃得太多，吃得太多让人家笑话。

当他跟王老先生谈着的时候，他不自觉地就又割了一小点送到了嘴里。

谈话谈到后来是接二连三地谈着。王老先生问他父亲那保险公司里还有点股子吗？

马伯乐说：

“没有了，抽出来了。”

马伯乐一张嘴就把一块切得很大的蛋卷送到嘴里去了。还没有来得及咽下，王老先生就又问他：

“听说你父亲又捐了一块地皮，建了一座福音堂？”

马伯乐说：

“还没有，还没有。”

他一张嘴就又把一块切得很大的蛋卷塞到嘴里去了。

这回这嘴可嫌太小了点，蛋卷在那里边翻不过身来，挤挤擦擦的，好像那逃难的火车或是那载着逃难的人的小船似的。马伯乐的嘴里边塞得没有立足之地了。

马伯乐想，这回可糟糕，这回可糟糕！因为那东西一时咽不下去，人又不是鱼或是蛇，吃东西可以整吞的。可是马伯乐的舌头，不容它翻过身来。

这一下子马伯乐可上了个当，虽然那东西好歹总算咽下去了，但是把马伯乐的眼圈都急红了。

过半点钟的样子，马伯乐没有再吃。

谈来谈去，总是谈得很连贯的，马伯乐偶尔把眼睛扫了那蛋卷一下，就又想要动手，就又想要张口。恰好那女工又送上来一盘热的，是刚从锅底上煎出来的。

马伯乐一看，心里就想：

“这回可不能吃了，可不是闹着玩的。”

当那蛋卷端到他面前的时候，他回避说：

“够了，够了。”

可是女工仍旧把那碟子放在他的旁边。

马伯乐想：

“可别吃，可别吃。”

连眼睛往那边也不敢望，只是王老先生问他一句，他就回答一句。不过一个人的眼光若没有地方放，却总是危险的。于是马伯乐就把眼光放在王老先生说话时那一动一跳的胡子上。

王老先生那胡子不很黑，是个黄胡子，是个一字胡，很直很厚，一跳一跳的，看了好半天，怪有趣儿的。一个人的身上，若专选那一部分去细看，好比专门看眼睛或者专门去看一个人的耳朵，那都会越看越奇怪的。或者是那耳垂特别大，好像观音菩萨似的；或者是那耳垂特别尖，好像烙铁嘴似的，会觉得很有趣儿的。

马伯乐正看得王老先生那黄胡子看得有趣的时候，那王老先生一张嘴把个蛋卷从胡子下边放进嘴里去了。

马伯乐受了一惊：

“怎么的，吃起来了！”

马伯乐也立刻被传染了，同时也就吃了起来。

一个跟着一个的，这回并没有塞住，而是随吃随咽的。因为王老先生也在吃着，没得空问他什么，自然他也就用不着回答，所以让他安安详详地把一盘蛋卷吃光了。

这一盘蛋卷吃得马伯乐的嘴唇以外还闪着个油圈。

吃完了。王老先生问他：

“搬到武昌来不呢？”

马伯乐说：

"搬的，搬的。"

好像说：

"有这么好吃的蛋卷，哪有不搬的道理。"

回到旅馆里，太太问他：

"武昌那房子怎么样？"

他说：

"武昌那蛋卷才好吃呢！"

太太在搬家的一路上就生着气，把嘴噘着。当上了轮渡过江的时候，江风来了，把她的头发吹蓬得像个小蘑菇似的，她也不用手来压一压，气得和一个气球似的，小脸鼓溜溜的，所以在那过江的轮渡上，她一句话不讲。

小雅格喊着：

"妈妈，看哪！那白鸽子落到水上啦，落到水上啦。"小雅格喊完了之后，看看妈妈冷冷落落地站着，于是雅格就牵着妈妈的衣襟，又说：

"妈妈，这是不是咱家那白鸽子飞到这儿来啦？"

大卫在一边听了就笑了。说：

"这是水鸟啊，这不是白鸽子。"

约瑟说：

"那还用你说，我也认识这是水鸟。"

大卫说：

“你怎么认识的？”

约瑟说：

“你怎么认识的？”

大卫说：

“我在书上看图认识的。”

约瑟说：

“我也从书上看图认识的。”

大卫瞧不起约瑟的学问。约瑟瞧不起大卫的武力。

大卫正要盘问约瑟：

“你在哪本书上看过？”

还没来得及开口，约瑟就把小拳头握紧了，胸脯向前挺着，叫着号：

“儿子，你过来。”

马伯乐看着这两个孩子就要打起来了，走过去就把他们两个给分开了。同时跟太太说：

“也不看着点，也不怕人家笑话。”

太太一声不响，把眼睛向着江水望着。马伯乐还不知道是怎么一回子事，还在一边谈着风雅：

“武汉有龟、蛇两山，隔江相望，长江汉水汇合于此，旁有大冶铁矿、汉阳兵工厂，此吾国之大兵工厂也……”

太太还没有等他把这一段书背完，就说：

“我不知道。”

马伯乐还不知太太是在赌气，他说：

“地理课本上不是有吗？”

太太说：

“没有。”

马伯乐说：

“你忘记啦，你让孩子给闹昏啦。那不是一年级的本国地理上就有？”

马伯乐和太太嚷完了，一回头，看见大卫和约瑟也在那里盘道呢！

大卫问约瑟说：

“你说这江是什么江。”

约瑟说：

“黄河。”

大卫说：

“不对了，这是扬子江。地理上讲的，你还没有念过呢。”

约瑟吃了亏了，正待动手要打，忽然想起一首抗战歌来：

“……黄河……长江……”

原来约瑟把黄河和长江弄混了，并非不知道，而是没弄清楚。现在想起来了。

约瑟说：

“长江……”

大卫说：

“不对，这是扬子江。”

小雅格在旁边站着，小眼睛溜圆的，因为她刚刚把水鸟认错了，到现在她还不好意思，她自言自语地：

“什么水鸟！鸽子鸟。”

这时江上的水鸟，展着翅子从水面上飞去了。飞到远处绕了一个弯子，有的飞得不见了，有的仍旧落在水上，看那样子，像是在坐着似的，那水鸟胖胖的，真好像是白鸽子。

这过江的小轮船，向前冲着，向前挣扎着，突突地响着。看样子是很勇敢的，其实它也不过摆出那么一副架儿来，吓唬吓唬江上的水鸟。

遇到了水鸟，它就冲过去，把水鸟冲散了。遇到了波浪，它就打了横，老老实实地，服服帖帖地装起孙子来。

这渡江的小轮，和那马伯乐从南京来到汉口的那只小船是差不多的，几乎就是一样的了，船身吱吱咯咯地响着。

所差的就是不知道这船是否像载来马伯乐的那船似的已经保了险。若没有保险，那可真要上当了，船翻了淹死几个人倒不要紧，可惜了这一只小船了。

但从声音笑貌上看来，这小船和载来马伯乐的那只小船完全是一母所生。没有第二句话，非兄弟，即姊妹，因为它们的模样儿是一模一样的，那声音是突突地，那姿态歪歪着，也是完全相同。

这船上的人们，都好像马匹一样，是立着的，是茫然不知去向的，心中并没有期待，好像他们自己也不知道目的地。甚或他们自己也真变成一匹马了，随他的便吧，船到哪里去就跟着到哪里去吧。

因为是短途，不一会工夫也就到了。从汉口到武昌，也就是半点钟的样子。

黄鹤楼就在眼前了。

马伯乐觉得一切都妥当了，房子也有得住了，逃难也逃完了，也逃到地方了，太太也带来了。

太太一带来，经济就不成问题。马伯乐觉得一切都"OK"，一高兴，就吟了一首黄鹤楼的诗，"诗曰"，刚一开头，马伯乐想不起来了，只记住了后两句：

> 黄鹤一去不复返，
> 此地空余黄鹤楼。

太太站在这里一声不响，她的心境，非常凝练，她不为一切所感，静静地站着，什么水鸟、黄鹤楼之类，她连看也未看在眼里。她心里想着武昌那房子到底是个怎么样的，越想越想不出来。想来想去，窗子向哪面开着，门向哪面开着，到底因为她没有看过，连个影子也想不出来。

“到底是几间房子，是一间，还是两间？”

她刚要说出口，心里一生气就又不问了。哪有这样的人呢！连自己要住的房子都不知几间。她越想越生气，她转着那又黑又大的眼睛，用白眼珠瞪着马伯乐。

马伯乐一点也不自觉，把两只手插在裤袋里，他一高兴，就又把那黄鹤楼的两句诗大诵了一遍：

黄鹤一去不复返，

此地空余黄鹤楼。

因为他的声音略微大了一点，全船的眼睛，都往他这边闪光。

马伯乐心里说：

“真他妈的中国人，不懂得鉴赏艺术。”

不一会，船到了码头，就都心急如火起来，跳板还没有落下来，有的人竟从栏杆跳出去了。等那跳板一落，人们就一拥而出，年富力强的往前冲着，老的弱的被挤得连骂带叫。

马伯乐抱着小雅格，他的脑子里一晃忽，觉得又像是来到了淞江桥。

走到了岸上，他想：这可奇怪，怎么中国尽是淞江桥呢！

马伯乐流了一头汗，鼻子上跌坏的那一块蒙着药布还没有好呢。

但这仅仅是吓了马伯乐一下，实际上是并没有什么的，不一会工夫也就忘记了。何况逃难也逃到了终点，房子也有了，经济也不成问题了。

所以不一会工夫，马伯乐就又活灵活现了起来，他叫洋车的时候，他就打了那车夫，因为从汉阳门码头到磨盘街本来是八分钱，现在要一毛二，这东西真可恶，不打他留着他嘛！

“他发国难财呀，还有不打的嘛！”到了王公馆，马伯乐还这么嚷着。

王老先生点头称是，并且说：

“警告警告他们也是对的。”

王老先生又说：

“我前天囤了点煤炭，三天就赚五分，五天就是一毛钱的利……俺早晨起来，去打听打听市价，你说怎么样？俺叫了一个洋车，一开口就是一角半。平常是一角，现在是一角半啦，俺上去就是一个耳光子，打完了再说……”

马伯乐在旁边叫着：

“打得对，他发国难财呀。”

马伯乐太太一进屋就看见客厅里摆着那尊铜佛了，她想，莫不是王先生已经不信耶稣教了吗？所以教友见了教友那一套应酬的话，太太一个字没敢提，只是心里想着，赶快到自己租的那房子去吧。

太太和孩子们都坐在沙发上，只是约瑟是站着的，是在沙发上跳着的，把那蓝色的罩子，踩了一堆一堆小脚印。太太用眼睛瞪着约瑟，约瑟哪里肯听。太太的脸色一阵红一阵白，她心里说：孩子大人都这么会气人。嘞嘞嘞嘞的，也不知嘞嘞些什么。她用眼睛瞪了马伯乐好几下。马伯乐还不明白，以为是茶洒在衣服上了，或是什么的，直是往自己西装的领上看着，看看到底也没有什么差错，于是还和王老先生谈着。

一直谈到昨天所吃的那蛋卷又端上来了。于是马伯乐略微地吃了两个。

吃完了，才告辞了王家，带着东西，往那现在还不知房子在什么地方的方向走去，只是王家的那男工在前边带领着。

太太气得眉不抬，眼不睁。

在那磨盘街的拐角上，那小院门前连着两块大石头，门里长着一棵枇杷树，这就是马伯乐他们新租的房子。

在那二楼上，老鼠成群。马伯乐先跑上去看了一趟，一上楼就在楼口把头撞了一下。等上去，第一步就在脚下踩着一个死老鼠。

这房子空空如也，空气倒也新鲜。只是老鼠太多了一点，但也不要紧，老鼠到底是怕人的。

马伯乐一站在这地板中央，那小老鼠就不敢大模大样地跑了，就都缩着脖子在门口上转着滴溜溜的闪亮的眼睛，有五个都藏起身子来了。

一共两间房。

马伯乐对于这房子倒很喜欢，喜欢这房子又破又有老鼠，因为这正和他逃难的哲学相符，逃起难来是省钱第一。

这时太太也上楼来了。太太的意见如何，怕是跟马伯乐要不一样的。

第六章

马伯乐每天早晨起来，都静静地向着窗口观望着那枇杷树，很久很久地观望。久了，不单是观望，而是对那枇杷树起了一种感情了。下雨天，那树叶滴滴答答地往下滴着水，尤其是夜深人静的时候，那从树上滴下来的水滴似乎个个都有小碟那么大，打在地上啪嗒啪嗒的。

马伯乐每天早晨起来，都是静静地观望那枇杷树，有时手里拿了一本书，对着那窗口坐着。

马伯乐觉得人生是幸福的。人生是多么幸福，要吃有吃，要喝有喝，窗外还有枇杷树。

马伯乐在这房子里已经是五六天过去了。太太虽然闹了几场，是因为这房子太坏。马伯乐并没有把这事放在心上，因为他想：已经来到汉口了，你可就跑不回去了。

于是他心安理得地过起生活来。何况离他住的地方不远，就有一个“未必居”包子铺，他又可常常去买包子吃了。

他每一次和太太怄气，就去买包子吃，吃了三五个回来，果然气就没有了。屡试屡验，非常之灵。

“未必居”包子铺，转了两个小弯就可以到了，门口挂着一块牌匾，白匾黑字，那块匾已经是古香古色的了，好像一张古雅的字画，误挂到大街上来了。

“未必居”包子铺一向不登广告，门口也并没有什么幌子，只凭着“未必居”三个字，也看不出这三个字就有包子含在其中。但是它的名声远近皆知。住在汉口的，过到武昌来，若是风雅的君子，就要到“未必居”买上几个包子带回去，或是也不管肚子饿不饿，就站在那里吃上两个热的去，连吃连声说好。吃完了，把油手指往嘴唇上一抹，油亮亮地就走出来了。

因为这包子铺是不设座位的，愿意吃不吃，愿意买不买，做的是古板正传的生意，全凭悠久历史的自然昭彰。所以要想吃热的就得站着吃。绝没有假仁假义招待了一番后讨小账的事情。

这生意做得实在古板，来了顾客不但不加以招呼，反而非常冷淡，好像你买不买也不缺你这个买主。

你走进去说：

“买包子。”

那在面案上正弄着两手面粉的老板娘只把眼睛微微地抬了抬：

“等一下。”

她说完了，手就从面案上拾起一张擀好的包子皮来，而后用手打着那馅子盆上的姣绿姣绿的苍蝇，因为苍蝇把馅子盆占满了，若不打走几个，恐怕就要杀生的，就要混到馅子里，包成了包子把那苍蝇闷死了。

买包子的站在一边等着，等到老板娘包了三五个包子之后，而后才慢吞吞地站了起来，一路赶着落在她鼻子上的苍蝇，一路走过来。百般地打，苍蝇百般地不走。等老板娘站稳的时候，苍蝇到底又落在她的鼻子尖上了。

老板娘说：

“要几多？”

这时候，那锅上的蒸笼还是盖着的。

买包子的人说，要三个，或是要五个。说完了老板娘就把手伸出去，把那包子钱先拿过来，而后才打开蒸笼。包子是三分钱一个。若没有零钱，就交上了“毫票”。这时候蒸笼的盖还是不开的，老板娘又到钱篓子里找零钱去了。

等一切手续都办理清楚了，才能打开蒸笼。打开蒸笼一看，包子只剩了孤单单的一个了。

于是又退钱，又打着落在她鼻子上的那一个苍蝇。实在费工夫，这一个包子出了蒸笼。

但是买主不但不觉得不耐烦，反而觉得这包子更好吃，于是非常珍贵地用荷叶托着。临出门口的时候，还回头问着：

“等一下有吧？”

只听那里边回说：

“下半天来吧，现在不卖了。”

买包子的人，也不想一想，包子铺是为着卖包子的，为什么一会卖一会就不卖了呢？只是人人都说：

“‘未必居’那包子铺的架子才大呢，一去晚了就没有。”

不但晚了没有，来早了也是没有的，一天就是上半天有那么一阵，下半天有那么一阵，其余的时间就是有他也不卖。

买包子的人也知他明明有，他就是不卖的。因为有也不卖，人们就更佩服他的特殊的性格了。

下雨天，姑娘撑着伞去买包子，老人拄着杖子去买包子。包子越是买不到，人们就是越觉得满意，因为这包子是非常珍贵难得的。物以稀为贵，于是就觉得“未必居”的包子越发的好。

马伯乐早晨起来，拿它当点心吃。到了下午四五点钟，又觉得肚子里边空，于是一天两次去买包子。不单是买，而且还站在那里看，看到底是怎么做法。将来离开了武昌，到别的地方去，哪里还有这“未必居”呢？不如赶早学着点，将来自己下手做。

这包子和普通的包子一样是发面的，做起来圆圆的带着褶，不过发面里略微加点糖，吃起来甜丝丝的。里边也是肉馅，唯有这肉馅有些不同，是猪肉馅，肉连切也不切，先是整个大块放进大锅里去煮，煮好了取出来再切。切碎了还不能够成为包子的馅，至少要再炒一遍，炒的时候，还要放些个豆酱，其余的什么也不要了，葱、蒜都不要。

这就是“未必居”包子的要诀。

马伯乐到王公馆去，就向王老先生宣传，因为王老先生也是最喜欢吃“未必居”的包子的。马伯乐之所以认识这包子还是由于王老先生介绍的。

马伯乐说那包子一点稀奇没有，面里边放一点糖，猪肉炒一炒就是了。

王家大小姐是一个斯斯文文的大姑娘，她抢着说：

“看花容易，绣花难。若是我们也会做，人家还开包子铺做什么。”

王家大小姐，素性斯文，虽然与马伯乐自幼在一起玩，但是因为十年不见，各自都长大了。尤其是王小姐，离开青岛的时候，才十三岁，现在已经二十三岁了。

所以当她说完了这句话，就觉得有点不大得体，羞得满脸发烧，转回身就从客厅跑出去了。

因为特别慌张，在那红线绣着金花的门帘上，还把头发给碰乱了。王大姑娘的头发是新近才烫卷着的，对着镜子去修饰去了。

不承想，在那镜子里边，第一眼看到的并不是头发，而是自己红得可怕的脸色，那脸好像在下雨的夜里，打闪时被闪光所炫耀得那么红。

这是为什么呢？这是很可怕的，连她自己也不敢看了。心里头非常害怕，想不到，怎么镜子里边是那么一张脸呢？从来没有见过，可是从来不认识的。

于是她离开那镜子了，头发也并没有梳理，就到自己装饰得很好的小沙发上坐下了。坐在那里越想越生气，而也越想越冤枉，而又越想越委屈。不知道是为什么，就好像受了人家的欺侮了一般，而这欺侮又偏偏是没有什么事实的，不能对任何人去讲说的。若是在小孩子的时候，就要到母亲那里去哭一场。可是现在已经长大了，母亲并不是随时都在身边的，若说这么大的姑娘，特别遣人把母亲请来，好坐在母亲的旁边哭一场，已经是不可能的了。何况什么因由也没有呢。

于是她就在沙发上坐着，自己镇定着自己，企图把这种连自己也不情愿的伤心抑制下去。

王小姐在武汉大学里念书。武汉大学就在武昌的珞珈山上。

王小姐是去年毕了业的，所以那边不常去了。

但是那边东湖的碧油油清水，她每一想起来，她总起着无限的怀恋的心情，从前她每天在东湖上划船。宿舍就在湖水的旁边，从窗子就可以望见的。那时候也并不觉得怎样好。现在回想起来，觉得时间快得就好像做梦似的，三四年的工夫匆匆地过去了。离开那学校已经一年有余了。

王小姐过去在那学校里边是有一个恋人的，也许不是什么恋人而是朋友，不过同学们是好说这样的话的。

昨天那王小姐的朋友还来看过她，并且还带来了一束紫色的就是那东湖上的野花给她。她把那花立刻找了一个花瓶，装了水，就插上了，而且摆在客厅的长桌上了。她本来有心立刻就拿到自己房里来的，但觉得有母亲看着不好意思那样。其实那花是她的朋友送给她的，她本来不必摆在客厅里，可不知道为什么她勉强地摆在客厅里了。

可是不一会，朋友一走，她就把花端到自己的房里来。因为她越看那花越漂亮，小小的花，小小的叶，紫花中间还有白心。

现在这花就在她自己的镜台上摆着。

听说他要订婚了，不知道是真的不？昨天他来的时候，她想要像说笑话似的，随便问他一声，后来不知怎么岔过去了。

现在她坐在那为她自己而装饰的小沙发上。她看到那花瓶里的花，她就顺便想到昨天那件事情上去。她觉得真好笑，人家的事情，用咱这么费心来问他做什么？

王小姐的这间小屋，窗台上摆着书，衣橱上也摆着书，但是并不零乱，都摆得非常整齐。她的这间小屋里，成年成月地没有人进来。但是看那样子，收拾得那么整洁，就好像久已恭候着一位客人的到来似的。

尤其是那小沙发，蓝色的沙发套上缀着白色的花边，左手上一块，右手上一块，背后一块。花边是自己亲手用勾针打的，是透笼的，轻轻巧巧的，好像那沙发并不能坐人了，只为着摆在那里看着玩似的。

现在她还在沙发上坐着，她已经坐了许久了。她企图克制着自己，但是始终不能够。她的眼里满含了眼泪，她不知从哪里来的悲哀。她看一看红红的灯伞，她觉得悲哀。她看一看紫色的小花，她觉得委屈。她听到客厅里的那些人连讲带说的欢笑声音，她就要哭了。

不知为什么，每当大家欢笑的时候，她反而觉得寂寞。

最后，她听那客厅的门口，马伯乐说：

“明天来，明天来……”

于是客厅不久就鸦雀无声了。接着全院子一点声音也没有了。好像一个人睡在床上，忽然走进梦境去了似的。

王小姐听到马伯乐说“明天来，明天来”这声音，就好像十年前他们在一起玩，玩完了各自回家去所说的那“明天来”的声音一样。她还能够听得出来，那“来”字的语尾特别着重，至今未改。

但那已经是十年前了，而现在是十年以后了，时间走得多么快，小孩子变成大人了。再过几年就老了，青春就会消失了的。

一个人刚长到二十岁，怎么就会老呢？不过一般小姐们常常因为她们充满着青春，她们就特别骄傲。

于是眼泪流下来，王小姐哭着。

她想起了许多童年的事情，登着梯子在房檐上捉家雀，……下雨天里在水沟子里捉青蛙，……捉上来的青蛙，气得大肚子鼓鼓的……

王小姐一想到这里，又是悲哀，又是高兴，所以哭得眼睛滴着眼泪，嘴角含着微笑。

她觉得保罗是跟从前一样的，只是各处都往大发展了一些，比方鼻子也大了一点，眼睛也长了一些，似乎是黑眼珠也比从前大了。

她越想越觉得有意思，人是会忽然就长大了的。

“不单长大，而且还会老呢！”

王小姐心里边这样想着，一想到这里，忽然觉得保罗不单跟从前不一样了，而且完全不一样了，完全变了。

眼睛从前是又黑又蓝的，而现在发黄了，通通发黄了，白眼珠和黑眼珠都发黄了。再说，那嘴唇也比从前厚了。

一个人怎么完全会变了呢？真是可怕，头变大了，身子变长了。就连说话的声音也变了，那声音比从前不知粗了多少倍，好像原来是一棵小树枝而今长成了一个房梁了似的，谁还能说今天这房梁就是从前那棵树枝呢？是完全两样的了。

马伯乐来到汉口不是一天的了，她并不是今天才第一次看到他，那么为什么她今天才考虑到他？似乎马伯乐在十年之中都未变，只是这一会工夫就长大了的样子。

但是王小姐她自己并不自觉，因为这些日子她的思想特别灵敏，忽然想东，忽然想西。而且容易生气，说不吃饭了，就不吃饭了，说看电影就看电影去。

这样下来已经有不少日子了。

她这样的悲哀和焦躁，她自己也觉得没有什么中心主题。

只不过，她常常想到，一个人为什么要“订婚”？

而尤其是最近，那个朋友真是要订婚了吗？她早就打算随便问他一声，都总是一见了面就忘记，一走了就想起。有时当面也会想起来的，但总没有问。那是别人的事情问他做什么呢？

可是一到了自己的房里，或是寂寞下来的时候，就总容易想到这回事情上去。

一想到这回事情上去，也没有什么别的思想，也没有什么特别的见解，只觉得一个人好好的，无缘无故地订的什么婚？她只觉得有些奇怪就是了。

近来王小姐的烦恼，也就是为这“奇怪”而烦恼。

她的血液里边，似乎有新的血液流在里边了，对于一切事情的估量跟从前不一样，从前她喜欢的，现在她反对了；从前她认为是一种美德的，现在她觉得那是卑鄙的，可耻的。

从前她喜欢穿平底鞋，她说平底鞋对于脚是讲卫生的，可是现在她反对了，她穿起高跟鞋来。从前她认为一个女子斯斯文文的是最高雅的，现在她给下了新的评语，她说那也不过是卑微的，完全没有个性的一种存在罢了。

不但这种事情，还有许许多多，总之，她这中间并没有过程，就忽然之间，是凡她所遇到的事物，她都用一种新的眼光，重新给估价了一遍。

有一天下着小雨，她定要看电影去，于是穿着雨衣，举着雨伞就走了。她非常执拗，母亲劝她不住。走到街上来也不坐洋车，就一直走。她觉得一个人为什么让别人拉着，真是可耻。

她走到汉阳门码头，上了过江的轮船。船上的人很拥挤。本来有位置她已经坐下了，等她看见一个乡下妇人，抱着一个小孩还站着，她就站起来把座位让给她了。她心里想："中国人实在缺少同情心。"

她在那儿站着的时候，她觉得背后有人说话，第一个使她感到，或许就是那同学，就是那要订婚的人。

等回头一看，却是马伯乐。

这想错了似乎把自己还给吓了一跳。

马伯乐是自己一个人，没有带太太，也没有带孩子。

本来他们小的时候在一起玩，那时候，谁还有太太，谁还有孩子呢？

在马伯乐结婚的前一年，他们就已经分开了。所以今天在轮船上这样的相会，又好像从前在一起玩的时候的那种景象，非常自由，不必拘泥礼节。

但是开初他们没有说什么，彼此都觉得生疏了，彼此只点了点头。好像极平凡的，只是在什么地方见过并不是朋友的样子。过了几秒钟，马伯乐才开头说了第一句话，但是那话在对方听来，一听就听出来，那不是他所应该说的。那话是这样的：

"过江去呀？"

很简单，而后就没有了。

这工夫若不是马伯乐有一个朋友，拍着肩膀把他叫到一边去了，那到后来，恐怕更要窘了。

一直到下了轮船，他们没有再见。王小姐下船就跑了，她赶快走，好像跑似的。一路上那柏油马路不很平，处处汪着水，等她胡乱地跑到电影院去，她的鞋和袜子都打湿了。

她站在那买票。那卖票人把票子放在她手里的时候，她竟不知道她在做什么，等第二个人把她挤开的时候，她才明白了，她是来看电影的。

至于马伯乐那方面，刚刚从大痛苦中解脱出来，那就是说，受尽了千辛万苦的逃难，今天总是最后的胜利了。

管他真胜利假胜利，反正旁边有"未必居"包子吃着。眼前就囫囵着这个局势。

所以一天到晚扬扬得意，除了一天从窗口看一看那窗外的枇杷树之外，其余就什么也不管了。

太太同他吵，他就躲着，或是置之不理；再不然，他生起气来，他就说：

"你们回青岛好啦！"

他明知道他们是回不去了，所以他就特别有劲地嚷着，故意气他的太太。

他的太太又来了她的老毛病，却总是好哭。在马伯乐看了，只觉得好笑。他想：哭什么呢？一个人为什么那么多的眼泪呢？

太太的哭，显然他是不往心里去，也不觉得可怜，也不觉得可恨，他毫无感觉地漠视着她。

早晨起来，他到“未必居”包子铺去买包子。下半天睡一觉，醒了还是去买包子。

除了看枇杷树买包子之外，他还常常到汉口那方面去探信，什么人来了，什么人走了。其中有他认识的，也有不认识的。但听了之后，大体上是满意的，因为人越来越多了，后来的连房子都找不到了。很少赶得上他那么幸福的。于是唯有他才是得天独厚的，万幸万幸。

马伯乐从大痛苦中解放出来之后，他什么也不再需要了，非常饱满地过着日子。也许以后还有什么变动，不过暂时就算停在这里了。

所以王小姐对他的那种相反的热情，他根本不能够考虑，他也根本不知道。

但自从在船上的那次相会，马伯乐也或多或少地感到有点不大对，那就是当他下船的时候，他想要找到她，但是找不到了，看不见了，不知道跑到什么地方去了。他分明记得她站着的那个地方，但是那地方没有她。

没有看到也就算了。马伯乐慢慢地走着，他打算到一个刚刚从上海来的朋友那边去谈谈，听听或者有一些什么新的消息，听说“大场”那边打得最激烈，是不是中国兵有退到第二道防线的可能？去谈谈看。

马伯乐一边想着一边慢慢地走。在岸上，一抬头，他又看见王小姐了。

王小姐在前边跑着，撑着雨伞。

他想要招呼住她，但又没有什么事情，竟这样地看着王小姐走远了。蓝色的雨衣，配着蓝色的雨伞，是很深沉的颜色。马伯乐看着她转弯了，才自己走他自己的路去了。

第二天，马伯乐照样去买了“未必居”的包子来。本来觉得不饿，打算不去买了，但是几个孩子非拉着去买不可。他想既然成了习惯，也就陪着去了。可是买回来，他并没有吃，他把衣裳用刷子刷了一刷就走出去了。

等他回来的时候，小雅格手里还拿着两个包子说：

“爸爸，这是你的。”

下半天马伯乐又出去了。太太以为他又是到蛇山上去喝茶，让他把小雅格带着，觉得在家里闹。马伯乐没有带就走了。

他到王家来了两次，似乎王小姐都不在家。本来他自己也不承认是来找王小姐的，于是就在客厅里坐着，陪着王老太太谈了一些时候。谈得久了一点，他就站起来走了。

到了晚上，他又来了，恰巧客厅里边没有人，说是王老先生和王老太太都出去了，说是过江去看汉戏。

马伯乐于是问：

“大小姐在家吧？”

马伯乐到王家来，从来没有单独请问过她们的大小姐。于是那女工好像受了一惊似的，停了一停才说：

“我去看看。”

一出了客厅的门，那女工就在过道里问着一个小丫环：

“大小姐说是跟老人家去看戏，去了没有？”

那毛头小丫环还没有张开嘴，大小姐就从那枣红的厚门帘里走出来。她是出来倒水的，手里还拿着一个茶杯。显然她是在床上躺着的，头发有些乱了，领子上的纽扣开着，而且穿着拖鞋。

“你们嚷嚷什么？老太太一出去，你们这回可造反啦。”

她们说：

“不是，马先生找你。”

她想是什么马先生呢？她问：

“电话吗？”

女工说：

“在客厅里。”

王小姐把杯子放下了，放在了门旁的茶桌上。回头往客厅一看，从那门帘的缝中她看见了马伯乐。

她说：

“保罗！”

因为她受了一点惊，她就这样说了出来。她本想回到房里去，把头发梳理一下，或是穿上一双鞋子，但是都没有做到，只把领子上的纽扣扣上了就向客厅里走去。因为她分明看见了，保罗从那开得很大的门帘缝中早就看见她了。又加上近来她认为一个女子太斯文了是不好的，于是就大大方方地走进客厅去。

马伯乐看她来得这么痛快大方，就指着长桌上正打开着的一本书说：

“这书我看过的，很好，翻译得也不坏。”

王小姐把书拿到手里，合上了，看了看那封面：

“不错，是我借来的，还没有看完。”

于是就放在一边了。

马伯乐说：

“我打算借几本书看，你手头可有什么书吗？”

王小姐说：

“我乱七八糟有一些，你要看一看吗？”

王小姐带着马伯乐就到她自己房里来。一边走着一边说：

“一个人不读书是不行的。”

马伯乐也说：

“中国人，就是中国人不读书。全世界上的人，哪国人不读书？”

等进了那小房间，马伯乐还说着：

“人家外国女人，就是到公园去，手里也拿一本书。一边哄着孩子一边看书。”

“真是不同啊，咱们中国人太落后了。一出了学堂的门，谁还念书呢！念书的真是傻子。”

王小姐的屋里非常干净，书摆在窗台上。他们先去看了看那书，马伯乐随意选了几本而后才坐下来。

王小姐坐在沙发上，让马伯乐坐在镜台前边的那只小凳上。

这屋子很好，就是小了点，初一看来好像一个模型似的，但也正因为它小，才有一种小巧玲珑的趣味。

他们没有谈什么就又回到客厅里去了。在客厅里讲了一番武汉大学的情形，讲了各位教授。还有一个笑话，其中就有这么一位教授，对学生们说亡了国不要紧，只要好好地念书……

他们谈得很愉快的，似乎他们是在社交的场合中似的，只是彼此尊敬，而不能触到任何人的情感的一面。

女仆隔一会献一杯茶来。他们二位就都像客人似的坐在那里，或者以为这二位就都是这家的主人，一位是少爷，一位是小姐。

谈到九点多钟，马伯乐才走了。

二位老人家去看戏，还没有回来。

王小姐想写两封信，但都没有写成，就倒在床上睡了。睡了一些时候，也没有睡着，就听母亲回来了。经过了客厅走到她自己的房里去了。很有意思的，她一边走着一边说那汉戏的丑角怎样怎样不同，鼻子上的那白色也抹得稀奇哩！

王小姐是关了灯的，因为有月亮，屋里是白亮亮的。夜里不睡，是很有意思的，一听听得很远，磨盘街口上的洋车铃子，白天是听不见的，现在也听见了。夜里的世界是会缩小的。她翻了一个身，她似乎是睡着了。

第七章

从此以后，马伯乐天天到王家来。王小姐也因此常常候在家里，本来要看电影去或是做什么，因为一想到，说不定保罗要来的，于是也就不出去了。

在客厅里常常像开晚会似的，谈得很晚。王老太太也是每晚陪着，王老先生若是没有什么事，也没有不陪着的。

这样子过了很久，好像从前那种已经死灭了的，或者说已经被时间给隔离得完全不存在了的友情，又恢复起来了。

老太太常常指着女儿说，保罗哥小的时候这样，那样，说得似乎这些年来并没有离开过似的，有时那口语竟亲近得像对待她自己的儿子似的了。

遇到了吃饭的时候，马伯乐就坐到桌子上来一起吃饭，就好像家里人一样的，方桌上常常坐着四个人，两位老人带着两个孩子。

这样子过了很久。有一天晚上正在吃饭的时候，忽然来了一个电话，把大小姐叫出去了。

那电话设在过道的一头上。大小姐跑出去听电话，一去就没有回来。女仆进来报告说：

“大小姐不吃饭了。老太太去看看吧！”

大家一听，果然是后边房间里有人在哭。

王小姐伏在床上，把头发埋在自己的手里，眼睛和鼻子通通哭湿了。旁边的小小的台灯，从那朱红色的灯伞下边放射着光辉，因为那灯伞太小了一点，所以那灯光像是被灯伞圈住了似的，造成了铜黄色的特别凝练的光圈。

老太太问她哭什么，她一声不响。老太太也就放下那枣红的门帘口去了，好像对于女儿这样突然会哭了起来表示十分放心似的，她又回到客厅的桌上吃饭去了。

王老先生也没有细问，仍旧跟马伯乐谈着关于前线上伤兵的问题。

马伯乐说这一次打仗是中国全民族的问题，所以全国上下，有钱的应该出钱，有力的应该出力。他还讲了他要当兵打日本的决心，他说：

“我已经给家去过信，征求父亲的同意我要当兵……”

王老先生一听，似乎就不大同意，说：

“当兵自然是爱国的男儿的本分，但是有钱出钱，有力出力也就够了，我想有钱的就不必出力了。”

马伯乐一听，当兵这些话显得太热了点，怕是不大对王老先生的心思。于是就说：

“当兵，像我们这样的知识分子人家也不要啊！不过是所谓当兵，就是到前方做救护工作。”

王老先生觉得做救护工作还是一种激烈的思想，于是就劝阻着说：“我看这也不必的，要想为国家献身，何必一定到前方去。委员长说过，后方重于前方，后方也正需要人才的，比方物价评判委员会，我就在那边工作……民生是第一要紧。什么叫作民生？就是民食，尤其是在这抗战期间，物价是绝对不应该提高的。我们具有远大眼光的政府，有见于这一点，就不能不早做准备。物价评判委员会，主要的就是管理民食的总机关。”

说完了就问马伯乐：

“你也愿意找一点工作吗？”

出乎马伯乐意料的这一问，他立刻不知道怎样回答了，想了一下才说：“愿意。”

“那么我可以安置你到物价评判委员会里去。”

马伯乐赶快地问：

“那里边不忙吗？”

王老先生说：

“本来是什么事也没有，会忙什么呢？也不过就是个半月开一次会，大家谈谈，讨论讨论。”

刚说完了，就来了电话，电话铃子在过道里铃铃地响着，响了好半天才有人去接。

王老先生说：“她们一个一个的都做什么？慢慢地连电话也没人接了。”他显然说的是女仆们。

这电话显然是有事情。王老先生到那边简单地说了几句就转来了。

坐到桌子边，很快把半碗饭吃下去了。以前的半碗，半个钟头也没有吃完，现在一分钟就把剩下来的半碗吃完了。

他站起来一边说，一边把吃饭时卷起来的长衫袖子放下。

“我囤了点煤，现在趁着市价高，打算卖出去……谈着谈着，我把这桩事忘了。电话就是为这个。”

一转身，王老先生戴起黑色呢帽，拿起手杖来，很稳重地走了。似乎国家的事情要不放在这样人的身上，是会靠不住的。

王老先生走了之后，马伯乐也觉得应该走了，好像老太太一个人故意陪着似的，有点不太好。但几次想到这里，可是又都没有走，因为王小姐在那边，到现在始终没有声音。

大概是不哭了，但为什么不出来呢？

马伯乐很希望老太太能够进到小姐那屋子去一次。但是老太太像是把小姐哭的那回事给忘了似的。希望从老太太那里听一句她的情景。马伯乐几次故意往那上边提，说：

“小姐她们那武汉大学风景真好，您老没有去逛一逛吗？”

老太太说：

“是的，我去逛过啦，夏天的时候还去来的，都是桂英（女儿的名）带着我……那水呀绿油油的，那山也是好看……”

马伯乐看老太太叫桂英，他也就叫桂英了，他说：

“桂英毕业之后，没有做点事吗？”

老太太说：

“没有呢，那孩子没有耐性，不像小的时候了，长大了脾气也长坏了。”

马伯乐再想不出什么来说的了。想要走，又想要再坐一会；坐一会又没有什么再坐的必要，走又不情愿，于是就在客厅里一边犹豫着一边翻着报纸。

一直到了很晚，王老先生都回来了，马伯乐才从那个带有一个小花园的院子走出来。

他很颓唐的，他走在刺玫的架下，还让那刺玫带着针的茎子刺了脸颊一下。他用手摸时并没有刺破，而那手却摸到鼻子上那块在淞江桥跌坏的小疤痕。

夜是晴朗的，大大的月亮照在头上。马伯乐走出小院去了。

王家的男工人在他的背后关了门，并且对他说：

“马先生，没有看见吗？又来了一批新的伤兵啊！”

男工人是个麻子脸，想不到在夜里也会看得很清晰的呢，可见月亮是很大很亮的了。

一走出胡同口，往那条大街上回头一看就是一个伤兵医院。那里边收容着六七百个伤兵。马伯乐是晓得那里边没有什么好看的，也不回头，径直走回家去了。

想不到就在他住的磨盘街上，也开了伤兵医院了。那里一群兵在咕咕哝哝地说着话。

他想这定是那新来的伤兵了。等经过了一看，并不是的，而是军人的临时宿舍，那些兵都穿得整整齐齐的，并没有受伤。

马伯乐带着满身的月亮，敲着家门。因为那个院子住着很多人家，所以来给他开门的不是他的太太，而是楼下的一个女人。

不一会马伯乐就噔噔上楼去了。

太太在楼上还没有睡，手里拿着针线，不知在缝什么。

马伯乐一看就生气，一天到晚地缝。

“天不早了，怎么才回来呢？”

马伯乐往他的小帆布床上一躺：

“才回来，当兵去还回不来了呢！”

太太非常莫名其妙，但一想也许又是在外边有什么不顺心的事，于是没有理他，不一会就关了灯了。

第八章

不久马伯乐就陷进恋爱之中了。他们布置了一个很潦草的约会。

约定了夜九点钟，在紫阳湖边上会见，王家的住宅就在紫阳湖上，没有多远。

离九点钟还差十分钟，马伯乐就预先到了湖上的那个石桥上徘徊着。

他想她也快来了。时间一分钟一分钟地过着。他围绕着湖，看着湖的四周围的人家的灯光。

不一会王小姐就来了。马伯乐在想着：她来的时候，第一句该说些什么呢？或者谈伤兵吧，或者谈前方的战事。但是王小姐来的时候，这些都没有谈，而且什么也没有谈，彼此都非常大方，一走拢来，就并肩向前走去了，好像他们是同学，下课之后，他们在操场散步似的。

他们谁也不说什么，那条环湖路是很僻静的。很少有灯光，偶尔除了对面来了一部汽车，把他们晃得通体明亮，其余的时间，他们都在黑暗之中向前走着。好像他们故意选了一条黑暗的路似的。

他们走了七八分钟，才遇到了一个有光亮的街道。但是一分钟就过去了。他们仍旧消失在那黑暗的夜里。因为他们俩都没有声音，所以那脚下的石子好像代替了他们在说话似的，总是嚓嚓地在响着。

半点钟之后，他们走到一条很宽的大道上去。沿着那条道，如果再往前走，连人家的灯光也不多了。只有更远的几十里路之外，那地方有一片灯光。

那或者是城郊的什么村镇吧？

马伯乐如此地想着。

他们又走了一段，在那野地上来了两只狗，向他们叫了一阵。

他们并没有害怕，只是把脚步略略停了一停，似乎那狗是劝告他们："你们回去吧！"于是他们就转回身来往回走了。

路上仍旧是一句话不说。

他们又走了半点钟的样子，就又回到了那桥上。他们都觉得这路是很短的，不值得一走，一走就走到了头了，很快地又回到原来的地方。于是又找了条新的路，也是灯光很少的。他们又走了半点钟。

在没有灯光的地方，他们比较自由些；一到了有灯光的地方，他们两个就垂了头。他们是非常规矩的，彼此绝对不用眼光互相注视。彼此都不好意思，好像这世界上不应有这么多灯光。他们很快地回避开了。哪怕旁边有一条肮脏的小路，他们也就很快走上去了。

到了十一点钟了，他们来到了王家的门口了。王小姐在门口上停一停，站一站，似乎要说再见的了。但是她没有敲门，她向一边走去了。马伯乐也跟了上去。于是围着房子转了一周，而后又来到了门前。

王小姐又在门口上停一停，站一站，似乎是要进去了；但是她没有那么办，她又走开了。马伯乐又跟上去。又围着房子转了一周。这一次，一到那门口，王小姐走上前去就敲着门环。

马伯乐也就站开了一点，表示着很尊敬的样子，回过身去，就先走了，免得让管家的人看见。

听过了门上的门闩响过之后，马伯乐才像从梦中惊醒了似的。走在这小路上的仍旧是自己独自一个。这小石板路，年久了有的被踩平了，有的被踩出凹坑了，有的已经动动摇摇的了，被雨水不停地冲刷，已经改换了位置，或者自己压在了别的身上。

黑洞洞的，路灯都熄了。马伯乐摸索着在小路上走着。

他听到了后边有什么人在跑着，并且在叫着他。这实在出其所料，他就把脚步停下，等一等。

不一会，果然是刚刚被送进院子去的王小姐跑来了。她踏着小路上的石板格拉格拉地响着。

她跑到了身边，马伯乐就问她：

“你为什么又来了呢？”

王小姐笑着。完全不是前一刻那沉静的样子。

马伯乐说：

“你不睡觉吗？”

王小姐说：

“我睡不着……”

“为什么睡不着？”

“我不晓得。”

马伯乐伸出手来，打算拥抱她。并且想要吻她的脸颊，或者头发。

当时王小姐稍稍一举手，他就以为是要拒绝他的，于是他就没有那么做。

过了一分钟之后，他们又是照着原样走了起来。有的时候并行着走；有的时候马伯乐走在前边，王小姐走在后边；有的时候，碰到了高低不平的路，马伯乐总是企图上前去挽着她。但是也总没有做到，因为他想王小姐大概是不愿意他那么做。

这一夜散步之后，马伯乐一夜没有睡觉。他回来的时候已经是两点多钟了。

再过一个钟头鸡就叫了，天色发白了。他睁着眼睛在床上躺着。全家人都睡得非常甜蜜，全院子所有的房间里的人，也都一点声音也没有。

只有他一个陷入这不幸之中。

第二天早晨一起来，马伯乐就写了一封信。那信的最后的署名，写了“你的保罗”。这是多么勇敢的行为。

写完了，他本想亲自送去，但一想不大好，还是贴了邮票送信筒吧。

这信王小姐读后大大地感动，因为实在写得太好了（马伯乐当年想要写小说的那种功夫没有用上，而今竟用在了这封信上了的缘故）。

他们很快地又布置了一个约会。在这约会上马伯乐换了很整齐的衣裳，而且戴了手套。他装扮得好像一个新郎似的了。

王小姐无论说什么，马伯乐总是一律驳倒她。

王小姐说：

“一个人结婚不是合理的吗？”

马伯乐说：

“结婚是一种罪恶。”

王小姐说：

“假若是从心所愿的，那就不在此例了。”

马伯乐说：

“不，一律都是罪恶的。”

马伯乐这样热情的态度，使王小姐十分同情，于是把她近来的生活状况都告诉了他。

她的那位快要订婚的朋友，不但没有订婚，而且提出向她求婚的要求来了。

她把这问题公开地提出来，让马伯乐帮着她在理论上分析一下。

马伯乐一听，这简直不是什么问题，而是故意来打击他。

所以他想了一想，没有立刻就回答。他实在并不相信会有这么巧的事情。

马伯乐站起来，提议要离开这吃茶店，回家去。

说实在的，他口袋里还有一封写好的信，还没有拿出来呢。现在也用不着拿出来了。

他想既然是这样的一个女子，人人都可以向她求婚，那还有什么高贵？去她的吧！

王小姐恳求他，再坐一会不可以吗？他只说了一声“不了”，站起来就走。

他想：她原来已经有人了。

王小姐回到家里，喝了父亲的许多白兰地酒。醉了，醉得很厉害，第二天一天不能够吃什么，只是哭。

母亲从来没有谈过她的亲事，自从她长了这么大一字没有提过。

母亲现在问她了：

“你若是心目中有谁，你只管告诉娘，只要是家财身份不太差，是没有不随你的意的。”

母亲看她百般不说，就用好言好语来劝着：

“你长了这么大，娘没有不随着你的，你有什么心事，你只管讲。”

母亲越说，女儿就越哭得厉害。到后来母亲什么法子也没有，只说：

“别哭了，好孩子别哭了，哭坏了。”

到了第二天，才算勉强地起来了，坐在客厅沙发上陪着父亲谈了一会话。

正这时候马伯乐来了，在院子里边和花匠谈着话。

王小姐一听是马伯乐就跑到自己的屋子去了。

马伯乐是非常懊悔的，在他第一步踏进客厅的时候，他的脸都红了。他怕她就在客厅里，若是她在的话，他真要跑到她膝前去跪下，请她饶恕了他吧。

恰好她没有在，马伯乐才万幸地坐在沙发上。

今天，他不是自己内心的不平静，还是怎么的，就处处觉得与平常有些不同，他想或者他们的事情，家里晓得了吧？似乎那花匠也说东说西地故意在试探他。

老太太今天也好像对他疏远了一些，谈起话来都是很简单的，似乎在招待客人似的。女工进来倒了一杯茶来，他也觉得那女工用了特别的眼光在看着他。小丫环刚才在过道上看见他，就缩头缩脑地回去了，好像是看见了生人似的，并不像平常那样，笑嘻嘻的，就像见着她们家里的一员似的。

王老先生，今天并没有和他长谈，只说了三言两语，就拿了一张报纸到外房里去看报了。

每天来，一进这客厅就热热闹闹的，王老先生，老太太，大小姐，都在一起坐着；而今天，都变了，难道说变得这么快吗？

大小姐似乎不在家里的样子，难道她出去了吗？她到哪里去了？这可真想不到了。若是知道的话，可以到什么地方去找她。

她真的不在家里吗？为什么她不来？若是她真的没有在

家，那倒还好；若是在家故意不出来，这可就不好办了。

他想要问一问小丫环，这可怎么问，真有点不好意思。假若那小丫环早已在怀着敌意的话，一问更糟了。

若是在平常，他随便就问了，但是在此刻他就有点不敢问，怕是一问这事情就要揭发了似的，或者老太太就要从这客厅里把他给赶出去。他甚至想到在王家他是犯了罪的。

为什么到人家家里来，装着拜访所有的人的样子，而实际上就是单单为着人家的小姐呢！

马伯乐，他已经看出来了，王老太太的那闪着光的眼睛里边，绝对地已经完全晓得了他的秘密。

好像他犯了一件案子，虽然这案子还隐藏着没有爆发，但是非要爆发的，而且不久就要爆发，已经是不用思索的了，非是那么回子事不可，是不可救药的了。

他本想站起来就走的，但是他已经被他自己就先给吓瘫了，吓得不能动了。他的头上一阵一阵冒汗，他的身上一阵一阵像火烧的一样热。

再过一会，假若身上的血流再加一点热力，怕是他就要融化掉了。

一个人是不是会像一个雪人似的那样融化掉？他自己一阵一阵竟好像坐在云彩上了似的，已经被飘得昏昏沉沉的了。

王老先生在卧房里一咳嗽，把他吓了一抖。小猫在他的皮鞋上撞了一下，他下意识地竟以为那是一条蛇，那感觉是恶劣的。

王老太太问：

“马太太为什么好些日子不见了呢？”

马伯乐想，她问到她干什么？是不是从她那里走漏了什么消息？难道说，这事情太太也晓得了吗？真是天呵，岂有此理！

他又想，那不会的吧，有什么呢！只写过一次信，见过两次面，谈了一谈。何况太太不能晓得，就是晓得了，也没有什么越轨。但是那夜在小板路上，他差一点没有吻了她。现在想起来，才知道那真是万幸的。假若真吻着她了，到现在不成了证据吗？但是又一想：

“这不是很可笑吗？就是吻了，有谁会看见呢？”

他自己问着他自己。在那么黑的巷子里，就是吻着她了，谁还能够看见呢？没有证据的事情为什么要承认呢？

马伯乐想到这里就正大光明了起来，畏畏缩缩是万事失败之母，用不着懦怯。在这世界上人人都是强盗，何必自己一定要负责到底，迈开大步踏了过去吧。

“小韩……”

他向小丫环招呼着，下边紧接着就要问大小姐。

但是只叫了个小韩，往下的几个字就说不出来了。

明明知道说出来不要紧，但是就是说不出来了，无论如何也说不出来了。

等一分钟过后，一切机会都失去了。刚刚小韩站在他旁边的时候，问他要做什么，他说要把今天的报纸拿来看一看。

现在他手里就拿着那报纸，拿着这“劳什子”做什么呢？他非常怨恨那报纸，都是它误了事。若不是它，现在不已经明白了嘛，大小姐到底是在不在家。

接着他又做了第二个企图，想要说请老太太看电影去，并请大小姐。这是很自然的，就这么说吧。

但是没有说出来，因为他发现了这么说不大好。于是又换了个方法，又觉得不大好。实在都不大好。怎么好的方法就全没有呢！这可真奇怪。

到了后来，脑子已经不能想了，想什么，什么不对，都完完全全做不到。

于是什么人工的方法也不追求了，他就听天由命了起来。

他希望大小姐从她的房子自动地走出来，让他毫不费力地就能看到她。所以他从那门帘的缝中巧妙地注意着门帘以外的动静。那过道上有一个玻璃杯响，他以为是她出来了。小丫环噔噔地从过道跑过去，他以为一定是大小姐在招呼她，或者是招呼她打一盆洗脸水，她洗了脸，大概就要出来了。

过了半天工夫，没有出来，分明他是陷到失望里去了；

但是他不让他自己失望，他设法救了他自己，他想一定是她在穿衣裳。又过了好些工夫，还是没有动静。本来他的猜测都是丝毫没有凭据的，本不可靠的，但是他不那么想。他想她或者是在梳头发，就像隔着窗子、门他就看到了的那样。

这一梳头发，可始终没有梳完，大小姐也始终没有出来。

“不出来就不出来吧，”马伯乐在心里说着，“人是无情的呀。”

他含着眼泪走出了王家。他走在巷子里，他的眼睛上像是罩着一块不十分干净的玻璃似的，什么也看不清楚了。

他的脚步因此也散了，伸出去的脚，没有力量，似乎在那石板路上飘着，而踏不住那石板路了。

马伯乐被过重的悲哀冲击得好像一团汽沫似的那么轻浮。他勉强地挣扎着才算走到了家里，差一点没有被冲到阴沟里去。向前走，终于也就走到家里来了。这小巷子上边是天，下边是石板，而两边又都是墙壁，周密得像一个筒子似的，就是存心打算溜到一边去也是不可能的。

马伯乐从此失恋了，而且是真正的失恋。他作了不少诗，而且都是新诗。

王小姐不见他，那是实实在在的了。他写了两回信去，也都一点用处没有，于是他感到王小姐毕竟是出身高贵。高贵的女子，对于恋爱是纯洁的，是不可玷污的，所以王家的公主一怒就不可收拾了，那是必然的。

一方面虽然马伯乐是被舍弃了，但是一想到若是被公主舍弃了，别说舍弃一次，就是舍弃十次也是值得的，因为她是公主呵。因为公主是世界上很少有的。

所以马伯乐五六天没有出屋，就坐在屋里向着那窗外的枇杷树作了很多诗。

篇篇都是珍贵的杰作，篇篇都好得不得了。

马伯乐新作的诗，都保存着。诗实在是作得很好，但是没有人鉴赏。他拿给朋友们看的时候，朋友们看了之后，是不知所云的，因为马伯乐恋爱这件事情人家都不晓得。这使马伯乐很生气，他说中国人不能够鉴赏艺术。外国的诗人常常把自己的诗当着朋友去读的。而在中国什么都谈不到的，真他妈的中国人！

于是还是自己念上一遍吧：

多么值得怀念呵！

当她抚摸着我的胸口的时候。

好是好，就是有点太不贴题，这一点马伯乐自己也晓得。本来那王小姐的手连触也没触到的，怎么会抚摸到胸口上去了！ 不过作诗都是这么作，若是不这样，那还叫什么诗呢？

于是马伯乐又念第二篇：

我的胸中永远存留着她的影子，
因为她的头发是那么温香，
好像五月的玫瑰，
好像八月的桂花。
我吻了她的卷发不知多少次，
这使我一生也不能忘记。

马伯乐念完了，他自己也茫然了，他究竟去吻过谁的头发呢，他自己也不晓得，不过觉得究竟是吻过的样子，不然怎么能够这样的感动呢。

第三篇尤其好：

我为你，
我舍弃了我的生命，
我为你，
我舍弃了我的一切。

这诗一看上去就好像要自杀似的，令人很害怕。好就好在这自杀上，因为歌德的《少年维特的烦恼》，维特不是自杀了吗？这正好就和维特完全一样。

不但如此，马伯乐真的半夜半夜地坐着，他想这有什么办法呢！失恋就是失恋了。

“既失了的就不能再得。”

“既去了的就不能够再来。”

“人生本是如此的。”

“大风之中飘落叶，小雨之中泥土松。”

“冬天来了，天气就冷了。”

“时间过去了，就不能再回来了。”

“十二个月是一年，一年有四季。一切都是命定的，又有什么办法呢！”

马伯乐到王家去了几次，连王小姐的影子都没有看到。因此他越被拒绝得厉害，他就越觉得王小姐高贵。不但王小姐一个人是有高贵的情操的，就连王小姐的父母，他也觉得比从前有价值了，若是没有高贵的父母，怎么能产生高贵的女儿呢？不但王家的人，就连那麻子脸花匠兼看门倌，他也觉得比从前似乎文明了许多。每当他出来进去时，那花匠都是点头称是，好像外国人家里的洋boy一样。

马伯乐再在王家里出入，就有些不自然了，就连王家的花园，他也通体地感到比从前不知庄严了多少倍。

王家忽然全都高贵起来了。但这么快，究竟是不可能的，于是他只能承认他自己是瞎子。不是瞎子是什么？眼前摆着一块钻石，竟当玻璃看了。

马伯乐虽被拒绝了，但走出王家大门的时候，总是用含着眼泪的眼睛，回过头去恋恋不舍地望一望建筑得那么干净整齐的小院。

因此他往往带着一种又甜蜜、又悲哀的感觉回到家去。

后来他也不存心一定要见王小姐了，他觉得一见到，反而把这种关系破坏了呢。倒不如常常能围着这王家的花园转一圈，倒能培养出高贵的情绪来。

但是王小姐不久就订婚了，而且要出嫁了。

在出嫁的前两天，来了一张请帖，是用王小姐父母的名义而发出来的。

马伯乐想也没想到，她会这么快就出嫁的。出嫁也不要紧，但是不能这么快，哪有这么快的道理。

又加上那请帖上那生疏的男人的名字，非常庸俗，叫作什么“李长春”。

什么长春不长春的，马伯乐随手就把那请帖撕掉了，详细的结婚日子还没有看清。太太打算要去参加王小姐的婚礼，就把那些碎片拾了起来，企图拼凑起来再看一遍，不料刚拾起来，又被马伯乐给打散了。

马伯乐说："若是高贵的出身还能叫这名字——长春，我看可别短命。"

从此马伯乐不再作诗，又开始吃起"未必居"的包子来了。

"久违了，包子。"当他拿起一个包子来，他含着眼泪向自己说。同时想：为什么有了王小姐就忘记了包子？

一边想着，一边就把包子吃下去了，包子在他嘴里被咬着，越来越小，而相反马伯乐的眼睛越来越大，因为那眼睛充满了眼泪，像两股小泉水似的。假若他的眼睛稍稍一缩小，眼泪立刻就要流出来的。男子汉大丈夫能够随便就流泪吗？只好设法把眼睛尽量睁大。

一连串吃了八个包子之后，才觉得对于这包子总不算是无情，总算是对得起它。于是放下不吃了。到床上去睡一觉。马伯乐这一觉睡得格外清爽，醒来之后，一心要打日本去。因为大街上正走着军队，唱着抗战歌曲，唱得实在好听。

马伯乐跑到街口去一看，说："这么热闹，哪能不打日本去！"

第九章

江汉关前边过着成千成万的军队，各个唱着抗战歌曲，一夜夜地过，一清早一清早地过。广西军、广东军，湖南、湖北各处的军队，都常常来往在黄鹤楼和江汉关之间。

不管老幼瘦胖，都肩着枪，唱着歌，眼睛望着前方，英勇地负着守卫祖国的责任。看了这景象，民众们都各个庄严静穆，切切实实地感到我伟大的中华民族灭亡不了。

但很少数的，也有些个不长进的民众，看了十冬腊月那些广西军穿着单裤，冻得个个打抖的时候，说：

"哟！还穿着单裤，我们穿着棉裤还冷呢。"

说这话的多半是妇人女子，至于男人，没有说的。马伯乐一回头就看见一个卖麻花的，他提着小筐，白了头发，是个六十多岁的老头说的。

马伯乐这回可上了火了：

“女人们说这话，你男子汉大丈夫，也说得出口来？”

马伯乐一伸手就把老头的盛着麻花的筐子给捉住了。捉住之后，还在抖着，似乎要把那筐里的东西给倾倒马路上去。看热闹的人，立刻就围上来一大群。马伯乐本来打算饶了他就算了，因为那老头吓得浑身发抖，那灰白色的，好像大病初愈的那不健康的眼睛，含满了眼泪。

马伯乐虽然心里气愤，会有如此不长进的老头生在中华民国。但基于人道这一点上，他那么大年纪放了他也就算了。

但是不成，看热闹的人围上来一大群，马伯乐于是说：

“他破坏军心！”

他说完了，他自己也后悔了，不过话挤在喉咙里哪能不说呢？

立刻那老头就被一个拉洋车的踢倒。

宪兵走来了，宪兵说：

“打呀，打汉奸。”

那筐子里的被打落的麻花散了满地。

军队还在结队过着，唱着抗战歌曲，肩着枪，非常英勇。

观众们的鉴赏方法是非常高明的，冻得脸色发白，嘴唇发青一面，他们能够设法看不见。而专看那肩着枪的肩膀，和那正在唱着抗战歌曲的宽大的胸膛。也不是说看不到弱的那一面，也许看到了不敢说，或者是觉得不应该说，怕宪兵打。

在黄昏的时候，马伯乐常喜欢到江边上走走，而黄昏过兵的事情又多，去看一看那白亮亮的江水，去观一观那英勇的战士，在吃饱了饭之后，不亦一大乐趣哉！

马伯乐要当兵去的志愿，一来二去就消磨没了。越看人家当兵，就越觉得好玩，越好玩自己就越不愿意去当。

结果，他觉得当兵也没有什么稀奇的了，当不当皆可，天天看，不就等于当了吗？真的当了兵，不也就是那种样子吗？所以还是不要当了吧。

不久马伯乐又沉到悲哀里去，似乎又想起王小姐来，也或者不是，不过就只觉得前途渺茫。到江边上去看一看吧，兵们也都变了，似乎都跟他自己一样，好像个个都垂头丧气似的。凑巧又有一大队伤兵让他看见了。那一队伤兵是新从外处运到的，不是重伤，都能够披着军毯走在大街上。自然面色服装都不十分好看，但在马伯乐一看，那就更坏了。

"那不是叫花子吗？那简直是叫花子，卫国的战士变成叫花子了。"

马伯乐看了这一现象，就更悲哀了起来，回到家里，往床上一躺，想起国事家事没有一样得以解决的。

“人生是痛苦的……”

“斗争是艰难的……”

“有权的好办事。中外古今，天下一理。”

“大丈夫手中无钱到处难为人。”

“银行的存折，越花越少，家又音信皆无。”

自此以后，马伯乐那快活悠然的态度，又一天一天地减少下去，在他吃起“未必居”包子时似乎也没有以前那样得味了。他跟他的儿子大卫说：

“你跟着爸爸卖包子去吧，怎么样？”

马伯乐常想，一个人会饿死吗？做点小生意，卖卖香烟，或是掌掌皮鞋，就是卖花生米也是饿不死的，没有钱怕什么！

“大卫，明天爸爸去给你做一只小木箱，你背着。将来没有饭吃的时候，你和爸爸去卖包子。爸爸在家里做，大卫背着到街上去卖。”

马伯乐闲下来没事，就常向大卫说：

“咱们这包子专卖给无产阶级，专卖洋车夫，定价不要高，以销路大为本。二分钱一个。烧饼子也是二分一个。难道就专门不买咱的包子吗？和咱作对吗？天下没有此理。若我是洋车夫，一样的价钱，我也是吃包子而不吃烧饼的。眼看着包子好吃嘛，里边多少得有点肉。”

马伯乐有时当朋友讲着，有时当太太讲着，也有时候就自己在想，而每每想到那包子在洋车夫们面前一哄而尽了的情景，就像看了电影似的狂叫起来：

“别人的生意，都让我给挤散啦。”

马伯乐有时把大卫叫过来，当面让大卫演习一番。大卫就在地上抓起一只小木凳，腿朝天，用皮带拴在身上，嘴里唱着：

“包子热来，包子香，吃了包子上战场。包子热来，包子香，吃了包子打东洋。叮叮咚，叮叮咚。”

马伯乐想，这孩子倒也聪明，就命令他再唱一套以洋车夫为对象的，看看怎样。大卫唱着：

“洋车夫来，洋车夫，吃了包子会跑路。洋车夫来，洋车夫，吃了包子不糊涂，叮叮咚，叮叮咚。”

大卫背着腿朝天的木凳，装作卖包子的形状在地上跑来跑去。

约瑟看他哥哥跑得怪有趣的，上来就夺挂在大卫身上的木凳，他说他也要跟着爸爸卖包子。

大卫正唱得起劲，不肯给他。约瑟抬腿就踢了大卫的膝盖，伸拳就打了大卫的肚子。大卫含着眼泪，只得让给他。

不一会工夫，约瑟卖包子就卖到楼下去了。到了楼下就把别人家孩子的眼睛打出血了。

马伯乐太太从窗子往下一看，约瑟还在拿着木凳乱抡呢。

“让你买包子你不买，看你这回买不买，看你这回买不买，看你这回买不买……”

说一句，抡一圈，约瑟像个小旋风似的在楼下耍着武艺。

太太一看就生气了，说：

“无事生非。”

马伯乐一看就高兴了，说：

“能卖包子了，饿不死了。”

过了些日子，马伯乐又要修皮鞋，他说修皮鞋比卖包子更好，不用出去兜揽生意，而且又没有本钱，只用一根锥子，一条麻绳就行了。

太太问他：

“若是来了要换皮鞋底的，你用什么给换呢？”

“只缝，不带换底的。”他说。

又过了些日子，他又要当裁缝去，他又要学着开汽车去。又过了些日子，他又要卖报去，又要加入戏剧团体演戏去。

闹到后来，都没去，还是照旧坐在小楼上悲哀。

“人生是没有道理的，人生是一点道理也没有的。”

“全世界都是市侩，全世界都是流氓。”

“漫漫长夜，何日能够冲破罗网。”

“经济的枷锁，锁着全世界的人们。”

"有钱的人，不知无钱的人的苦。"

"有了钱，妻是妻，子是子。无了钱，妻离子散。"

马伯乐从此又悲哀了下去。

来了警报，他不躲（其实也无处可躲），他说炸死了更利落，免得活受罪。

等日本人架着意大利飞机来到头上时，他也吓得站不住脚了，也随着太太往紫荆湖边上乱跑，可是等飞机一过去，他又非常后悔，他说：

"跑的什么，真多余。"

"有钱的人们的生命是值钱的，无钱的人的生命还不值一颗炸弹的钱。"

小陈从上海新到的，他在电影院里混过，这次来汉口。有人找他在电影界工作。要拍一部抗战影片，缺少一个丑角，小陈就来找马伯乐去充当一下。

马伯乐想，也好的，免得在家待着寂寞。谁知到了那里，化了妆，黑红抹了满脸，不像人了。

"这不是拿穷人开心吗？"

"穷人到处被捉弄呵！"

"穷人在世界上就是个大丑角。"

自此马伯乐的心情不见起色，看见什么都是悲哀。尤其是夜里，窗外的那棵枇杷树，滴滴答答地终夜滴着水点，马伯乐想：

“下雨大地就是湿的。”

“阴天就没有月亮。”

“不但没有月亮，就连星星也没有。”

“黑暗，黑暗。”

“太阳没有出来之前，就只有黑暗。”

马伯乐吃饭睡觉，都和常人一样，只是长吁短叹这点与常人不同。虽然他永远担负着这过度的忧心，但他还是照样的健康，他也照样吃饭、睡觉、散步。只不过对于前途感到黯淡而已。

这种黯淡的生活，黯淡了六七个月。但是光明终于是要到来的，什么光明呢？

武汉又要撤退了。

马伯乐说：

“又要逃了。”

于是他聚精会神了起来。好像长征的大军在出发的前夜似的，又好像跑马场的马刚一走出场来似的，那种饱满的精神是不可挡的，是任何人也阻止不了的。

马伯乐听了这消息，一跳就从床上跳起，说：

“到那时候，可怎么办哪，快去买船票去。”

太太说：

"买船票到哪里？"

马伯乐说：

"人家到哪里咱们到哪里。"

于是全汉口的人都在幻想着重庆。

（第九章完，全书未完）

莲 花 池

全屋子都是黄澄澄的。一夜之中那孩子醒了好几次，每天都是这样。他一睁开眼睛，屋子总是黄澄澄的，而爷爷就坐在那黄澄澄的灯光里。爷爷手里拿着一张破布，用那东西在裹着什么，裹得起劲的时候，连胳臂都颤抖着，并且胡子也哆嗦起来。有的时候他手里拿一块放着白光的，有的时候是一块放黄光的，也有小酒壶，也有小铜盆。有一次爷爷摩擦着一个长得可怕的大烟袋。这东西，小豆这孩子从来未见过，他夸张地想象着它和挑水的扁担一样长了。他的屋子的靠着门的那个角上，修着一个小地洞，爷爷在夜里有时爬进去，那洞上盖着一块方板，板上堆着柳条枝和别的柴草，因为锅灶就在柴堆的旁边。从地洞取出来的东西都不很大，都不好看，也一点没有用处，要玩也不好玩。戴在女人耳朵上的银耳环，别在老太太头上的方扁簪、铜蜡台、白洋铁香炉碗……可是爷爷却很喜欢这些东西。他半夜三更地擦着它们，往往还擦出声来，沙沙沙地，好像爷爷的手永远是一块大砂纸似的。

小豆糊里糊涂地睁开眼睛看了一下就又睡了。但这都是前半夜，而后半夜，就通通是黑的了，什么也没有了，什么也看不见了。

爷爷到底是去做什么，小豆并不知道这个。

那孩子翻了一个身或是错磨着他小小的牙齿，就又睡觉了。

他的夜梦永久是荒凉的窄狭的，多少还有点害怕。他常常梦到白云在他头上飞，有一次还掠走他的帽子。梦到过一个蝴蝶挂到一个蛛网上，那蛛网是悬在一个小黑洞里。梦到了一群孩子要打他。梦到过一群狗在后面追着他。有一次他梦到爷爷进了那黑洞就不再出来了。那一次，他全身都出了汗，他的眼睛冒着绿色的火花，他张着嘴，几乎是断了气似的可怕地瘫在那里了。

永久是那样，一个梦接着一个梦，虽然他不愿意再做了，可是非做不可，就像他白天蹲在窗口里，虽然他不再愿意蹲了，可是不能出去，就非蹲在那里不可。

湖边上那小莲花池，周围都长起来了小草，毛烘烘的，厚墩墩的，饱满得像是那小草之中浸了水似的。可是风来的时候，那草梢也会随着风卷动。风从南边来，它就一齐向北低了头，一会又顺着风一齐向南把头低下。油亮亮的绿森森的，在它们来回摆着的时候，迎着太阳的方向，绿色就浅了，背着太阳的方向，绿色就深了。偶尔也可以看到那绿色的草里有一两棵小花，那小花朵受着草丛的拥挤是想站也站不住，想倒也倒不下。完全被青草包围了，完全跟着青草一齐倒来倒去。但看上去，那小花朵就顶在青草的头上似的。

那孩子想：这若伸手去摸摸有多么好呢。

但他知道他一步不能离开他的窗口，他一推开门出去，邻家的孩子就打他。他很瘦弱，很苍白，腿和手都没有邻家孩子那么粗。有一回出去了，围着房子散步了半天，本来他不打算往远处走。在那时候就有一个小黄蝴蝶飘飘地在他前边飞着，他觉得走上前去一两步就可以捉到它。那蝴蝶落在离他家一丈远的土堆上，落在离他家比那土堆更远一点的柳树根底下……又落在这儿，又落在那儿。都离得他很近，落在他的脚尖那里，又飞过他的头顶，可是总不让他捉住。他上火了，他生气了，同时也觉得害羞，他想这蝴蝶一定是在捉弄他。于是他脱下来了衣服，他光着背脊乱追着。一边追，一边小声喊：“你站住，你站住。”

这样不知扑了多少时候，他扯着衣裳的领子，把衣裳抡了出去，好像打鱼人撒网一样。可是那小黄蝴蝶越飞越高了。他仰着颈子看它，天空有无数太阳的针刺刺了他的眼睛，致使他看不见那蝴蝶了。他的眼睛翻花了，他的头晕转了一阵，他的腿软了，他觉得一点力量也没有了。他想坐下来，房子和那小莲花池却在旋转，好像瓦盆窑里做瓦盆的人看到瓦盆在架子上旋转一样。就在这时候，黄蝴蝶早就不见了。至于他离开家门多远了呢，他回头一看，他家的敞开着的门口，变得黑洞洞的了，屋里边的什么也看不见了。他赶快往回跑，那些小流氓，那些坏东西，立刻反映在他的头脑里，邻居孩子打他的事情，他想起来了。他手里扯着扑蝴蝶时脱下来的衣裳，衣裳的襟飘在后边，他一跑起来它还可拉可拉地响。他一害怕，心脏就过度地跳，不但胸中觉得非常饱满，就连嘴里边也像含了东西。这东西塞满了他的嘴就和浸进水去的海绵似的。吞也吞不下去，可是也吐不出来。

就是扑蝴蝶的这一天，他又受了伤。邻家的孩子追上他来了，用棍子，用拳头，用脚打了他。他的腿和小狼的腿那么细。被打倒时在膝盖上擦破了很大的一张皮。那些孩子简直是一些小虎，简直是些疯狗，完全没有孩子样，完全是些黑沉沉的影子。他于是被压倒了，被埋没了。他的哭声他知道是没有用处，他昏迷了。

经过这一次，他就再不敢离开他的窗口了。虽然那莲花池边上还长着他看不清楚的富于幻想的缥缈的小花。

他一直在窗口蹲到黄昏以后，和一匹小猫似的，静穆、安闲，但多少带些无聊地蹲着。有一次他竟睡着了，从不大宽的窗台上滚下来了。他没有害怕，只觉得打断了一个很好的梦是不应该。他用手背揉一揉眼睛，而后睁开眼睛看一看，果然方才那是一个梦呢！自己始终是在屋子里面，而不像梦里那样，悠闲地溜荡在蓝色的天空下，而更不敢想是在莲花池边上了。他自己觉得仍旧落得空虚之中，眼前都是空虚的，冷清的，灰色的，伸出手去似乎什么也不会触到，眼睛看上去什么也看不到。空虚的也就是恐怖的，他又回到窗台上蹲着时，他往后缩一缩，把背脊紧紧地靠住窗框，一直靠到背脊骨有些发痛的时候。

小豆一天天地望着莲花池。莲花池里的莲花开了，开得和七月十五盂兰盆会所放的河灯那么红堂堂的了。那不大健康的小豆，从未离开过他的窗口到池边去脚踏实地去看过一次。只让那意想诱惑着他把那莲花池夸大了，相同一个小世界，相同一个小城。那里什么都有：蝴蝶、蜻蜓、蚱蜢……虫子们还笑着，唱着歌。草和花就像听着故事的孩子似的点着头。下雨时莲花叶扇抖得和许多大扇子似的，莲花池上就满都是这些大扇子了。那孩子说："爷爷你领我去看看那大莲花。”

他说完了就靠着爷爷的腿，而后抱住爷爷的腿，同时轻轻地摇着。

“要看……那没什么好看的。爷爷明天领你去。”

爷爷总是夜里不在家，白天在家就睡觉。睡醒了就昏头昏脑地抽烟，从黄昏之前就抽起，接着开始烧晚饭。

爷爷的烟袋锅子咕噜咕噜地响，小豆伏在他膝盖上，听得那烟袋锅子更清晰了，懒洋洋的晒在太阳里的小猫似的。又摇了爷爷两下，他还是希望能去到莲花池。但他没有理他。空虚的悲哀很快地袭击了他。因为他自己觉得也没有理由一定坚持要去，内心又觉得非去不可。所以他悲哀了。他闭着眼睛，他的眼泪要从眼角流下来，鼻子又辣又痛，好像刚刚吃过了芥麻。他心里起了一阵憎恨那莲花池的感情。莲花池有什么好看的！一点也不想去看。他离开了爷爷的膝盖，在屋子里来回地好像小马驹撒欢儿似的跑了几趟。他的眼泪被自己欺骗着总算没有流下来。

他很瘦弱，他的眼球白的多黑的少，面色不太好，很容易高兴，也很容易悲哀。高兴时用他歪歪斜斜的小腿跳着舞，并且嘴里也像唱着歌。等他悲哀的时候，他的眼球一转也不转。他向来不哭。他自己想：哭什么呢，哭有什么用呢。但一哭起来，就像永远不会停止，哭声很大，他故意把周围的什么都要震破似的。一哭起来常常是躺在地上滚着，爷爷呼止不住他。爷爷从来不打他。他一哭起来，爷爷就蹲在他的旁边，用手摸着他的头顶，或者用着腰带子的一端给他揩一揩汗。其余什么也不做，只有看着他。

他的父亲是木匠，在他三岁的时候，父亲就死了。母亲又过两年嫁了人。对于母亲离开他的印象，他模模糊糊地记得一点。母亲是跟了那个大胡子的王木匠走的。王木匠提着母亲的东西，还一拐一拐的。因为王木匠是个三条腿，除了两只真腿之外，还用木头给自己做了一个假腿。他一想起来他就觉得好笑，为什么一个人还有一条腿不敢落地呢，还要用一个木头腿来帮忙？母亲那天是黄昏时候走的，她好像上街去买东西的一样，可是从那时就没有回来过。

小豆从那一夜起，就睡在祖父旁边了。这孩子没有独立的一张被子，跟父亲睡时就盖父亲的一个被。再跟母亲睡时，母亲就搂着他。这回跟祖父睡了，祖父的被子连他的头都蒙住了。

“你出汗吗？热吗？为什么不盖被呢？”

他刚搬到爷爷旁边那几天，爷爷半夜里总是问他。因为爷爷没有和孩子睡在一起的习惯，用被子整整地把他包住了。他因此不能够喘气，常常从被子里逃到一边，就光着身子睡。

这孩子睡在爷爷的被子里没有多久，爷爷就把整张的被子全部让给他。爷爷在夜里就不见了。他招呼了几声，听听没有回应，他也就盖着那张大被子开始自己单独地睡了。

从那时候起，爷爷就开始了他自己的职业，盗墓子去了。

银白色的夜。瓦灰色的夜。触着什么什么发响的夜。盗墓子的人背了斧子，刀子和必须的小麻绳，另外有几根皮鞭梢。而火柴在盗墓子的人是主宰他们的灵魂的东西。但带着火柴的这件事情，并没有多久，是从清朝开始。在那以前都是带着打火石。他们对于这一件事情很庄严，带着宗教感的崇高的情绪，装配了这种随时可以发光的东西在他们身上。

盗墓子的人先打开了火柴盒，划着了一根，再划一根。划到三四根上，证明了这火柴是一些儿也没有潮湿，每根每根都是保险会划着的。他开始放几根在内衣的口袋里，还必须塞进帽边里几根。塞完了还用手捻着，看看是否塞得坚实，是不是会半路脱掉的。

五月的一个夜里，那长胡子的老头，就是小豆的祖父，他在污黑的桌子边上，放下了他的烟袋。他把火柴到处放着，还放在裤脚的腿带缝里几棵。把火柴头先插进去，而后用手向里推。他的手涨着不少的血管，他的眉毛像两条小刷子似的，他的一张方形的脸有的地方筋肉突起，有的地方凹下，他的白了一半的头发高丛丛的，从他的前额相同河岸上升着的密草似的直立着。可是他的影子落到墙上就只是个影子了，平滑的，黑灰色的，薄得和纸片似的，消灭了他生活的年代的尊严。不过那影子为着那耸高的头发和拖长的胡子，正好像《伊索寓言》里为山人在河下寻找斧子的大胡子河神。

前一刻那长烟管还丝丝拉拉地叫着，那红色的江石大烟袋嘴，刚一离那老头厚厚的嘴唇，一会工夫就不响了，烟袋锅子也不冒烟了。和睡在炕上的小豆一样，烟袋是睡在桌子边上了。

火柴不但能够点灯，能够吸烟，能够燃起炉灶来，能够在山林里驱走狼。传说上还能够赶鬼。盗墓子的人他不说带着火柴是为了赶鬼（因为他们怕鬼，所以不那么说）。他说在忌日，就是他们从师父那里学来的，好比信佛教的人吃素一样。他们也有他们的忌日，好比下九和二十三。在这样的日子上若是他们身上不带着发火器具，鬼就追随着他们跟到家里来，和他们的儿孙生活在一起。传说上有一个女鬼，头上戴着五把钢叉，就在这忌日的夜晚出来巡行，走一步拔下钢叉来丢一把，一直丢到最末一把。若是从死人那里回来的人遇到她，她就要叉死那个人。惟有身上带着发火的东西的，她则不敢。从前多少年代盗墓子的人是带着打火石的。这火石是他们的师父一边念着咒语而传给他们的。他们记得很清晰，师父说过：“人是有眼睛的，鬼是没有眼睛的，要给他一个亮，顺着这亮他就走自己的路了。”然而他们不能够打着灯笼。

还必须带着几根皮鞭梢，这是做什么用的，他们自己也没有用过。把皮鞭梢挂在腰带上的右手边，准备用得着它时，方便得随手可以抽下来。但成了装饰品了，都磨得油滑滑的，腻得污黑了。传说上就是那带着五把钢叉的女鬼，被一个骑马的人用马鞭子的鞭梢勒住过一次。

小豆的爷爷挂起皮鞭梢来，就走出去，在月光里那不甚亮的小板门，在外边他扣起来铁门环。那铁门环过于粗大，过于笨重，它规规矩矩地蹲在门上。那房子里想象不到还有一个七八岁的孩子睡在里边。

夜里爷爷不在家，白天他也多半不在家。他拿着从死人那里得来的东西到镇上去卖。在旧货商人那里为了争着价钱，常常是回来很晚。

“爷爷！”小豆看着爷爷从四五丈远的地方回来了，他向那方向招呼着。

老头走到他的旁边，摸着他的头顶。就像带着一匹小狗一样，他把孙子带到屋子里。一进门小豆就单调地喊着。他虽然坐在窗口等一下午爷爷才回来，他还是照样的高兴。

“爷爷这大绿豆青……这大蚂蚱……是从窗洞进来

的……”他说着就跳到炕上去，破窗框上的纸被他的小手一片一片地撕下来。“这不是，就从这儿跳进来的……我就用这手心一扣就扣住它啦。”他悬空在窗台上扣了一下。“它还跳呢，看吧，这么跳……”

爷爷没有理他，他仍旧问着：

“是不是，爷爷……是不是大绿豆青……”

“是不是这蚂蚱吃的肚子太大了，跳不快，一抓就抓住……”

“爷爷你看，它在我左手上一跳会跳到右手上，还会跳回来。”

“爷爷看哪，爷爷看……爷爷。”

“爷……”

最末后他看出来爷爷早就不理他了。

爷爷坐在离他很远的灶门口的木墩上，满头都是汗珠，手里揉擦着那柔软的帽头。

爷爷的鞋底踏住了一根草棍，还咕噜咕噜地在脚心下滚着。他爷爷的眼睛静静地看着那草棍所打起来的土灰。关于跳在他眼前的绿豆青蚂蚱，他连理也没有理，到太阳落，他也不拿起他的老菜刀来劈柴，好像连晚饭都不吃了。窗口照进来的夕阳从白色变成了黄色，再变成金黄，而后简直就是金红的了。爷爷的头并不在这阳光里，只是两只手伸进阳光里去。并且在红澄澄的红得像混着金粉似的光辉里把他的两手翻洗着。太阳一刻一刻地沉下去了，那块红光的墙壁上拉长了，拉歪了。爷爷的手的黑影也随着长了，歪了，慢慢地不成形了，那怪样子的手指长得比手掌还要长了好几倍，爷爷的手指有一尺多长了。

小豆远远地看着爷爷。他坐在东窗的窗口。绿豆青色的大蚂蚱紧紧地握在手心里，像握着几根草秆似的稍稍还刺痒着他的手心。前一刻那么热烈的情绪，那么富于幻想，他打算从湖边上一看到爷爷的影子他就躲在门后，爷爷进屋时他大叫一声，同时跑出来。跟着把大绿豆青放出来。最好是能放在爷爷的胡子上，让蚂蚱咬爷爷的嘴唇。他想到这里欢喜得把自己都感动了。为着这奇迹他要笑出眼泪来了，他抑制不住地用小手揉着他自己发酸的鼻头。可是现在他静静地望着那红窗影，望着太阳消逝得那么快，它在面前走过去一样。红色的影子渐渐缩短，缩短，而最后的那一条条，消逝得更快，好比用揩布一下子就把它揩抹了去了。

爷爷一声也不咳嗽，一点要站起来活动的意思也没有。

天色从黄昏渐渐变得昏黑。小豆感到爷爷的模样也随着天色可怕起来，像一只蹲着的老虎，像一个瞎话里的大魔鬼。

“小豆。”爷爷忽然在那边叫了他一声。

这声音把他吓得跳了一下。因为他很久很久的不知不觉的思想集中在想着一些什么。他放下了大蚂蚱，他回应一声：“爷爷！”

那声音在他的前边已经跑到爷爷的身边去，而后他才离开了窗台。同时顽皮地用手拍了一下大蚂蚱的后腿，使它自动地跳开去。他才慢斯斯地一边回头看那蚂蚱一边走转向了祖父的面前去。

这孩子本来是一向不热情的，脸色永久是苍白的，笑的时节只露出两颗小牙齿，哭的时节，眼泪也并不怎样多，走路和小老人一样。虽然方才他兴奋一阵，但现在他仍恢复了原样。一步一步地斯斯稳稳地向了祖父那边走过去。

祖父拉了他一把，那苍白的小脸什么也没有表示地望着祖父的眼睛看了一下。他一点也想不到会有什么变化发生。从他有了记忆那天起，他们的小房里没有来过一个生人，没有发生过一件新鲜事，甚至于连一顶新的帽子也没有买过。炕上的那张席子原来可是新的，现在已有了个大洞。但那已经记不得是什么时候开始破的，就像是一开始就破了这么大一个洞，还有房顶空的蛛丝，连那蛛丝上的尘土也没有多，也没有少，其中长的蛛丝长得和湖边上倒垂的柳丝似的有十多挂，那短的啰啰唆唆地在胶糊着墙角。这一切都是有这个房子就有这些东西，什么也没有变更过，什么也没有多过，什么也没有少过。这一切都是从存在那一天起便是今天这个老样子。家里没有请过客人，吃饭的时候，桌子永久是摆着两双筷子，屋子里是凡有一些些声音就没有不是单调的。总之是单调惯了，很难说他们的生活过得单调不单调，或寂寞不寂寞。说话的声音反应在墙上而后那回响也是清清朗朗的。比如爷爷喊着小豆，在小豆没有答应之前，他自己就先听到了自己音波的共振。在他烧饭时，偶尔把铁勺子掉到锅底上去，那响声会把小豆震得好像睡觉时做了一个噩梦那样的跳起。可见他家只站在四座墙了。也可见他家屋子是很大的。本来儿子活着时这屋子住着一家五口人的。墙上仍旧挂着那从前装过很多筷子的筷子笼，现在虽然变样了，但仍旧挂着。因为早就不用了，那筷子笼发霉了，几乎看不出来那是用柳条编的或是用的藤子，因为被油烟和尘土的粘腻已经变得毛毛的黑绿色的海藻似的了。但那里边依然装着一大把旧时用过的筷子。筷子已经胜得不像样子，看不出来那还是筷子了。但总算没有动气，让一年接一年地跟着过去。

连爷爷的胡子也一向就那么长，也一向就那么密重重的一堆。到现在仍旧是密得好像用人工栽上去的一样。

小豆抬起手来，触了一下爷爷的胡子梢，爷爷也就温柔地用胡子梢触了一下小豆头顶心的缨缨发。他想爷爷张嘴了，爷爷说什么话了吧。可是不然，爷爷只把嘴唇上下地吻合着吮了一下。小豆似乎听到爷爷在咂舌了。

有什么变更了呢，小豆连想也不往这边想。他没看到过什么变更过。祖父夜里出去和白天睡，还照着老样子。他自己蹲在窗台上，一天蹲到晚，也是一贯的老样子。变更了什么，到底是变更了什么？那孩子关于这个连一些些儿预感也没有。

爷爷招呼他来，并不吩咐他什么。他对于这个，他完全习惯的，他不能明白的，他从来也不问。他不懂得的就让他不懂得。他能够看见的，他就看，看不见的也就算了。比方他总想去到那莲花池，他为着这个也是很久很久地和别的一般的孩子的脾气似的，对于他要求的达不到目的就放不下。他最后不去也就算了。他的问题都是在没提出之前，在他自己心里搅闹得很不舒服，一提出来之后，也就马马虎虎地算了。他多半猜得到他要求的事情就没有一件成功的。所以关于爷爷招呼他来并不吩咐他这事，他并不去追问。他自己悠闲地闪着他不大明亮的小眼睛在四外地看着，他看到了墙上爬着一个多脚虫，还爬得萨拉萨拉地响。他一仰又看到个小黑蜘蛛缀在它自己的网上。

天就要全黑，窗外的蓝天，开初是蓝得明蓝，透蓝。再就是蓝缎子似的，显出天空有无限深远。而现在这一刻，天气宁静了，像要凝结了似的，蓝得黑乎乎的了。

爷爷把他的手骨节一个一个地捏过，发出了脆骨折断了似的响声。爷爷仍旧什么也不说，把头仰起看一看房顶空，小豆也跟着看了看。

那蜘蛛沉重得和一块饱满的铅锤似的，时时有从网上掉落下来的可能。和蛛网平行的是一条房梁上挂下来的绳头，模糊中还看得出绳头还结着一个圈，同时还有墙角上的木格子。那木格子上从前摆着斧子，摆着墨斗、墨尺和墨线……那是儿子做木匠时亲手做起来的。老头忽然想起了他死去的儿子，那不是他学徒满期回来的第二天就开头做了个木格子吗？他不是说做手艺人，家伙要紧，怕是耗子给他咬了才做了这木格子。他想起了房梁上那垂着的绳子也是儿子结的。五月初一媳妇出去采了一大堆艾蒿，儿子亲手把它挂在房梁上，想起来这事情都在眼前，像是还可以嗅到那艾蒿的气味。可是房梁上的绳子却污黑了，好像生锈的沉重锁链垂在那里哀穆地一动也不动。老头子又看了那绳头子一眼，他的心脏立刻翻了一个面，脸开始发烧，接着就冒凉风。儿子死去也三四年了，从来没有像今天这样捉心的难过。

从前他自信，他有把握，他想他拼掉了自己最后的力量，孙儿是不会饿死的。只要爷爷多活几年，孙儿是不会饿死的。媳妇再嫁了，他想那也好的，年青的人，让她也过这样的日子有什么意思，缺柴少米，家里又没有人手。但这都是他过去的想头，现在一切都悬了空。此后怎么能吃饭呢，他不知道了。孙儿到底是能够眼看着他长大或是不能，他都不能十分确定。一些过去的感伤的场面，一段连着一段，他的思路和海上遇了风那翻花的波浪似的。从前无管怎样忧愁时也没有这样困疲过他的，现在来了。他昏迷，他心跳，他的血管暴涨，他的耳朵发热，他的喉咙发干。他摸自己的两手的骨节，那骨节又开始噼啪地发响。他觉得这骨节也像变大了，变得突出而讨厌了。他要站起来走动一下，摆脱了这一切。但像有什么东西锤着他，使他站不起来。

“这是干么？”

在他痛苦得不能支持，不能再作着那回想折磨下去时，他自己叫了一个口号，同时站起身来。

“小豆，醒醒，爷爷煮绿豆粥给你吃。”他想借着和孩子的谈话把自己平伏一下，“小豆，快别迷迷糊糊的……看跌倒了……你的大蝴蝶飞了没有？”

“爷爷，你说错啦，哪里是大蝴蝶，是大蚂蚱。”小豆离开爷爷的膝盖，努力睁开眼睛。抬起腿来想要跑，想把那大绿豆青拿给爷爷看。

原来爷爷连看也没有看那大绿豆青一眼，所以把蚂蚱当做蝴蝶了。他伸出手去拉住了要跑开的小豆。

“吃了饭爷爷再看。”

他伸手在自己的腰怀里取出一个小包包来，正在他取出来时，那纸包被撕破而漏了，扑拉拉地往地上落着豆粒。跟着绿豆的滚落，小豆就伏下身去，在地上拾着绿豆粒。那小手掌连掌心都和地上的灰土扣得伏贴贴的，地上好像有无数滚圆的小石子。那孩子一边拾着还一边玩着，他用手心按住许多豆粒在地上轱辘着。

爷爷看了这样的情景，心上来了一阵激动的欢喜：

“这孩子怎么能够饿死？知道吃的中用了。”

爷爷心上又来了一阵酸楚。他想到这可怜的孩子，他父亲死的时候，他才刚刚会走路，虽然那时他已四岁了，但身体特别衰弱，外边若多少下一点雨，只怕几步路也要背在爷爷的背上。三天或五日就要生一次病。看他病的样子，实在可怜。他不哼，不叫，也不吃东西，也不要什么，只是隔了一会工夫便叫一声“爷”。问他要水吗？

“不要。”

要吃的吗？

“不要。”

眼睛半开不开的，又昏昏沉沉地睡了。

睡了三五天，起来了，好了。看见什么都表示欢喜。可是过不几天，就又病了。

“没有病死，还能饿死吗？”为了这个，晚上熄了灯之后，爷爷是烦扰着。

过去的事情又一件一件地向他涌来，他想媳妇出嫁的那天晚上，那个开着盖的描金柜……媳妇临出门时的那哭声。在他回想起来，比在当时还感动了他。他自己也奇怪，都是些过去的，想他干么，但接着又想到他死去的儿子。

一切房里边的和外边的都黑掉了，莲花池也黑沉沉的看不见了，消磨得用手去摸也摸不到，用脚去踏也踏不到似的。莲花池也和那些平凡的大地一般平凡。

大绿豆青蚂蚱也早被孩子忘记了。那孩子睡得很平稳，和一条卷着的小虫似的。

但醒在他旁边的爷爷，从小豆的鼻孔里隔一会可以听到一声受了什么委屈似的叹息。

老头子从儿子死了之后，他就开始偷盗死人。这职业起初他不愿意干，不肯干。他想也袭用着儿子的斧子和锯，也去做一个木匠。他还可笑地在家里练习了三两天，但是毫无成绩。他利用了一块厚木板片，做了一个小方凳，但那是多么滑稽，四条腿一个比一个短，他想这也没有关系，用锯锯齐了就是了，在他锯时那锯齿无论怎样也不合用，锯了半天，把凳腿都锯乱了，可是还没有锯下来。更出于他意料之外的，他眼看着他自己做的木凳开始被锯得散花了。他知道木匠是当不成了，所以把儿子的家具该卖掉的都卖掉了。还有几样东西，他就用来盗墓子了。

从死人那里得来的，顶值钱的他盗得一对银杯，两副银耳环，一副带大头的，一副光圈。还有一个包金的戒指。还有铜水烟袋一个，锡花瓶一个，银扁簪一个，其余都是些不值钱的东西，衣裳鞋帽，或是陪葬的小花玻璃杯，铜方孔钱之类。还有铜烟袋嘴，铜烟袋锅，檀香木的大扇子，也都是不值钱的东西。

夜里他出去挖掘，白天便到小镇上旧货商人那里去兜卖。从日本人一来，他的货色常常被日本人扣劫，昨天晚上就是被查了回来的。白天有日本宪兵把守着从村子到镇上去的路，夜里有侦探穿着便衣在镇上走着，行路随时都要被检查。问那老头怀里是什么东西，那东西从哪里来的。他说不出是从哪里来的了。问他什么职业，他说不出他是什么职业。他的东西被没收了两三次，他并没有怕，昨天他在街上看到了一大队中国人被日本人拦去当兵。又听说没有职业的人，日本人都要拦的。

旧货商人告诉他，要想不让拦去当兵，那就赶快顺了日本人。他若愿意顺了日本，那旧货商人就带着他去。昨天就把他送到了一个地方，也见过了日本人。

为着这个事，昨天晚上，他通夜没有睡。因为是盗墓子的人，夜里工作惯了，所以今天一起来精神并不特别坏，他又下到小地窖里去。他出来时，脸上划着一格一条的灰尘。

小豆站在墙角上静静地看着爷爷。

那老头把几张小铜片塞在帽头的顶上，把一些碎铁钉包在腰带头上，仓仓皇皇地拿着一条针在缝着，而后不知把什么发亮的小片片放在手心晃了几下。小豆没有看清楚这东西到底是放在什么地方。爷爷简直像变戏法一样神秘了，一根银牙签捏了半天才插进袖边里去。他一抬头看见小豆溜圆的眼睛和小钉似的盯着他。

“你看什么，你看爷爷吗?”

小豆没敢答言，兜着小嘴羞惭惭地回过头去了。

爷爷也红了脸，推开了独板门，又到旧货商人那里去了。

有这么一天，爷爷忽然喊着小豆，那喊声非常平静，平静到了哑的地步。

“孩子，来吧，跟爷去。”

他用手指尖搔着小豆头顶上的那撮毛毛发，搔了半天工夫。

那天他给孩子穿上那双青竹布的夹鞋，鞋后跟上钉着一条窄小的分带。祖父低下头去，用着粗大的呼吸给孙儿结了起来。

“爷爷，去看莲花池?”小豆和小绵羊似的站到爷爷的旁边。

“走吧，跟爷爷去……”

这一天爷爷并不带上他的刀子和剪子，并不像夜里出去的那样。也不走进小地窖去，也不去找他那些铜片和碎铁。只听爷爷说了好几次：

“走吧，跟爷爷去。”

跟爷爷到哪里去呢？小豆也就不问了，他一条小绵羊似的，站到爷爷的旁边。

“就只这一回了，就再不去了……”

爷爷自己说着这样的话，小豆听着没有什么意思。或者去看姑母吗？或者去进庙会吗？小豆根本就不往这边想，他没有出门去看过一位亲戚。在他小的时候，外祖母是到他家里来看过他的，那时他还不记事，所以他不知道。镇上赶集的日子，他没有去过。正月十五看花灯，他没看过。八月节他连月饼都没有吃过。那好吃的东西，他认识都不认识。他没有见过的东西非常多，等一会走到小镇上，爷爷给他粽子时，他就不晓得怎样剥开吃。他没有看过驴皮影，他没有看过社戏。这回他将到哪里去呢？将看到一些什么，他无法想象了，他只打算跟着就走，越快越好，立刻就出发他更满意。

他觉得爷爷那是麻烦得很，给他穿上这个，穿上那个，还要给他戴一顶大帽子，说是怕太阳晒着头。那帽子太大了，爷爷还教给他，说风来时就用手先去拉住帽檐。给他洗了脸，又给他洗了手，洗脸时他才看到孙子的颈子是那么黑了，面巾打上去，立刻就起了和菜棵上黑包的一堆一堆的腻虫似的泥滚。正在擦耳朵，耳洞里就掉出一些白色的碎末来，看手指甲也像鸟爪那么长了。爷爷还想给剪一剪，因为找剪刀而没有找到，他想从街上回来再好好地连头也得剪一剪。

小豆等得实在不耐烦了，爷爷找不到剪刀，他就嚷嚷着："走吧！"

他们就出了门。

天是晴的，耀眼的，空气发散着从野草里边蒸腾出来的甜味。地平线的四边都是绿色，绿得那么新鲜，翠绿，湛绿，油亮亮的绿。地平线边沿上的绿，绿得冒烟了，绿得是那边下着小雨似的。而近处，就在半里路之内，都绿得全像玻璃。

好像有什么在迷了小豆的眼睛，对于这样大的太阳，他昏花了。这样清楚的天气，他想要看的什么都看不清了。比方那幻想了好久的莲花池，就一时找不到了。他好像土拨鼠被带到太阳下那样瞎了自己的眼睛，小豆实在是个小土拨鼠，他不但眼睛花，而腿也站不住，就像他只配自己永久蹲在土洞里。

"小豆！小豆！"爷爷在后边喊他。

“裤子露屁股了，快回去，换上再来。”爷爷已经转回身去向着家的方面。等他想起小豆只有一条裤子，他就又同孩子一同往前走了。

镇上是赶集的日子，爷爷就是带着孙儿来看看热闹，同时，一会就有钱了，可以给他买点什么。

“小豆要什么，什么他喜欢，带他自己来，让他选一选。”祖父一边走着一边想着。可是必得扯几尺布，做一条裤子给他。

绕过了莲花池，顺着那条从池边延展开去的小道，他们向前走去。现在小豆的眼睛也不花了，腿也充满了力量。那孩子在蓝色的天空里好像是唱着幽美的歌似的。他一路走一路向着草地给草起了各种的名字，他周围的一切在他看来，也都是喧闹的带着各种的声息在等候他的呼应。由于他心脏比平时加快地跳跃，他的嘴唇也像一朵小花似的微微在他脸上突起了一点，还变了一点淡红色。他随处弯着腰，随处把小手指抚压到各种草上。刚一开头时，他是选他喜欢的花把它摘在手里。开初都是些颜色鲜明的，到后来他就越摘越多，无管什么大的小的黄的紫的或白的……就连野生的大麻果的小黄花，他也摘在手里。可是这条小路是很短的，一走出了小路就是一条黄色飞着灰尘的街道。

“爷爷到哪儿去呢？”小豆抬起他苍白的小脸。

“跟着爷爷走吧。”

往下他也就不问了，好像一条小狗似的跟在爷爷的后边。

市镇的声音，闹嚷嚷，在五百步外听到人哄哄得就有些震耳了。祖父心情是烦扰的而也是宁静的。他把他自己沉在一种庄严的喜悦里，他对于孙儿这是第一次想要花费，想要开销一笔钱。他的心上时时活动着一种温暖，很快地这温暖变成了一种体贴。当他看到小豆今天格外快活的样子，他幸福地从眼梢上开启着微笑，小豆的不大健康的可爱的小腿，一跳一跳地做出伶俐的姿态来。爷爷几次想要跟他说几句话，但是为了内心的喜爱，他张不开嘴，他不愿意凭空地惊动了那可爱的小羊。等小豆真正地走到市镇上来，小镇的两旁，都是些卖吃食东西的，红山楂片，压得扁扁的黑枣，香色的橄榄，再过去也是卖吃食东西的。在小豆看来这小镇上，全都是可吃的了。他并没有向爷爷要什么，也不表示他对这吃的很留意，他表面上很平淡的样子就在人缝里往前挤。但心里头，或是嘴里边，随时感到一种例外的从来所未有的感觉。尤其是那卖酸梅汤的，敲着铜花托发出来那清凉的声音。他越听那声音越凉快，虽然不能够端起一碗来就喝下去，但总觉得一看就凉快，可是他又不好意思停下来多看一会，因他平常没有这习惯。他一刻也不敢单独地随心所欲地在那里多停一刻，他总怕有人要打他，但这是在市镇上并非在家里，这里的人多得很，怎能够有人打他呢？这个他自己也不想得十分彻底，是一种下意识的存在。所以跟着爷爷，走到人多的地方，他竟伸出手来拉着爷爷。卖豆的，卖大圆白菜的，卖青椒的……这些他都没有看见，有一个女人举着一个长杆，杆子头上挂着各种颜色的棉线。小豆竟被这绵线挂住了颈子。他神经质地十分恐怖地喊了一声。爷爷把线从他颈子上取下来，他看到孙儿的眼睛里呈现着一种清明的可爱的过于怜人的神色。这时小豆听到了爷爷的嘴里吐出来一种带香味的声音。

“你要吃点什么吗？这粽子，你喜欢吗？”

小豆不知道那是什么东西，也许五六年前他父亲活着时他吃过，那早就忘了。

爷爷从那瓦盆里提出来一个，是三角的，或者是六角的，总之在小豆看来这生疏的东西，带着很多尖尖。爷爷问他，指着瓦盆子旁边在翻开着的锅：“你要吃热的吗？”

小豆忘了，那时候是点点头，还是摇摇头。总之他手里正经提着一个尖尖的小玩意了。

爷爷想要买的东西，都不能买，反正一会回来买，所以他带的钱只有几个铜板。但是他并不觉得怎样少，他很自满地向前走着。

小豆的裤子正在屁股上破了一大块，他每向前抬一下腿，那屁股就有一块微黄色的皮肤透露了一下。这更使祖父对他起着怜惜。

“这孩子，和三月的小葱似的，只要沾着一点点雨水马上会肥起来的……”一想到这里，他就快走了几步，因为过了这市镇前边是他取钱的地方。

小豆提着粽子还没有打开吃。虽然他在卖粽子的地方，看了别人都是剥了皮吃的，但他到底不能确定，不剥皮是否也可以吃。最后他用牙齿撕破了一个大角，他吃着，吸着，还用两只手来帮着开始吃了。

他那采了满手的花丢在市镇上，被几百几十个的人踏着，而他和爷爷走出市镇了。

走了很多弯路，爷爷把他带到一个好像小兵营的门口。

孩子四外看一看，想不出这是什么地方，门口站着穿大靴子的兵士，头上戴着好像小铁盆似的帽子。他想问爷爷：这是日本兵吗？因为爷爷推着他，让他在前边走，他也就算了。

日本兵刚来到镇上时，小豆常听舅父说“汉奸”，他不大明白，不大知道舅父所说的是什么话，可是日本兵的样子和舅父说的一点不差，他一看了就怕。但因为爷爷推着他往前走，他也就进去了。

正是里边吃午饭的时候，日本人也给了他一个饭盒子，他胆怯地站在门边把那一尺来长三寸多宽的盒子接在手里。爷爷替他打开了，白饭上还有两片火腿这东西，油亮亮的特别香。他从来没见过。因为爷爷吃，他也就把饭吃完了。

他想问爷爷，这是什么地方，在人多的地方，他更不敢说话，所以也就算了。但这地方总不大对，过了不大一会工夫，那边来一个不戴铁帽子也不穿大靴子的平常人，把爷爷招呼着走了。他立时就跟上去，但是被门岗挡住了。他喊：

“爷爷，爷爷。”他的小头盖上冒了汗珠，好像喊着救命似的那么喊着。

等他也跟着走上了审堂室时，他就站在爷爷的背后，还用手在后边紧紧地勾住爷爷的腰带。

这间房子的墙上挂着马鞭，挂着木棍，还有绳子和长杆，还有皮条。地当心还架着两根木头架子，和秋千架子似的环着两个大铁环，环子上系着用来把牛缚在犁杖上那么粗的大绳子。

他听爷爷说“中国”又说“日本”。

问爷爷的人一边还拍着桌子。他看出来爷爷也有点害怕的样子，他就在后边拉着爷爷的腰带。他说：

“爷爷，回家吧。”

“回什么家，小混蛋，他妈的，你家在哪里！”那拍桌子的人就向他拍了一下。

正是这时候，从门口推进大厅来一个和爷爷差不多的老头。戴铁帽子的腰上挂着小刀子的（即刺刀），还有些穿着平常人的衣裳的。这一群都推着那个老头，老头一边喊着就一边被那些人用绳子吊了上去，就吊在那木头架子上。那老头的脚一边打着旋转，一边就停在空中了。小豆眼看着日本兵从墙上摘下了鞭子。

那孩子并没有听到爷爷说了什么，他好像从舅父那里听来的，中国人到日本人家里就是“汉奸”。于是他喊着：“汉奸，汉奸……爷爷回家吧……”

说着躺在地上就大哭起来。因为他拉爷爷，爷爷不动的缘故，他又发了他大哭的脾气。

还没等爷爷回过头来，小豆被日本兵一脚踢到一丈多远的墙根上去。嘴和鼻子立刻流了血，和被损害了的小猫似的，不能证明他还在呼吸没有，可是喊叫的声音一点也没有了。

爷爷站起来，就要去抱他的孙儿。

“混蛋，不能动，你绝不是好东西……”

审问的中国人变了脸色的缘故，脸上的阴影，特别地黑了起来，从鼻子的另一面全然变成铁青了。而后说着日本话。那老头虽然听了许多天了，也一句不懂。只听说“带斯内……带斯内……”日本兵就到墙上去摘鞭子。

那边悬起来的那个人，已开始用鞭子打了。

小豆的爷爷也同样地昏了过去。他的全身没有一点痛的地方。他发了一阵热，又发了一阵冷，就达到了这样一种沉沉静静的境地。一秒钟以前那难以忍受的火刺刺的感觉，完全消逝了，只这么快就忘得干干净净。孙儿怎样，死了还是活着，他不能记起，他好像走到了另一世界，没有痛苦，没有恐怖，没有变动，是一种永恒的。这样他不知过了多久，像海边的岩石，他不能被世界晓得，他是睡在波浪上多久一样。

他刚一明白了过来，全身疲乏得好像刚刚到远处去旅行了一次，口渴，想睡觉，想伸一伸懒腰。但不知为什么伸不开，想睁开眼睛看一看，但也睁不开。他站了好几次，也站不起来。等他的眼睛可能看到他的孙儿，他向着他的方向爬去了。他一点没有怀疑他的孙儿是死了还是活着，他抱起他来，他把孙儿软条条地横在爷爷的膝盖上。

这景况和他昏迷过去的那景况完全不同。挂起来的那老头没有了，那一些周围的沉沉的面孔也都没有了，屋子里安静得连尘土都在他的眼前飞，光线一条条地从窗棂跌进来，尘土在光线里边变得白花花的。他的耳朵里边，起着幽幽的鸣叫。鸣叫声似乎离得很远，又似乎听也听不见了。一切是静的，静得使他想要回忆点什么也不可能。若不是厅堂外那些日本兵的大靴子叮当地响，他真的不能分辨他是处在什么地方了。

孙儿因为病没有病死，还能够让他饿死吗？来时经过那小市镇，祖父是这样想着打算回来时，一定要扯几尺布给他先做一条裤子。

现在小豆和爷爷从那来时走过的市镇上回来了。小豆的鞋子和一棵硬壳似的为着一根带子的连系尚且挂在那细小的腿上，他的屁股露在爷爷的手上。嘴和鼻子上的血尚且没有揩。爷爷的膝盖每向前走一步，那孩子的胳臂和腿也跟着游荡一下。祖父把孩子拖长地摊展在他的两手上。仿佛在端着什么液体的可以流走的东西，时时在担心他会自然地掉落，可见那孩子绵软到什么程度了。简直和面条一样了。

祖父第一个感觉知道孙儿还活着的时候，那是回到家里，已经摆在炕上，他用手掌贴住了孩子的心窝，那心窝是热的，是跳的，比别的身上其余的部分带着活的意思。

这孩子若是死了好像是应该的，活着使祖父反而把眼睛瞪圆了。他望着房顶，他捏着自己的胡子，他和白痴似的，完全像个呆子了。他怎样也想不明白。

“这孩子还活着吗？唉呀，还有气吗？”

他又伸出手来，触到了那是热的，并且在跳，他稍微用一点力，那跳就加速了。

他怕他活转来似的，用一种格外沉重的忌恨的眼光看住他。

直到小豆的嘴唇自动地张合了几下，他才承认孙儿是活了。

他感谢天，感谢佛爷，感谢神鬼。他伏在孙儿的耳朵上，他把嘴压住了那还在冰凉的耳朵：“小豆小豆小豆小豆……”

他一连串和珠子落了般地叫着孙儿。

那孩子并不能答应，只像苍蝇咬了他的耳朵一下似的，使他轻轻地动弹一下。

他又连着串叫：“小豆，看看爷爷，看……看爷一眼。”

小豆刚把眼睛睁开一道缝，爷爷立刻扑了过去。

“爷……”那孩子很小的声音叫了一声。

这声音多么乖巧，多么顺从，多么柔软。他叫动了爷爷的心窝了。爷爷的眼泪经过了胡子往下滚，没有声音的，和一个老牛哭了的时候一样。

并且爷爷的眼睛特别大，两张小窗户似的。通过了那玻璃般的眼泪而能看得很深远。

那孩子若看到了爷爷这样大的眼睛，一定害怕而要哭起来的。但他只把眼开了个缝而又平平坦坦地昏沉沉地睡了。

他是活着的，那小嘴，那小眼睛，小鼻子……

爷爷的血流又开始为着孙儿而活跃，他想起来了。应该把那嘴上的血揩掉，应该放一张凉水浸过的手巾在孙儿的头上。

他开始忙着这个，他心里是有计划的，而他做起来还颠三倒四，他找不到他自己的水缸，他似乎不认识他已经取在水盆里的是水。他对什么都加以思量的样子，他对什么都像犹疑不决。他的举动说明着他是个多心的十分有规律地做一件事的人，其他，他都不是，而且正相反，他是为了过度的喜欢，使他把周围的一切都淹没了，都看不见了，而也看不清，他失掉了记忆。恍恍惚惚的他自己也不知道他自己是怎么着了。

可笑的，他的手里拿着水盆还在四面地找水盆。

他从小地窖里取出一点碎布片来，那是他盗墓子时拾得的死人的零碎的衣裳，他点了一把火，在灶口把它烧成了灰。把灰拾起来放在饭碗里，再浇上一点冷水，而后用手指捏着摊放在小豆的心口上。

传说这样可以救命。

左近一切人家都睡了的时候，爷爷仍在小灶腔里燃着火，仍旧煮绿豆汤……

他把木板碗橱拆开来烧火，他举起斧子来。听到炕上有哼声他就把斧子抬得很高很高地举着而不落。

“他不能死吧？”他想。

斧子的响声脆快得很，一声声地在劈着黑沉沉的夜。

“爷……”里边的孩子又叫了爷爷一声。

爷爷走进去低低地答应着。

过一会又喊着，爷爷又走进去，低低地答应着。接着他就翻了一个身喊了一声，那声音是急促的，微弱的。接着又喊了几声，那声音越来越弱。声音松散的，几乎听不出来喊的是爷爷。不过在爷爷听来就是喊着他了。

鸡鸣是报晓了。

莲花池的小虫子们仍旧唧唧地叫着……间或有青蛙叫了一阵。

无定向的，天边上打着露水闪。

那孩子的性命，谁知道会继续下去，还是会断绝的?

露水闪不十分明亮，但天上的云也被它分得远近和种种的层次来，而那莲花池上小豆所最喜欢的大绿豆青蚂蚱，也一闪一闪地在闪光里出现在莲花叶上。

小豆死了。

爷爷以为他是死了。不呼吸了，也不叫……没有哼声，不睁眼睛，一动也不动。

爷爷劈柴的斧子，举起来而落不下去了。他把斧子和木板一齐安安然然地放在地上，静悄悄地靠住门框他站着了。

他的眼光看到了墙上活动着的蜘蛛，看到了沉静的蛛网，又看到了地上三条腿的板凳，看到了掉了底的碗橱，看到了儿子亲手结的挂艾蒿的悬在房梁上的绳子，看到了灶腔里跳着的火。

他的眼睛是从低处往高处看，看了一圈，而后还落到低处。但他就不见他的孙儿。

而后他把眼睛闭起来了，他好似怕那闪闪耀耀的火光会迷了他的眼睛。他闭了眼睛是表示他对了火关了门。他看不到火了。他就以为火也看不到他了。

可是火仍看得到他，把他的脸炫耀得通红，接着他就把通红的脸埋没到自己阔大的胸前，而后用两只袖子包围起来。然而他的胡子梢仍没有包围住，就在他一会高涨，一会低抽的胸前骚动……他喉管里像吞住一颗过大的珠子，时上时下地而咕噜咕噜地在鸣。而且喉管也和泪线一样起着暴痛。

这时候莲花池仍旧是莲花池。露水闪仍旧不断地闪合。鸡鸣远近都有了。

但在莲花池的旁边，那灶口生着火的小房子门口，却划着一个黑大的人影。

那就是小豆的祖父。

一九三九年五月十六日

山　下

清早起，嘉陵江边上的风是凉爽的，带着甜味的朝阳的光辉。

凉爽得可以摸到的微黄的纸片似的，混着朝露向这个四围都是山而中间这三个小镇蒙下来。

从重庆来的汽船，五颜六色的，好像一只大的花花绿绿的饱满的包裹，慢慢吞吞地从水上就拥下来了，林姑娘看到，其实她不用看，她一听到那啌啌啌的响声，就喊着她母亲："奶妈，洋船来啦……"她拍着手，她的微笑是甜蜜的，充满着温暖和爱抚。

她是从母亲旁边单独地接受着母亲整个所有的爱而长起来的，她没有姐妹或兄弟，只有一个哥哥，是从别处讨来的，所以不算是兄弟，她的父亲整年不在家，就是顺着这条江坐木船下去，多半天工夫可以到的那么远的一个镇上去做窑工。林姑娘偶然在过节或过年看到父亲回来，还带羞的和见到生人似的，躲到一边去。母亲嘴里的呼唤，从来不呼唤另外的名字，一开口就是林姑娘，再一开口又是林姑娘。母亲的左腿，在儿时受了毛病的，所以她走起路来，永远要用一只手托着膝盖。哪怕她洗了衣裳，要想晒在竹竿上，也要喊林姑娘。因为母亲虽然有两只手，其实就和一只手一样。一只手虽然把竹竿子举到房檐那么高，但结在房檐上的那个棕绳的圈套，若不再用一只手拿住它。那就大半天工夫套不进去。等林姑娘一跑到跟前，那一长串衣裳，立刻在房檐下晒着太阳了。母亲烧柴时是坐在一个一尺高的小板凳上。因为是坐着，她的左腿任意可以不必管它，所以她这时候是两只手了。左手拿柴，右手拿着火剪子，她烧得通红的脸。小女孩用不到帮她的忙，就到门前去看那从重庆开来的汽船。

那船沉重得可怕了，歪歪着走，机器轰隆轰隆地响，而且船尾巴上冒着那么黑的烟。

“奶妈，洋船来啦。”

她站在门口喊着她的母亲，她甜蜜地对着那汽船微笑，她拍着手，她想要往前跑几步，可是母亲在这时候又在喊着林姑娘。

锅里的水已经烧得翻滚了，母亲招呼她把那盛着麦粉的小泥盆递给她。其实母亲并不是绝对不能用一只手把那小盆拿到锅台上去。因为林姑娘是非常乖的孩子，母亲爱她，她也爱母亲，是凡母亲招呼她时，她没有不听从的。虽然她没能详细地看一看那汽船，她仍是满脸带着笑容，把小泥盆交到母亲手里。她还问母亲：

“要不要别个啦，还要啥子呀？”

那洋船也没有什么好看的，从城中大轰炸时起，天天还不是把洋船载得满满的，和胖得翻不过身来的小猪似的载了一个多月。开初那是多么惊人呀，就连跛腿的妈妈，有时也左手按着那脱了筋的膝盖，右手抓着女儿的肩膀，也一拐一拐地往江边上跑。跑着去看那听说是完全载着下江人的汽船。

传说那下江人（四川以东的，他们皆谓之下江）和他们不同，吃得好，穿得好，钱多得很。包裹和行李就更多，因此这船才挤得风雨不透。又听说下江人到哪里，先把房子刷上石灰，黑洞洞的屋子，他们说他们一天也不能住。若是有用人，无缘无故地就赏钱。三角五角的，一块八角的，都不算什么。听说就隔着一道江的对面……也不是有一个姓什么的，今天给那雇来的婆婆两角钱，说让她买一个草帽戴；明天又给一吊钱，说让她买一双草鞋，下雨天好穿。下江人，这就是下江人哪……站在江边上的，无管谁，林姑娘的妈妈，或是林姑娘的邻居，若一看到汽船来，就都一边指着一边儿喊着。

清早起林姑娘提着篮子，赤着脚走在江边清凉的沙滩上。洋船在这么早，一只也不会来的，就连过河的板船也没有几只。推船的孩子睡在船板上，睡得那么香甜，还把两只手从头顶伸出垂到船外边去，那手像要在水里抓点什么似的，而那每天在水里洗得很干净的小脚，只在脚掌上染着点沙土。那脚在梦中偶尔擦着船板一两下。

过河的人很稀少，好久好久没有一个，板船是左等也不开，右等也不开。有的人看着另外的一只船也上了客人，他就跳到那只船上，他以为那只船或者会先开。谁知这样一来，两只船就都不能开了。两只船都弄得人数不够，撑船的人看看老远的江堤上走下一个人，他们对着那人大声地喊起："过河……过河！"

同时每个船客也都把眼睛放在江堤上。

林姑娘就在这冷清的早晨，不是到河上来担水，就是到河上来洗衣裳。她把要洗的衣裳从提兜里取出来，摊在清清凉凉的透明的水里，江水冰凉地带着甜味舐着林姑娘的小黑手。她的衣裳鼓胀得鱼胞似的浮在她的手边，她把两只脚也放在水里，她寻一块很干净的石头坐在上面。这江平得没有一个波浪。林姑娘一低头，水里还有一个林姑娘。

这江静得除了撑船的人喊着过河的声音，就连对岸这三个市镇中最大的一个也还在睡觉呢。

打铁的声音没有，修房子的声音没有，或者一四七赶场的闹嚷嚷的声音，一切都听不到。在那江对面的大沙滩坡上，一漫平的是沙灰色，干净得连一个黑点或一个白点都不存在。偶尔发现那沙滩上走着一个人，那就只和小蚂蚁似的渺小得十分可怜了。

好像翻过这四周的无论哪一个山去，也不见得会有人家似的，又像除了这三个小镇，而世界也没有什么别的东西了。

这条江经过这三镇，是从西往东流，看起来没有多远。好像十丈八丈外（其实是四五里之外）这江就转弯了。

林姑娘住的这东阳镇在三个镇中最没有名气，是和×××镇对面，和×××镇站在一条线上。

这江转弯的地方黑虎虎的是两个山的夹缝。

林姑娘顺着这江，看一看上游，又看一看下游，又低头去洗她的衣裳。她洗衣裳时不用肥皂，也不用四川土产的皂荚。她就和玩似的把衣裳放在水里而后用手牵着一个角，仿佛在牵着一条活的东西似的，从左边游到右边，又从右边游到左边。母亲选了顶容易洗的东西才叫她到河边来洗，所以她很悠闲。她有意把衣裳按到水底去，满衣都擦满了黄宁宁的沙子，她觉得这很好玩，这多有意思呵！她又微笑着赶快把那沙子洗掉了，她又把手伸到水底去，抓起一把沙子来，丢到水皮上，水上立刻起了不少的圆圈。这小圆圈一个压着一个，彼此互相地乱七八糟地切着，很快就抖擞着破坏了，水面又归于原来那样平静。她又抬起头来向上游看看，向下游看看。

下游江水就在两山夹缝中转弯了，而上游比较开放，白亮亮的，一看看到很远。但是就在她的旁边，有一串横在江中好像大桥似的大石头，水流到这石头旁边，就翻江似的搅混着。在涨水时江水一流到此地就哇哇地响叫。因为是落了水，那石头记的水上标尺的记号，一个白圈一个白圈的，从石头的顶高处排到水里去，在高处的白圈白得十分漂亮。在低处的，常常受着江水的洗淹，发灰了，看不清了。

林姑娘要回去了，那筐子比提来时重了好几倍，所以她歪着身子走，她的发辫的梢头，一摇一摇的，跟她的筐子总是一个方向。她走过那块大石板石，筐子里衣裳流下来的水，滴了不少水点在大石板上。石板的石缝里是前两天涨水带来的小白鱼，已经死在石缝当中了。她放下筐子。伸手去触它。看看是死了的，拿起筐子来她又走了。

她已走上江堤去了，而那大石板上仍旧留着林姑娘长形提筐的印子，可见清早的风是多么凉快，竟连个小印一时也吹扫不去。

林姑娘的脚掌，踏着冰凉的沙子走上高坡了。经过小镇上的一段石板路，经过江岸边一段苞谷林，太阳仍旧稀薄地微弱地向这山中的小镇照着。

林姑娘离家门很远便喊着："奶妈，晒衣裳啦。"

奶妈一拐一跛地站到门口等着她。

隔壁王家那丫头比林姑娘高，比林姑娘大两三岁。她招呼着她，她说她要下河去洗被单，请林姑娘陪着她一道去。她问了奶妈一声，就跟着一道又来了。这回是那王丫头领头跑得飞快，一边跑一边笑，致使林姑娘的母亲问她给下江人洗被单多少钱一张，她都没有听到。

河边上有一只板船正要下水，不少的人在推着，呼喊着；而那只船在一阵大喊之后，向前走了一点点。等一接近着水，人们一阵狂喊，船就滑下水去了。连看热闹的人也都欢喜地说："下水了，下水了。"

林姑娘她们正走在河边上，她们也拍着手笑了。她们飞跑起来，沿着那前天才退了水，被水洗劫出来的大崖坡跑去了。一边跑着一边模仿着船走，用宽宏的嗓子喊起来："过河……过河……"

王丫头弯下腰，捡了个圆石子，抛到河心去。林姑娘也同样抛了一个。

林姑娘悠闲地快活地，无所挂碍地在江边上用沙子洗着脚，用淡金色的阳光洗着头发。呼吸着露珠的新鲜空气。远山蓝绿蓝绿地躺着。近处的山带微黄的绿色，可以看得出哪一块是种的田，哪一块长的黄桷树。等林姑娘回到家里，母亲早在锅里煮好了麦粑，在等着她。

林姑娘和她母亲的生活，安闲、平静、简单。

麦粑是用整个的麦子连皮也不去磨成粉，用水搅一搅，就放在开水的锅里来煮，不用胡椒、花椒，也不用葱，也不用姜，不用猪油或菜油，连盐也不用。

林姑娘端起碗来吃了一口，吃到一种甜丝丝的香味。母亲说："你吃饱吧，盆里还有呢！"

母亲拿了一个带着缺口的蓝花碗，放在灶边上，一只手按住左腿的膝盖，一只手拿了那已经用了好几年的掉了尾巴的木瓢儿，为自己装了一碗。她的腿拐拉拐拉地向床边走，那手上的麦粑汤顺着蓝花碗的缺口往下滴流着。她刚一挨到炕沿，就告诉林姑娘：

"昨天儿王丫头，一个下半天儿就割了陇多（那样多）柴，那山上不晓得好多呀！等一下吃了饭啦，你也背着背兜去喊王丫头一道……"

她们的烧柴，就烧山上的野草，买起来一吊钱二十五把，一个月烧两角钱的柴。可是两角钱也不能烧，都是林姑娘到山上去自己采。母亲把它在门前晒干，打好了把子藏在屋里。她们住的是一个没有窗子，下雨天就滴水的六尺宽一丈长的黑屋子。三块钱一年的房租，沿着壁根有一串串的老鼠的洞，地土是黑黏的，房顶露着蓝天不知多少处。从亲戚那里借来一个大碗橱，这只碗橱老得不堪再老了。横格子，竖架子，通通掉落了，但是过去这碗橱一看就是个很结实的。现在只在柜的底层摆着一个盛水盆子。林姑娘的母亲连水缸也没有买，水盆上也没有盖儿，任意着虫子或是蜘蛛在上边乱爬。想用水时，必得先用指甲把浮在水上淹死的小虫挑出去。

当邻居说布匹贵得怎样厉害，买不得了，林姑娘的母亲也说，她就因为盐巴贵，也没有买盐巴。

但这都是十天以前的事了。现在林姑娘晚饭和中饭，都吃的是白米饭，肉丝炒杂菜，鸡丝豌豆汤。虽然还有几样不认识的，但那滋味是特别香。已经有好几天了，那跛脚的母亲也没有在灶口烧一根柴火了，自己什么也没浪费过，完全是现成的。这是多么幸福的生活。林姑娘和母亲不但没有吃过这样的饭，就连见也不常见过。不但林姑娘和母亲这样，就连邻居们也没看见过这样经常吃着的繁荣的饭，所以都非常惊奇。

刘二妹一早起来，毛着头就跑过来问长问短。刘二妹的母亲拿起饭勺子就在林姑娘刚刚端过来的稀饭上搅了两下，好像要查看一下林姑娘吃的稀饭，是不是那米里还夹着沙子似的。午饭王丫头的祖母也过来了，林姑娘的母亲很客气地让着她们，请她们吃点，反正娘儿两个也吃不了的。说着她就把菜碗倒出来一个，就用碗插进饭盆装了一碗饭来，就往王太婆的怀里推。王太婆起初还不肯吃，过了半天才把碗接了过来。她点着头，她又摇着头。她老得连眼眉都白了。她说："要得么！"

王丫头也在林姑娘这边吃过饭。有的时候，饭剩下来，林姑娘就端着饭送给王丫头去。中饭吃不完，晚饭又来了；晚饭剩了一大碗在那里，早饭又来了。这些饭，过夜就酸了。虽然酸了，开初几天，母亲还是可惜，也就把酸饭吃下去了。林姑娘和她母亲都是不常见到米粒的，大半的日子，都是吃麦粑。

林姑娘到河边也不是从前那样悠闲的样子了，她慌慌张张的，脚步走得比从前快，水桶时时有水翻洒出来。王丫头在半路上喊她，她简直不愿意搭理她了。王丫头在门口买了两个小鸭，她喊着让林姑娘来看，林姑娘也没有来。林姑娘并不是帮了下江人就傲慢了，谁也不理了。其实她觉得她自己实在是忙得很。本来那下江人并没有许多事情好做，只是扫一扫地，偶尔让她到东阳镇上去买一点如火柴、灯油之类。再就是每天到那小镇上去取三次饭。因为是在饭馆里边包的伙食。再就是把要洗的衣裳拿给她奶妈洗了再送回来，再就是把剩下的饭端到家里去。

但是过了两个钟点，她就自动地来问问：“有事没有？没有事我回去了。”

这生活虽然是幸福的，刚一开初还觉得不十分固定，好像不这么生活，仍回到原来的生活也是一样的。母亲一天到晚连一根柴也不烧，还觉得没有依靠，总觉得有些寂寞。到晚上她总是拢起火来，烧一点开水，一方面也让林姑娘洗一洗脚，一方面也留下一点开水来喝，有的时候，她竟多余地把端回来的饭菜又都重热一遍。夏天为什么必得吃滚热的饭呢？就是因为生活忽然想也想不到的就单纯起来，使她反而起了一种没有依靠的感觉。

这生活一直过了半个月，林姑娘的母亲才算熟悉下来。

可是在林姑娘，这时候，已经开始有点骄傲了。她在一群小同伴之中，只有她一个月可以拿到四块钱。连母亲也是吃她的饭。而那一群孩子，飞三、小李、二牛、刘二妹……还不仍旧去到山上打柴去。就连那王丫头，已经十五岁了，也不过只给下江人洗一洗衣裳，一个月还不到一块钱，还没有饭吃。

因此林姑娘受了大家的忌妒了。

她发了疟疾不能下河去担水，想找王丫头替她担一担。

王丫头却坚决地站在房檐下，鼓着嘴无论如何她不肯。

王丫头白眼眉的祖母，从房檐头取下晒衣服的杆子来吓着要打她。可是到底她不担，她扯起衣襟来，抬起她的大脚就跑了。那白头发的老太婆急得不得了，回到屋里跟她的儿媳妇说：

"陇格多的饭，你没有吃到！二天林婆婆送过饭来，你不张嘴吃吗？"

王丫头顺着苞谷林跑下去了，一边跑着还一边回头张着嘴大笑。

林姑娘睡在帐子里边，正是冷得发抖，牙齿碰着牙齿，她喊她的奶妈。奶妈没有听到，只看着那连跑带笑的王丫头。她感到点羞，于是也就按着那拐脚的膝盖，走回屋来了。

林姑娘这一病，病了五六天。她自己躺在床上十分上火。

她的妈妈东家去找药，西家去问药方。她的热度一来时，她就在床上翻滚着，她几乎是发昏了。但奶妈一从外边回来，她第一声告诉她奶妈的就是。

"奶妈，你到先生家里去看看……是不是喊我？"

奶妈坐在她旁边，拿起她的手来：

"林姑娘，陇格热哟，你喝口水，把这药吃到，吃到就好啦。"

林姑娘把药碗推开了。母亲又端到她嘴上，她就把药推洒了。

“奶妈，你去看看先生，先生喊我不喊我。”

林姑娘比母亲更像个大人了。

而母亲只有这一次对于疟疾非常忌恨。从前她总是说，打摆子，哪个娃儿不打摆子呢？这不算好大事。所以林姑娘一发热冷，母亲就说，打摆子是这样的。说完了她再不说别的了。并不说这孩子多么可怜哪，或是体贴地在她旁边多坐一会。冷和热都是当然的。林姑娘有时一边喊着奶妈一边哭。母亲听了也并不十分感动。她觉得奶妈有什么办法呢？但是这一次病，与以前许多次，或是几十次都不同了。母亲忌恨这疟疾比忌恨别的一切的病都甚。她有一个观念，她觉得非把这顽强东西给扫除不可，怎样能呢，一点点年纪就发这个病，可得发到什么时候为止呢？发了这病人是多么受罪呵！这样折磨使娃儿多么可怜。

小唇儿烧得发黑，两个眼睛烧得通红，小手滚烫滚烫的。

母亲试想用她的两臂救助这可怜的娃儿，她东边去找药，西边去找偏方。她流着汗。她的腿开初感到沉重，到后来就痛起来了，并且在膝盖那早年跌转了筋的地方，又开始发炎。这腿三十年就总是这样。一累了就发炎的，一发炎就用红花之类混着白酒涂在腿上。可是这次，她不去涂它。

她把女儿的价值抬高了，高到高过了一切，只不过下意识地把自己的腿不当做怎样值钱了。无形中母亲把林姑娘看成是最优秀的孩子了，是最不可损害的了。所以当她到别人家去讨药时，人家若一问她谁吃呢？她就站在人家门口，她开始详细地解说。是她的娃儿害了病，打摆子，打得多可怜，嘴都烧黑了呢，眼睛都烧红了呢！

她一点也不提是因为她女儿给下江人帮了工，怕是生病的人家辞退了她。但在她的梦中，她梦到过两次，都是那下江人辞了她的女儿了。

母亲早晨一醒来，更着急了。于是又出去找药，又要随时到那下江人的门口去看。

那糊着白纱的窗子，从外边往里看，是什么也看不见。她想要敲一敲门，不知为什么又不敢动手；想要喊一声，又怕惊动了人家。于是她把眼睛触到那纱窗上，她企图从那细密的纱缝中间看到里边的人是睡了还是醒着。若是醒着，她就敲门进去；若睡着，好转身回来。

她把两只手按着窗纱，眼睛黑洞洞地塞在手掌中间。她还没能看到里边，可是里边先看到她了。里边立刻喊着：

“干什么的，去……”

这突然的袭来，把她吓得一闪就闪开了。

主人一看还是她，问她：“林姑娘好了没有……”

听到这里她知道这算完了，一定要辞她的女儿了。她没有细听下去，她就赶忙说：

“是……是陇格的，……好了点啦，先生们要喊她，下半天就来啦……”

过了一会她才明白了，先生说的是若没有好，想要向××学校的医药处去弄两粒金鸡纳霜来。

于是她开颜地笑笑：

“还不好，人烧得滚烫，那个金鸡纳霜，前次去找了两颗，吃到就断到啦。先生去找，谢谢先生。”

她临去时，还说，人还不好，人还不好的……

等走在小薄荷田里，她才后悔方才不该把病得那样厉害也说出来。可是不说又怕先生不给找那个金鸡纳霜来。她烦恼了一阵。又一想，说了也就算了。

她一抬头，看见了王丫头飞着大脚从屋里跑出来，那粗壮的手臂腿子，她看了十分羡慕。林姑娘若也像王丫头似的，就这么说吧，王丫头就是自己的女儿吧……那么一个月四块，说不定五块洋钱好赚到手哩。

王丫头在她感觉上起了一种亲切的情绪，真像看到了自己的女儿似的，她想喊她一声。

但前天求她担水她不担，那带着侮辱的狂笑，她立刻记起了。

于是她没有喊她。就在薄荷田中，她拐拉拐拉地向她自己的房子走去了。

林姑娘病了十天就好了，这次发疟疾给她的焦急超过所有她生病的苦楚。但一好了，那特有的，新鲜的感觉也是每次生病所领料不到的，她看到什么都是新鲜的。竹林里的竹子，山上的野草，还有苞谷林里那刚刚冒缨的苞谷。那缨穗有的淡黄色，有的微红，一大撮粗亮的丝线似的，一个个独立地卷卷着。林姑娘用手指尖去摸一摸它，用嘴向着它吹一口气。她看见了她的小朋友，她就甜蜜蜜地微笑。好像她心里头有不知多少的快乐，这快乐是秘密的，并不说出来，只有在嘴角的微笑里可以体会得到。她觉得走起路来，连自己的腿也有无限的轻捷。她的女主人给她买了一个大草帽，还说过两天买一件麻布衣料给她。

她天天来回地跑着，从她家到她主人的家，只半里路的一半那么远。这距离的中间种着薄荷田。在她跑来跑去时，她无意地用脚尖踢着薄荷叶，偶尔也弯下腰来，扯下一枚薄荷叶咬在嘴里。薄荷的气味，小孩子是不大喜欢的，她赶快吐了出来。可是风一吹，嘴里仍旧冒着凉风。她的小朋友们开初对她都怀着敌意，到后来看看她是不可动摇的了，于是也就上赶着和她谈话。说那下江人，就是林姑娘的主人，穿的是什么花条子衣服。那衣服林姑娘也没有见过，也叫不上名来。那是什么料子？ 也不是绸子的，也不是缎子的，当然一定也不是布的。

她们谈着没有结果地纷争了起来。最后还是别个让了林姑娘，别人一声不响地让林姑娘自己说。

开初那王丫头每天早晨和林姑娘吵架。天刚一亮，林姑娘从先生那里扫地回来，她们两个就在门前连吵带骂的，结果大半都是林姑娘哭着跑进屋去。而现在这不同了，王丫头走到那下江人门口，正碰到林姑娘在那里洗着那么白白的茶杯。她就问她：

“林姑娘，你的……你先生买给你的草帽怎么不戴起？”

林姑娘说：

“我不戴，我留着赶场戴。”

王丫头一看她脚上穿的新草鞋，她又问她：

“新草鞋，也是你先生买给你的吗？”

“不是，”林姑娘鼓着嘴，全然否认的样子，“不是，是先生给钱我自己去买的。”

林姑娘一边说着还一边得意地歪着嘴。

王丫头寂寞地绕了一个圈子就走开了。

别的孩子也常常跟在后边了，有时竟帮起她的忙来，帮她下河去抬水，抬回来还帮她把主人的水缸洗得干干净净的。但林姑娘有时还多少加一点批判。她说：

“这样怎可以呢？ 也不揩净，这沙泥多脏。”她拿起揩布来，自己亲手把缸底揩了一遍。林姑娘会讲下江话了，东西打“乱”了，她随着下江人说打“破”了。她母亲给她梳头时，拉着她的小辫发就说：“林姑娘，有多乖，她懂得陇多下江话哩。”

邻居对她，也都慢慢尊敬起来了，把她看成所有孩子中的模范。

她母亲也不像从前那样随时随地喊她做这样做那样，母亲喊她担水来洗衣裳，她说：

“我没得空，等一下吧。”

她看看她先生家没有灯碗，她就把灯碗答应送给她先生了，没有通过她母亲。

俨俨乎她家里，她就是小主人了。

母亲坐在那里不用动，就可以吃三餐饭。她去赶场，很多东西从前没有留心过，而现在都看在眼睛里了，同时也问了问价目。

下个月林姑娘的四块工钱，一定要给她做一件白短衫，林姑娘好几年就没有做一件衣裳了。

她一打听，实在贵，去年六分钱一尺的布，一张嘴就要一角七分。

她又问一下那大红的头绳好多钱一尺。

林姑娘的头绳也实在旧了。但听那价钱，也没有买。她想下个月就都一齐买算了。

四块洋钱，给林姑娘花一块洋钱买东西，还剩三块呢。

那一天她赶场，虽然觉着没有花钱，也已经花了两三角。她买了点敬神的香纸，她说她好几年都因为手里紧没有买香敬神了。

到家里，艾婆婆、王婆婆都走过来看的。并且说她的女儿会赚钱了，做奶妈的该享福了。

林姑娘的母亲还好像害羞了似的，其实她受人家的赞美，心里边感到十分慰安哩！

总之林姑娘的家常生活，没有几天就都变了。在邻居们之中，她高贵了不知多少倍。洗衣裳不用皂荚了，就拿先生们洗衣裳的白洋碱来洗了。桃子或是玉米时常吃着，都是先生给她的。皮蛋、咸鸭蛋、花生米每天早晨吃稀饭时都有，中饭和晚饭有时那菜连动也没有动过，就整碗地端过来了。方块肉，炸排骨，肉丝炒杂菜，肉片炒木耳，鸡块山芋汤，这些东西经常吃了起来。而且饭一剩得少，先生们就给她钱，让她去买东西去吃。

这钱算起来，不到几天也有半块多了。赶场她母亲花了两三角，就是这个钱。

还没等到第二次赶场，人家就把林姑娘的工钱减了。这个母亲和她都想也想不到。

那下江人家里，不到饭馆去包饭，自己在家请了个厨子，因为用不到林姑娘到镇上去取饭，就把她的工钱从四元减到二元。

林婆婆一回到家里。艾婆婆、王婆婆、刘婆婆，都说这怎么可以呢？下江人都非常老实的，从下边来的，都是带着钱来的。逃难来，没有钱行吗？不多要两块，不是傻子吗？看人家吃的是什么，穿的是什么，每天大洋钱就和纸片似的到处飘。她们告诉林婆婆为什么眼看着四块钱跑了呢，这可是混乱的年头，千载也遇不到的机会，就是要他五块，他不也得给吗？不看他刚搬来那两天没有水吃，五分钱一担，王丫头不担，八分钱还不担，非要一角钱不可。他没有法子，也就得给一角钱。下江人，他逃难到这里，他啥钱不得花呢？

林姑娘才十一岁的娃儿，会做啥事情，她还能赚到两块钱，若不是这混乱的年头，还不是在家里天天吃她奶妈的饭吗？城里大轰炸，日本飞机天天来，就是官厅不也发下告示来说疏散人口。城里只准搬出不准搬入。

王婆婆指点着一个从前边过去的滑竿（轿子）：

“你不看到吗？林婆婆，那不是下江人戴着眼镜抬着东西不断地往东阳镇搬吗？下江人穿的衣裳，多白多干净……多要几个洋钱算个什么。”

说着说着，嘉陵江里那花花绿绿的汽船也来了，小汽船那么饱满，几乎喘不出气来，在江心啌啌啌地响，而不见向前走。载的东西太多。歪斜的挣扎的，因此那声音特别大，很像发了响报之后日本飞机在头上飞似的。

王丫头喊林姑娘去看洋船，林姑娘听了给她减了工钱心里不乐，哪里肯去。

王丫头拉起刘二妹就跑了。王婆婆也拿着她的大芭蕉扇一扑一扑的，一边跟艾婆婆交谈些什么喂鸡喂鸭的几句家常事，也就走进屋去了。

只有林姑娘和她的奶妈仍坐在石头上，坐了半天工夫，林姑娘才跑进去拿了一穗苞谷啃着，她问奶妈吃不吃。

奶妈本想也吃一穗。立刻心里一搅划，也就不吃了。她想：是不是要向那下江人去说，非四块钱不可？

林姑娘的母亲是个很老实的乡下人，经艾婆婆和王婆婆的劝诱，她觉得也有点道理。四块钱一个月到冬天还好给林姑娘做起大棉袍来。棉花一块钱一斤，一斤棉花，做一个厚点的。丈二青蓝布，一尺一角四，丈二是好多钱哩……她自己算了一会可没有算明白。但她只觉得棉花这一打仗，穷人就买不起了，前年棉花是两角五，去年夏天是六角，冬天是九角，腊月天就涨到一块一。今年若买，就早点买，夏天买棉花便宜些……

林姑娘把苞谷在尖尖上折了一段递在母亲手里，母亲还吓了一跳。因为她正想这事情到底怎么解决呢？若林姑娘的爸爸在家，也好出个主意。所以那苞谷咬在嘴里并不知道是什么味道就下去了。

母亲的心绪很烦乱，想要洗衣裳，懒得动；想把那件破夹袄拿来缝一缝，又懒得动……吃完了苞谷，把苞谷棒子远远地抛出去之后，还在石头上呆坐了半天，才叫林姑娘把她的针线给拿过来。可是对着针线懒洋洋的，十分不想动手。她呆呆地往远处看着。不知看的什么。林姑娘说：

“奶妈你不洗衣裳吗？我去担水。”

奶妈点一点头，说：“是那个样的。”

林姑娘的小水桶穿过苞谷林下河去了。母亲还呆呆地在那里想。不一会那小水桶就回来了。远看那小水桶好像两个小圆胖胖的小鼓似的。

母亲还是坐在石头上想得发呆。

就是这一夜，母亲一夜没有睡觉。第二天早晨一起来，两个眼眶子就发黑了。她想两块钱就两块钱吧。一个小女儿又不会什么事情，娘儿两个吃人家的饭，若不是先生们好，怎能洗洗衣裳白白地给两个人白饭吃呢。两块钱还不是白得的吗？还去要什么钱？

林婆婆是个乡下老实人，她觉得她难以开口了，她自己果断地想把这事情放下去。她拿起瓦盆来，倒上点水自己洗洗脸。洗了脸之后，她想紧接着就要洗衣裳，强烈的生活的欲望和工作的喜悦又在鼓动着她了。于是她一拐一拐地更加严厉地内心批判着昨天想去再要两块钱的不应该。

她把林姑娘唤起来下河去担水。

这女孩正睡得香甜。糊里糊涂地睁开眼睛，用很大的眼珠子看住她的母亲。她说："奶妈，先生叫我吗？"

那孩子在梦里觉得有人推她，有人喊她，但她就是醒不来。后来她听先生喊她，她一翻身起来了。

母亲说："先生没喊你，你去担水，担水洗衣裳。"

她担了水来，太阳还出来不很高。这天林姑娘起得又是特别早，邻居们都还一点声音没有地睡着。林姑娘担了第二担水来，王婆婆她们才起来。她们一起来看到林婆婆在那里洗衣裳了。她们就说：

"林婆婆，陇格早洗衣裳，先生们给你好多钱！给八块洋钱吗？"

林婆婆刚刚忘记了这痛苦的思想，又被她们提起了。可不是吗？

林姑娘担水又回来了，那孩子的小肩膀也露在外边，多丑。女娃不比男娃，一天比一天大。大姑娘，十一岁也不小了，那孩子又长得那么高。林婆婆看到自己的孩子，那衣服破得连肩膀都遮不住了。于是她又想到那四块钱。四块钱也不多吗，几块钱在下江人算个什么，为什么不去说一下呢？她又取了很多事实证明下江人是很容易欺侮的，她一定会成功的。

比方让王丫头担水那件事吧，本来一担水是三分钱，给五分钱，她不担，就给她八分钱，并且向她商量着，“八分钱你担不担呢？”她说她不担，到底给她一角钱的。

哪能看到钱不要呢，那不是傻子吗？

林姑娘帮着她奶妈把衣裳晒起，就跑到先生那边去，去了就回来了。先生给她一件白麻布的长衫，让她剪短了来穿。母亲看了心想，下江人真是拿东西不当东西，拿钱不当钱。

这衣裳给她增加了不少的勇气，她把自己坚定起来了，心里非常平静，对于这件事情，连想也不用再想了。就是那么办，还有什么好想的呢？吃了中饭就去见先生。

女儿拿回来的那白麻布长衫，她没有仔细看，顺手就压在床角落里了。等一下就去见先生吧，还有什么呢？

午饭之后，她竟站在先生的门口了。门是开着的，向前边的小花园开着的。

不管这来的一路上心绪是多么翻搅，多么热血向上边冲，多么心跳，还好像害羞似的，耳脸都一齐发烧。怎么开口呢？开口说什么呢？不是连第一个字先说什么都想好了吗？怎么都忘了呢？

她越走越近，越近心越跳，心跳把眼睛也跳花了。什么薄荷田，什么豆田，都看不清楚了，只是绿茸茸的一片。

但不管在路上是怎样的昏乱，等她一站在先生门口，她完全清醒了。心里开始感到过分的平静，一刻时间以前那旋转转的一切退去了，烟消火灭了。她把握住她自己了，得到了感情自主那夸耀的心情，使她坦荡荡的，大大方方地变成一个很安定的，内心十分平静的，理直气壮的人。居然这样的平坦，连她自己也想象不到。

她打算开口说了，在开口之前，她把身子先靠住了门框。

“先生，我的腿不好，要找药来吃，没得钱，问先生借两块钱。”

她是这样转弯抹角地把话开了头，说完了这话，她就等着先生拿钱给她。

两块钱拿到手了。她翻动着手上的一张蓝色花的票子，一张红色花的票子。她的内心仍旧是照样的平静，没有忧虑，没有恐惧。折磨了她一天一夜的那强烈的要求，成功或者失败，全然不关重要似的。她把她仍旧要四块一个月的工钱那话说出来了。她还是拿她的腿开头。她说她的腿不大好，因为日本飞机来轰炸城里，下江人都到乡下来，她租的房子，房租也抬高了。从前是三块钱一年，现在一个月就要五角钱了。

她说了这番话，当时先生就给她添了五角，算做替她出了房钱。

但是她站在门口，她胜利地还不走。她又说林姑娘一点点年纪，下河去担水洗衣裳好不容易……若是给别人担，一担水要好多钱哩……她说着还表示出委屈和冤枉的神气，故意把声音拉长，慢吞吞地非常沉着地在讲着。她那善良的厚嘴唇，故意拉得往下突出着，眼睛还把白眼珠向旁边一抹一抹地看着，黑眼珠向旁边一滚，白眼珠露出来那么一大半。

先生说："你十一岁的小女孩能做什么呢，擦张桌子都不会。一个月连房钱两块半，还给你们两个人的饭吃，你想想两个人的饭钱要几块？一个月你算算你给我做了什么事情？两块半钱行了吧……"

她听了这话，她觉得这是向她商量，为什么不吓吓他一下，说帮不来呢？她想着想着就照样说出来了。

"两块半钱帮不来的。"

她说完了看一看下江人并不十分坚决，只是说：

"两块半钱不少了，帮得来了。林姑娘帮我们正好是半个月，这半个月的两块钱已拿去，下半个月再来拿两块。因为我和你讲的是四块，这个月就照四块给你，下月就是两块半了。"

林婆婆站在那里仍是不走。她想王丫头担水，三分不担，问她五分钱担不担，五分钱不担，问她八分钱她担不担，到底是一角钱担的。

她一定不放过去，两块钱不做，两块半钱还不做，就是四块钱才做。

所以她扯长串地慢慢吞吞地从她的腿说起，一直说到用灯的油也贵了，咸盐也贵了，连针连线都贵了。

下江人站起来截住了她：

“不用多说了，两块半钱，你想想，你帮来帮不来。”

“帮不来。”连想也没有想，她是早决心这样说的。

说时她把手上的钞票举得很高的，像似连这钱都不要了，她表示着很坚决的样子。

怎么能够想到呢，那下江人站起来，就说：“帮不来算啦，晚饭就不要林姑娘来拿饭你们吃了。也不要林姑娘到这边来，半个月的钱我已给你啦。”

所以过了一刻钟之后。林婆婆仍旧站在那门口。她说：“哪个说帮不来的，帮得来的……先生……”

但是那一点用处也没有了，人家连听也不听了。人家关了门，把她关在门外边。

龙头花和石竹子在正午的时候，各自单独地向着火似的太阳开着。蝴蝶翩翩地飞来，在那红色花上的，在那水黄色的花上，在那水红色的花上，从龙头花群飞到石竹子花群，来回地飞着。

石竹子无管是红的是粉的，每一朵上都镶着带有锯齿的白边。晚香玉连一朵也没有开，但都打了苞了。

林姑娘的母亲背转过身来，左手支着自己的膝盖，右手捏着两块钱的纸票。她的脖子如同绛色的猪肝似的，从领口一直红到耳根。

她打算回家了。她一迈步才知道全身一点力量也没有了，就像要瘫倒的房架子似的，松了，散了。她的每个骨节都像失去了筋的联系，很危险地就要倒了下来，但是她没有倒，她相反地想要迈出两个大步去。她恨不能够一步迈到家里。她想要休息，她口渴，她要喝水，她疲乏到极点，她像二三十年的劳苦在这一天才吃不消了，才抵抗不住了。但她并不是单纯的疲劳，她心里羞愧。懊悔打算谋杀了她似的捉住了她，羞愧有意煎熬到她无处可以立足的地步。她自己做了什么大的错事，她自己一点也不知道。但那么深刻地损害着她的信心，这是一点也不可消磨的，一些些也不会冲淡的，永久存在的，永久不会忘却的。

羞辱是多么难忍的一种感情，但是已经占有了她了，它就不会退去了。

在混扰之中，她重新用左手按住了膝盖，她打算回家去了。

回到家里，女孩子在那儿洗着那用来每日到先生家去拿饭的那个瓢儿。她告诉林姑娘，消夜饭不能到先生家去拿了。她说：

“林姑娘，不要到先生家拿饭了，你上山去打柴吧。”

林姑娘听了觉得很奇怪，她正想要回问，奶妈先说了：

“先生不用你帮助他……”

林姑娘听了就傻了，一动不动地站在那里翻着眼睛。手里洗湿的瓢儿，溜明地闪光地抱在胸前。

母亲给她背好了背兜，还嘱咐她要拾干草，绿的草一时点不燃的。

立时晚饭就没有烧的，她没有吃的。

林婆婆靠着门框，看着走去的女儿，她想晚饭吃什么呢？麦子在泥罐子里虽然有些，但因为不吃，也就没有想把它磨成粉，白米是一粒也没有的。就吃老玉米吧。艾婆婆种着不少玉米，拿着几百钱去攀几棵去吧，但是钱怎么可以用呢？从今后有去路没来路了。

她看了自己女儿一眼，那背上的背兜儿还是先生给买的，应该送还回去才对。

女儿走得没有影子了，她也就回到屋里来。她看一看锅儿，上面满都是锈；她翻了翻那柴堆上，还剩几棵草刺。偏偏那柴堆底下也生了毛虫，还把她吓了一下。她想平生没有这么胆小过，于是她又理智地翻了两下，下面竟有一条蚯蚓，曲曲连连地在动。她平常本来不怕这个，可以用手拿，还可以用手把它撕成几段。她小的时候帮着她父亲在河上钓鱼尽是这样做，但今天她也并不是害怕它，她是讨厌它。这什么东西，无头无尾的，难看得很，她抬起脚来踏它，踏了好几下没有踏到，原来她用的是那只残废的左脚，那脚游游动动的不听她使用。等她一回身打开了那盛麦子的泥罐子，那可真的把她吓着了，罐子盖从手上掉下去了。她瞪了眼睛，她张了嘴，这是什么呢？满罐长出来青青的长草。这罐子究竟是装的什么把她吓忘了。她感到这是很不祥，家屋又不是坟墓，怎么会长半尺多高的草呢！

她忍着，她极端憎恶地把那罐子抱到门外。因为是刚刚偏午，大家正睡午觉，所以没有人看到她的麦芽子。

她把麦芽子扭断了，还用一根竹棍向里边挖掘才把罐子里的东西挖出来，没有生芽子的没有多少了，只有罐子底上两寸多厚是一层整粒的麦子。

罐子的东西一倒出来，满地爬着小虫，围绕着她四下窜起。她用手指抿着，她用那只还可以用的脚踩着。平时，她并不伤害这类的小虫，她对小虫也像对于一个小生命似的，让它们各自地活着。可是今天她用着不可压抑的憎恶，敌视了它们。

她把那个并排摆在灶边的从前有一个时期曾经盛过米的空罐子，也用怀疑的眼光打开来看，那里边积了一罐子底水。她扬起头来看一看房顶，就在头上有一块亮洞洞的白缝。这她才想起是下雨房子漏了。

把她的麦子给发了芽了。

恰巧在木盖边上被耗子啃了一寸大的豁牙。水是从木盖漏进去的。

她去刷锅，锅边上的红锈有马莲叶子那么厚。

她才知道，这半个月来是什么都荒废了。

这时林姑娘正在山坡上，背脊的汗一边湿着一边就干了。她丢开了那小竹耙，她用手像梳子似的梳着那干草，因为干了的草都挂在绿草上。

她对于工作永远那么热情，永远没有厌倦。她从七岁时开始担水，打柴，给哥哥送饭。哥哥和父亲一样的是一个窑工。哥哥烧砖的窑离她家三里远，也是挨着嘉陵江边。晚上送了饭，回来天总是黑了的。一个人顺着江边走时，就总听到江水格棱格棱地向下流，昔是跟着别的窑工，就是哥哥的朋友一道回来，路上会听到他们讲的各种故事，所以林姑娘若和大人谈起来，什么她都懂得。关于娃儿们的，关于婆婆的，关于蛇或蚯蚓的，从大肚子的青蛙，她能够讲到和针孔一样小的麦蚊。还有野草和山上长的果子，她也都认得。她把金边兰叫成菖蒲。她天真地用那小黑手摸着下江人种在花盆里的一棵鸡冠花，她喊着："这大线菜，多乖呀。"她的认识有许多错误。但正因为这样，她才是孩子。关于嘉陵江的涨水，她有不少的神话。关于父亲和哥哥那等窑工们，她知道得别人不能比她再多了。从七岁到十岁这中间，每天到哥哥那窑上去送三次饭。她对于那小砖窑很熟悉，老远地她一看到那窑口上升起了蓝烟，她就感到亲切，多少有点像走到家里那种温暖的滋味。天黑了，她单个沿着那格棱格棱的江水，把脚踏进沙窝里去了，一步步地拔着回来。

林姑娘对于生活没有不满意过，对于工作没有怨言，对于母亲是听从的。她赤着两只小脚，梳了一个一尺多长的辫子，走起路来很规矩，说起话来慢吞吞，她的笑总是甜蜜蜜的。

她在山坡上一边抓草，一边还嘟嘟地唱了些什么。

嘉陵江的汽船来了。林姑娘一听了那船的哨子，她站起来了，背上背筐就往山下跑。这正是到先生家拿钱到东阳镇买鸡蛋做点心的时候。因为汽船一叫，她就到那边已经成为习惯了。她下山下得那么快，几乎是往下滑着，已经快滑到平地，她想起来了，她不能再到先生那里去了。她站在山坡上，她满脸发烧，她想回头来再上山采柴时，她看着那高坡觉得可怕起来，她觉得自己是上不去了，她累了。一点力量没有了。那高坡就是上也上不去了。她在半山腰又采了一阵。若没有这柴，奶妈用什么烧麦粑，没有麦粑，晚饭吃什么？她心里一急，她觉得眼前一迷花，口一渴。

打摆子不是吗?

于是她更紧急地扒着，无管干的或不干的草。她想这怎么可以呢？用什么来烧麦粑？不是奶妈让我来打柴吗？她只恍惚惚地记住这回事，其余的就连自己是在什么地方也不晓得了。奶妈是在哪里，她自己的家是在哪里，她都不晓得了。

她在山坡上倒下来了。

林姑娘这一病病了一个来月。

病后她完全像个大姑娘了。担着担子下河去担水，寂寞地走了一路。寂寞地去，寂寞地来，低了头，眼睛只是看着脚尖走。河边上的那些沙子石头，她连一眼也不睬。那大石板的石窝落了水之后，生了小鱼没有，这个她更没有注意。虽然是来到了六月天，早起仍是清凉的，但她不爱这个了。似乎颜色、声音，都得不到她的喜欢，大洋船来时，她再不像从前那样到江边上去看了。从前一看洋船来，连喊连叫的那记忆，若一记起，就有羞耻的情绪向她袭来。若小同伴们喊她，她用了深宏的海水似的眼光向她们摇头。上山打柴时，她改变了从前的习惯，她喜欢一个人去。奶妈怕山上有狼，让她多约几个同伴，她觉得狼怕什么，狼又有什么可怕。这性情连奶妈也觉得女儿变大了。

奶妈答应给她做的白短衫，为着安慰她生病，虽然是下江人辞了她，但也给她做起了。问她穿不穿，她说："穿它做啥哟，上山去打柴。"

红头绳也给她买了，她也说她先不缚起。

有一天大家正在乘凉，王丫头傻里傻气地跑来了。一边跑，一边喊着林姑娘。王丫头手里拿着一朵大花。她是来喊林姑娘去看花的。

走在半路上，林姑娘觉得有点不对，先生那里从辞了她连那门口都不经过，她绕着弯走过去，问王丫头那花在哪里。

王丫头说："你没看见吗？不就是那下江人，你先生那里吗？"

林姑娘转回身来回头就走。她脸色苍白的，凄清的，郁郁不乐地在她奶妈的旁边沉默地坐到半夜。

林姑娘变成小大人了，邻居们和她的奶妈都说她。

一九三九年七月二十日

梧　　桐

张家老太太缝着一件小袄，越缝越懊丧。拿起水烟袋来抽烟了，一口烟还没有抽进去，她就骂起来：

“这是什么年头，这烟我没抽过，我活了这么大岁数，还跑到四川这地方……王八的。”

她拔出烟管来对着那烟管吹了一口：

“唾……好辣呀，我又喝了一口汤。”她把水烟袋一蹲就蹲在桌边上。

手里的纸火捻，可仍旧没有灭，她用手指甲一弹，巧妙地就把火弹灭了。

“这叫什么房子呢，没有见过，四面露天，冬天我看……这还没过八月节呢，我这寒腿就有点疼了，看冬天可怎么过，不饿死，也要冻死。”

张家老太太是从关外逃来的，逃到上海，逃到汉口，现在是逃到重庆的乡下来了。

她正在缝着的那件小袄，是清朝做的，团花裤缎面，古铜雨绸里，现在是旧了，破了。经过几次的洗染，那团花都起毛了。

她又缝了几针，她越缝越生气，眼睛也老花了，屋子又黑，手也哆嗦，若是线从针孔脱掉，她费了三五分钟也穿不起。因为这房子没有窗子，只有两个小天窗。下雨的时候，那天窗的玻璃，打得拍拉拍拉地响。

夜里她想着一些过去的事情，睡不熟时，翻转的就总听着玻璃上是落着雨点。因为已经是秋天了，四川一到秋天是天天下雨的。

还有门外的两棵梧桐，也总是欺骗着那老太太，总是像落雨似的滴答滴答地滴着夜里的露水。从高处树叶掉到低处树叶上的水滴，是拍拍的，水滴答滴在地上，扑扑的，简直和落雨一样。夜里她常常起来看看外边是否有东西在院子里，其实她是一半寂寞，一半对这雨声的厌烦而起来的。偏偏她起来推开门去看的那几次，又都是露水。

过了这一阴雨的天，冬天就来了，冬天仍旧是下着雨，而且那梧桐叶子也一片一片地落了。又像下雨一样，因为有风才能落叶，风一来那干枯的叶子彼此磕碰的声音，简直和下雨一样。那老太太，又睡不着了。她的思乡的情绪，因为异地的风雨，时时波动着她。

但是竟有这么一天，她从街上回来了，抱着她的孙儿，一开门她就说："打胜仗了，就要打胜仗了。"她还没有来得及说：这回可能回家了。

她的眼睛发亮了，她的心跳着，她说满街的茶馆都在闹嚷嚷地谈论。说苏联出兵了。

她的儿子告诉她：

"妈，没有的事，那是谣言。你老擦一擦头发上的雨吧。"

她想，怎么，下雨了吗？她伸手一摸，手就湿了。摸摸小孙儿，那小头顶也湿了。

她骂着："王八蛋的……可不是真的吗！"

她推开房门，看一看那两丈多高的梧桐树，的确，这回不是露水或落叶，而是真真的雨点了。

一九三九年七月二十四日

花　狗

在一个深奥的，很小的院心上，集聚几个邻人。这院子种着两棵大芭蕉，人们就在芭蕉叶子下边谈论着李寡妇的大花狗。

有的说：

“看吧，这大狗又倒霉了。”

有的说：

“不见得，上回还不是闹到终归儿子没有回来，花狗也饿病了，因此李寡妇哭了好几回……”

“唉，你就别说啦，这两天还不是么，那大花狗都站不住了，若是人一定要扶着墙走路……”

人们正说着，李寡妇的大花狗就来了。它是一条虎狗，头是大的，嘴是方的，走起路来很威严，全身是黄毛带着白花。它从芭蕉叶里露出来了，站在许多人的面前，还勉强地摇一摇尾巴。

但那原来的姿态完全不对了，眼睛没有一点光亮，全身的毛好像要脱落似的在它的身上飘浮着。而最可笑的是它的脚掌很稳地抬起来，端得平平的再放下去，正好像希特勒在操演的军队的脚掌似的。

人们正想要说些什么，看到李寡妇戴着大帽子从屋里出来，大家就停止了，都把眼睛落到李寡妇的身上。她手里拿着一把黄香，身上背着一个黄布口袋。

“听说少爷来信了，倒是吗？”

“是的，是的，没有多少日子，就要换防回来的……是的……亲手写的信来……我是到佛堂去烧香，是我应许下的，只要老佛爷保佑我那孩子有了信，从那天起，我就从那天三遍香烧着，一直到他回来……”那大花狗仍照着它平常的习惯，一看到主人出街，它就跟上去，李寡妇一边骂着就走远了。

那班谈论的人，也都谈论一会各自回家了。

留下了大花狗自己在芭蕉叶下蹲着。

大花狗，李寡妇养了它十几年，李老头子活着的时候，和她吵架，她一生气坐在椅子上哭半天会一动不动的，大花狗就陪着她蹲在她的脚尖旁。她生病的时候，大花狗也不出屋，就在她旁边转着。她和邻居骂架时，大花狗就上去撕人家衣服。她夜里失眠时，大花狗摇着尾巴一直陪她到天明。

所以她爱这狗胜过于一切了，冬天给这狗做一张小棉被，夏天给它铺一张小凉席。

李寡妇的儿子随军出发了以后，她对这狗更是一时也不能离开的，她把这狗看成个什么都能了解的能懂人性的了。

有几次她听了前线上恶劣的消息，她竟拍着那大花狗哭了好几次，有的时候像枕头似的枕着那大花狗哭。

大花狗也实在惹人怜爱，卷着尾巴，虎头虎脑的，虽然它忧愁了，寂寞了，眼睛无光了，但这更显得它柔顺，显得它温和。所以每当晚饭以后，它挨着家凡是里院外院的人家，它都用嘴推开门进去拜访一次，有剩饭的给它，它就吃了，无有剩饭，它就在人家屋里绕了一个圈就静静地出来了，这狗流浪了半个月了，它到主人旁边，主人也不打它，也不骂它，只是什么也不表示，冷静地接待了它，而并不是按着一定的时候给东西吃，想起来就给它，忘记了也就算了。

大花狗落雨也在外边，刮风也在外边，李寡妇整天锁着门到东城门外的佛堂去。

有一天她的邻居告诉她：

“你的大花狗，昨夜在街上被别的狗咬了，腿流了血……”

"是的，是的，给它包扎包扎。"

"那狗实在可怜呢，满院子寻食……"邻人又说。

"唉，你没听在前线上呢，那真可怜……咱家里这一只狗算什么呢？"她忙着话没有说完，又背着黄布口袋上佛堂烧香去了。

等邻人第二次告诉她说：

"你去看看你那狗吧！"

那时候大花狗已经躺在外院的大门口了，躺着动也不动，那只被咬伤了的前腿，晒在太阳下。

本来李寡妇一看了也多少引起些悲哀来，也就想喊人来花两角钱埋了它。但因为刚刚又收到儿子一封信，是广州退却时写的，看信上说儿子就该到家了，于是她逢人便讲，竟把花狗又忘记了。

这花狗一直在外院的门口，躺了三两天。

是凡经过的人都说这狗老死了，或是被咬死了，其实不是，它是被冷落死了。

（本篇创作日期不详，首刊于一九三九年八月五日香港《星岛日报》副刊《星座》第371号）

红玻璃的故事

一

王大妈是榆树屯子最愉快的老婆子。又爱说话，又爱笑，见了人总是谈闲天，往往谈得耽误了做饭，往往谈得忘记了喂猪。不管是在大门口碰见了屯子里的人，还是到邻居家里去借使唤家具，一谈就没有落尾，一坐下来就挪不开脚步。所以王大妈在榆树屯子里，有个好人缘儿，也正因为有好人缘儿，手里没有几亩地，过的日子反而顺利。不说别的，青黄不接的时候，人家都到城里去借粮，去向外批豆子。而王大妈可不用出屯子，就能东家借两升苞米，西家借两升高粱，凑付着过下去了。

自然王大妈家里人口少，除了她自己，跟前只有一个十五岁的男孩子。男孩子名叫王立，他还有个三十岁的姐姐，老早就出阁了，嫁给沙河子刘二虎子家，现在已经是一个七岁女孩子的母亲了。另外他还有一个姐姐，那是王大妈第二个女儿，没满十六岁得干血痨，死掉了。至于王立的父亲，他是从来没有见过的，因为在他临生的那一年，他父亲就到黑河挖金子去了。

王大妈过了十五年寡清的日子，最初还早起夜晚地想，慢慢就逢年过节地想，盼望丈夫能够有个口信。年道久了，王立也长大成人了，王大妈也就习惯这孤寒的日子啦！不再想那个到黑河挖金子的男人了。王大妈为人又很勤谨，又生就一身结实的筋肉，身量又有男人高，腰粗，臂膀壮，有着一双充满生命力的眼睛，和一双能操作的大手；而且胃口也健旺，一吃就是一斤土豆子两碗黄米干饭，所以过得也满幸福。而且王立也能帮助她锄地了，王大妈就不让他雇给外人放牲口了，留在自己身边，帮衬着干活儿。

这天，是九月初三，王大妈的外孙女儿小达儿七岁的生日。王大妈想早收拾收拾东西，到女儿家去走趟亲。因为女婿也到黑河挖金子去了，五年没有个准信，不知是活着呢？还是故世啦！闺女的日子也很孤单。

这天从早晨起，就很冷。屯子里每家茅屋顶上全都铺霜了。王大妈吃早饭时还说："天气变了，咱们得把后院子的白菜，全刨出来！"并且催着王立快吃，谁知吃顿饭的工夫，又出了太阳。

王大妈本来想刨出白菜来渍酸菜的，酸菜缸都刷得干干净净了，又临时变了主意——晒干菜。留着那些没刨出来的，等到走亲回来再渍酸菜。

临走，又预备好猪食，嘱咐王立只烧把火温一温就好了。

"要是天气变了，赶快把晒白菜的席子卷起来，听见没有？你看你那么大了，还有鼻涕，真埋汰死了，快过来，我给你擦擦！"王大妈作着不屑望他的眼神，又说，"真不害羞，那么大了还得我来照料！嗅儿嗤——嗅儿嗤——你看这些鸡，简直是活祖宗。立子！你好好地看着呀！勤谨着一点儿，别让鸡把白菜吃光了！"

"知道呀，你快去吧！"

"你看你……说说你，你还不耐烦了！你看看这些鸡，探着头，伸着脖子，一离眼就跑来了，我可告诉你，别看着看着睡着了。"又小声说，"你知道隔壁老胡家的二媳妇，手可不老实。"

"知道呀，你别蘑菇了！"

"你说谁蘑菇，我没有打你吗？这孩子，越学越不像样儿，谁家有儿子说他妈蘑菇的……你看这些鸡，全是些饥鬼，一天吃三百六十遍也不饱！”

王大妈又嘱咐王立当心着鸡，这才进屋去换衣裳。倒不是为了走亲，要穿得体面点儿，而是防备变天。关外的天气，尤其是秋季子，说不定什么时候刮风，什么时候突然下雨。

王大妈穿了那件丈夫早年在家常穿的棉袍，提着一个红布包袱，就走出满是绿色菜叶子的院子了。院子的土墙极矮，腿长的人能跨过去。

“妈！”

“干什么？”

“你早点回来呀！晚上我一个人怪害怕的！”

“害怕找刘家小牛倌做伴好啦！可不许吵架！要是下雾落雨记着多抱几捆柴火。”王大妈说着又想走回来，那神气仿佛说：“还是我先来抱进几捆吧！”

“知道呀，我会抱进去呀！”

“要是晚上我回不来，把酱缸盖上呀！一着露水酱就坏了。”

王大妈到底离开家了，在屯子口又碰见刘大爷。这是一个常常到哈尔滨去卖豆子的贩子，阔背，粗腰，穿着短的皮外套，说话的声音很雄壮。当时，他就笑着叫道：“小寡妇，到哪儿去呀，打扮得这样俏皮！”

“老该死的，驴嘴里就长不出象牙来，都老白了头发啦，还小寡妇呢！去看看我的外孙女呀！你知道，今天是我外孙女的生日哪！当姥姥的也没有什么稀罕的东西，这个年月能走一走就不错了，谁能顾了谁呀！你又该收豆子了吧！什么行市呀？”

“还没有行市呢！咱们屯子里开的价是十六块哈洋一石！你怎么？还有两石卖吗？”

“还有两个金豆粒呀——我不和你闲扯啦！改天再扯吧！”

二

王大妈走出了屯子口才觉得外边的风很大，到底屯子里暖和一些，而且外边风声也很响，比在院心所听见的不同，刮起来，带着一阵阵的叫啸。王大妈的袍子襟儿，都给风吹得一抖一摆的，前襟儿向后卷，后襟儿向前飘，挪步都不便当，索性就卷到腰里，这样更利落。王大妈想：这若是叫自己闺女看见，又该说当妈的没女人气了。不由得笑着，这种微笑，在一个少女走出她的情人家里所有的，低了头，什么也看不见。又想，自己有这么个要强的闺女，真是给做妈的争光，不说别的，一个女人，又没有公婆，又没有家底，有几个叔伯，也早分居了，单人独马挺着过日子，是不容易的。想到这儿，又觉得闺女孤孤单单的，有些可怜。若是自己的日子过得好，王大妈就是一月不走三趟亲，也总能接到家里来住几个月，可是自己的日子也是顶着过，走亲不带着一点儿吃食，来回空着手，还不如不走。想想，又很难过。

车道旁，有屯子里的人在收拾庄稼。王大妈看见一个包着粉红色头巾的少妇，在一辆四轮农车上装豆子捆。她认识：是烧锅家的三媳妇。平常王大妈还看不出她这样能干，两手用二股叉叉着豆秸向车厢里送，车左手就是一个大坟堆似的豆秸垛。两个半老的农妇，站在垛顶上，向车里抛豆子捆，手里也各有两股的草叉。阳光照在车上，豆子垛上，看起来镀金一样，黄澄澄的，不怪妯娌们是忙得那么愉快。

"立子他三婶儿，刮风天也不在家里蹲着呀！"王大妈老远叫道，"怪不得你们是财主哪！勤也不能卖命地干呀！"

那时，被喊着立子他三婶儿的，正向手掌上吐唾沫（这样搓搓手，再握草叉就不燥手了），就说："外头的人，都向城里送粮去啦！人手不够呀。你提着红包袱做什么呀，又看闺女去吗？"

"通共今年没去两趟，可巧都给你碰见了，五月节去了趟，再没去呢。我也不知道八月节她是怎么过的。我这做妈的攀不得人家，手头紧，自己也顾不了，还有心顾闺女……今天是小达儿的生日哪！就是我们那命根子外孙女儿。或巧，前几天积攒下几个鸡蛋，当姥姥的嘛，还有不亲外孙女儿的！卖舍不得卖，吃舍不得吃，连立子我也不叫他动手，可是闺女还嫌当妈的不像姥姥的样，说我把家啦！说我有东西也舍不得给外孙女儿！”又说，“那是谁呀？是立子他二姑姑从沙河子回来了吗？你们看看，我这眼神，一年不济于一年。”实在，王大妈早就看见是烧锅的三媳妇的小姑了，一时不知怎样回答她的招呼，就这样遮着心眼儿说：“帮着他大娘装豆秸呀！看看你们高高站在垛上的样儿，像是两个女神呢！”谁也没留她多谈一会儿，她尽自说：“我可不能陪着你们妯娌你们姑嫂，扯闲白了，还想傍黑儿赶回来呢！”

“大妈过来吧，抽袋烟再走吧！”

“是不是怕我们吃了你的走亲鸡蛋呀！”

“他二姑姑还说呢，女婿从哈尔滨捎回来的俄国牛奶糖，你就不拿出一块给大妈尝尝！”王大妈笑着说，那种神情像一般拿着真话当玩笑说的人一样：“下一趟女婿若带来稀罕东西，你不送，我就要跑到你那儿去硬讨啦！”

只见站在豆秸垛上那个半老的妇人，高声笑着，她这时候无话可说，你不让她笑，又有什么法子遮羞哪！王大妈也咯咯地笑着：“真得硬讨呀！你说不是吗？他大娘！”她那时向前走了两步，自然眼睛没有注意道路，所以停脚又追问一句，无非想逗引烧锅大媳妇说两句话，显得彼此间有点温暖气。烧锅的大媳妇也仰脸笑着。因为这时起了一阵风，所以王大妈的话声，她倒没听见，至于她的笑因，自然并非由于王大妈的玩笑，而是因为她小姑说：“王大妈活像一个跑关东的山东汉子！”见她的头巾飘抖着，身子斜着，险些给风掀下垛来，就势坐下了，又是一阵笑声。王大妈也笑着，一会儿风势就掀卷着她的头发，红布包袱差点儿给风吹跑，眼睛这才注意到立在路当中的一匹小马，它又畏缩又好奇地站在她面前，很久一会子了，仿佛试探试探这有男人高的老婆儿，有没有驱赶它的胆量一样。可是王大妈现在才注意到，而它一闪身子，就像受惊的小鹿一样跳着跑开去，倒把王大妈惊了一下，走了一段路，心还是跳着。就疑心着，莫不是小达儿家有什么不吉祥？但只一会儿，也就忘记了。

展眼远望，秋末的旷野，散布着几组收庄稼的农人，另外有两条村狗，在右手的高粱垛旁奔跑，仿佛是追逐垛鼠似的，再就是前面路标石，和立在标石旁边的狐仙木板庙。因为庙涂着红颜色，就格外显眼。

在左手一个岔道口上，有着狐仙庙和路标石的大桦树背后，王大妈望见一座新坟，坟周围有一道石栏杆，而且石栏杆的宽大距离间连着一条粗的铁索链。朝南有门，门前又有大的雕石香案，心想：是沙河子屯哪家粮户死了，修坟修得这样讲究？只那七八十斤重的刻花纹的白石香炉，就值一担豆子的钱！走过这座桦树林，就望见岗上的沙河和对岸的沙河子屯了，树木森森，可都是光枝子，即有一两棵树还有几片凋零将坠的叶子，也枯黄得给人一种雪季就要到来的感觉。沙河屯上空的山峦上，霾黑的云块，运动着，而且垂着灰白的雾丝，山顶和山脚，也仿佛蒸发着雾气，和低空垂下的连作一起。王大妈想，也许今天下午要落一场初雪，再不就是临末一场雨。可是南边天空，还是晴的。

在屯子口，王大妈又碰见几个熟人，有一个提着水桶的健壮女子和她打着招呼："看闺女来了！王大妈！"

"柱黑儿他娘呀！您好！"

"怎么没带立子来呀！"

"留着看家呢！你不知道，天天要来，就是抽不出身子，今天是我们外孙女儿过生日，院子里还晒着白菜，就这么掷下，跑来了。"王大妈这次不停脚了，说着话，向前走，实在心太急，普通人们在临到要会面的亲戚家村口，是这样急的，仿佛要早到一步，要早些看到所要看的人，一秒钟都不能等。

柱黑儿他娘是一个寡妇，包着蓝头巾，短褂补着补丁。眼睛可又黑又尖，一边提着水桶起来，一边注意王大妈的红布包袱："立子没有跟着他们到黑河挖金子去？"

"我养了孩子，让他当牛倌，也不让他挖金子！别来气我了！挖什么金子，简直是……我真不愿说不吉利话！”

“那可也该要老婆了？”她又望了一下王大妈的红布包袱，实际也不是存什么贪心，不过想知道究竟她给小达儿带来什么礼物而已。

“等他长大自己讨吧！我可不能害人家姑娘一辈子，说不定翅膀硬了，远走高飞啦！让我天天看着媳妇难过呀！”

“可也是……”

“你不进来坐呀！”王大妈到了闺女家的土墙门口，站下来说。不想门口对面，茅屋后窗上，探出一个头来，正是小达儿。头发梳得挺光，耳旁的两条辫子垂到肩上，只听她尖声欢叫着：“姥姥来了！姥姥来了！”就看不见影子，但还听见她的喊声和奔跑的脚步声，在茅屋前院响。王大妈的眼睛现出愉快的光来，心里骂着这个小蹄子，像她妈做孩子时候一样，乱蹦乱跳的，嘴里却对柱黑儿他妈说：“进来坐坐嘛！”实在是说：“你走吧！别打搅我了！”

“我还等着回去渣猪食哪！”

可是她手扶着土墙，不打算就走。

那时候，小达儿就跑出茅屋东边的夹道，一见王大妈就扑抱起她的两条腿来了，仰脸望着王大妈，笑着，像我们所常见的孩子，见了亲人不知说什么好，还有点羞哪！不敢看王大妈手里提的红包袱。她的一只小手里，握着红玻璃花筒。

王大妈也没理会小达儿，只用大手捉住她的小手，和柱黑儿的娘说话。柱黑儿他娘说："你们的白菜刨出来啦，我们这边还没有，谁知道霜上得这样早！"

"今年的天气有点不同呀！"王大妈说，心里老是急于早点摆开她。

谈了一会子，柱黑儿他娘终于提着水桶走了。王大妈就抱起小达儿来，夸奖她打扮得漂亮，又摸着小达儿的新衣裳，问是谁给缝的，一边说着话，一边向屋子里走。这时，王大妈的脸上洋溢着幸福的光辉，哪一个姥姥不疼外孙女儿呢！哪一个娘不喜欢自己闺女的孩子呢！亲了又亲，望了又望，就是听不见小达儿的娘在屋里的召唤。

小达儿的娘，和她母亲王大妈一样的健壮，只是脾气不同，见了男人总是一句话也没有，见了女人也不喜欢说笑话。问人家借把扫帚，都羞口，借给人家全部压箱子的首饰，倒挺大方。

当王大妈在墙外和柱黑儿的娘谈天的时候，她就看见是母亲来了，可也没有走出来，倒不是为了做娘的过八月节没来看她而生气，而是因为从早晨巴望到晌正，不见影，心也就烦了，兴致也就没有了，说不出哪里来的激恼。所以只走到门口望了望，又退到厨房烧灶去了。

"召唤你也听不见！"小达儿的娘在房门口迎着王大妈

说:“我们娘儿俩等着你来煮面，可倒好面都风干了，才来!”说着话，把红布包接过去，仿佛接过客人一根手杖一样:“进屋坐吧!我还得去烧锅!”

“看看我的闺女呀！大老远来，一进门就给我酸脸子看哪!”王大妈像对别人说话那样高声叫，实在挺高兴,“你可别跟着你妈学呀！小达儿!”

小达儿的娘也不由得笑了:“怪人家小气，光烧锅就烧了三四遍，就等着你来面才落水哪!”

王大妈望着小达儿的娘，是这样清瘦，嘴唇也没有血色，两眼极像她的父亲，心里又一阵难过。脸上却依然装着欢笑，怕自己的闺女在这小达儿的喜日子伤心，像五月节那天，哭的连她自己都流着泪没心劝了。

三

王大妈和小达儿她娘吃了孩子的生日面，谈着家常话，是满愉快，满幸福的。

小达儿她娘告诉王大妈，今年的草，卖价还好，粜了一石苞米，能凑付吃着到年底，冬天想请邻居们给挖一个兽窖，说不定能抓个豹子、冬鹿什么的，也好过个富裕年。王大妈就说，明年打算叫立子下庄稼地，已经和刘大爷商量过，托他留心给租两垧土地，那么明年若是自己闺女缺什么，她做娘的就可周济了。

母女俩说得都挺高兴。

那时候小达儿坐在王大妈的膝上，尽自玩着自己心爱的红玻璃花筒。从那三角的筒里，可以望见红绿色珠子的变幻。有时是五角形，有时是八角的花朵，原来花筒是三块红玻璃制成的，那底子里夹的彩珠，给红玻璃反映着，一动就是一种新奇的花纹，一动就是古怪的图案。

王大妈正说："我怕下雨哪！"说话时，望着窗户，不想真的有几滴儿雨点落在窗纸上，小达儿的娘就急忙爬下暖炕，到后院去收拾晒的几件冬季衣裳去了。

王大妈只一个人伏在窗口上，看不见天上的黑云，因为屋子是向南的，南天还是一色秋季有风日子的晴天，和惨淡的夕阳光辉，那光辉越是红，越是觉得惨淡，王大妈想：有雨也不会大。一回脸，就望见蹲在身旁的小达儿。起初，王大妈还笑着说："你那是玩儿什么呀？拿过来给姥姥看看！"实在她不是不知道红玻璃花筒，正因为太熟悉了，也没有注意。

但当王大妈闭一只眼向里观望时，突然地拿开它。在这一瞬间，她的脸色如对命运有所悟，而且她那两只有生命力的眼睛，是使小达儿那么吃惊。那两道眼光，是直线地注视着小达儿。小达儿的脸色变白，几乎哭起来。

“小达儿！怎么的了？姥姥想什么事情呢？”王大妈立刻自惊地说，“别害怕。”

王大妈失神的那瞬间，想起什么来了呢？想起她自己的童年时代，也曾玩过这红玻璃的花筒。那时她是真纯的一个愉快而幸福的孩子；想起小达儿她娘的孩子时代，同样曾玩儿过这红玻璃花筒，同样走上她做母亲的寂寞而无欢乐的道路。现在小达儿是第三代了，又是玩儿着红玻璃花筒。王大妈觉得她还是逃不出这条可怕的命运的道路吗？——出嫁，丈夫到黑河去挖金子，留下她来过这孤独的一生？谁知道，什么时候，丈夫挖到金子，谁知道什么时候做老婆的能不守空房？

这些是王大妈从来没有仔细想的，现在想起来，开始觉得她是这样孤独，她过的生活是这样可怕，她奇怪自己是终究怎么度过这许多年月的呢！而没有为了柴米愁死，没有为了孤独忧郁死！

四

从沙河子屯走亲回来的王大妈，和以前的王大妈不同了，她已经窥破了命运的奥秘，感觉到穷苦、孤独，而且生活可怕。

在屯口路过那座新坟的时候，她又注视了一下。现在她不是赞美那墓石和香案的讲究，而是想，这里是埋葬着一个什么样的人呢！也许他生前是个阔财主，也许遗留在世上一些叔伯、子孙和亲族，而他自己是解脱了……

王大妈回到榆树屯子三天了。榆树屯子的人从她墙外经过，听不见她的话声了，再也望不见她那充满生命力的眼睛和笑容了，人们还以为王大妈走亲没有回来。

王大妈每天坐在暖炕上，不落地，两只眼睛望着渺茫的前方，仿佛望那远不可及的什么物体，而实在是连窗户和屋壁都没有望见。猪叫得太凄惨了，就叫王立渣猪食儿，肚子饿了，叫王立煮点苞米，她自己仿佛牵扯在某种营生倒不出空来。

不久，王大妈犯了病，又咳嗽，又喘哮。王大妈自己知道没有希望了，就把王立叫到跟前，握着王立的手说："立子，你妈不中了，到沙河子屯叫你姐姐回来一趟吧！"又说："我若是有那么一天不喘气，你怎么过呢？再没有人疼爱你了，没有人再照顾你穿衣吃饭了！妈活着，还是份人家，妈死了，你怎么过呢？"

王立哭得不能说清楚话："……别说……妈会好的！"

"立子，记住我的话，我活着是立誓不让你向外跑的，可是妈现在不了……立子，到黑河挖金子去吧！”

王大妈是在这年冬天死的，王大妈死后，王立到底背着小包袱，到黑河挖金子去了。

第二年，春天又来到了榆树屯子。人们照常地耕地、播种。布谷鸟照常地站在树荫下低鸣着，榆树屯子的人们已经忘记了屯口王大妈这份人家。

王大妈那所茅草房屋顶，露天了，像死人坦露着肋骨那样坦露着柱子和椽子。房门还扣着锁，纸窗却破了，能看见露天的暖炕，而且院子生长了一片野草的绿茵。

这年春天依然很暖和。河开冻以后，冰解以后，到处都是流得震耳幽韵，而且窝卵儿——那歌唱春回的北方山国的诗人，也依然在高的晴空，愉快地抖着广播着悦耳的赞美春之诗乐。

清明节，王大妈坟前出现了纸束。有的说是她闺女来过，但没有人看见，也没有人听见过哭声。

王大妈的土坟上，生了初生的艾草和狼尾草，而且一天天蓬茂，繁密起来了。

附：一九四二年冬，为一九四三年一月二十二日萧红逝世一周年忌日追撰。是稿，乃萧红逝前避居香港思豪大酒店之某夜，为余口述者。适英日隔海炮战极烈，然口述者如独处一境，听者亦如身在炮火之外，惜未毕，而六楼中弹焉，轰然之声如身碎骨裂，触鼻皆硫黄气。起避底楼，口述者因而中断，故余追忆止此而已。[1]

1　本篇为萧红遗述，骆宾基撰稿。此段文字为文章首刊于一九四三年一月十五日桂林《人世间》复刊号第1卷第3期时骆宾基所附。

图书在版编目（CIP）数据

马伯乐 / 萧红著. -- 南京 : 译林出版社，2025.
4. -- ISBN 978-7-5753-0565-5

Ⅰ. I246.5

中国国家版本馆CIP数据核字第2025GU0372号

马伯乐　萧　红／著

责任编辑　魏　玮
装帧设计　侯海屏
校　　对　孙玉兰
责任印制　颜　亮

出版发行　译林出版社
地　　址　南京市湖南路1号A楼
邮　　箱　yilin@yilin.com
网　　址　www.yilin.com
市场热线　025-86633278
排　　版　南京展望文化发展有限公司
印　　刷　江苏凤凰新华印务集团有限公司
开　　本　787毫米 ×1092毫米　1/32
印　　张　14
插　　页　2
版　　次　2025年4月第1版
印　　次　2025年4月第1次印刷
书　　号　ISBN 978-7-5753-0565-5
定　　价　39.00元